슬픔은 사람을 위한 것

슬픔은 사람을 위한 것

GRIEF IS FOR PEOPLE

슬픔은 사람을 위한 것

Grief Is for People

슬론 크로슬리 지음

송섬별 옮김

현대문학

러셀 페로어 게

일러두기

1. 각주는 모두 옮긴이 주이다.

2. 단행본, 정기간행물 등은 『 』로, 시, 희곡, 단편 등은 「 」로, 회화, 음악, 영화, 공연,
   텔레비전 프로그램 등은 〈 〉로 구분했다.

오, 삶이 순간들로 이르어진 것이라면,
때로는 나쁜 순간들도 있겠지!
그러나 삶이 그저 순간들로만 이루어진 것이라면,
그 순간이 있다는 걸 달지 못할 거야.

─스티븐 손드하임, 〈숲속으로 Into The Woods〉

창밖으로 뛰어내리거나, 살아남거나.

─브룩 헤이워드, 『헤디와이어』

목 차

1장

더는 잡아두지 않을게
(부정)

도난 사건은 모두 비슷하지만, 보험 적용 범위는 저마다 다르다. 2019년 6월 27일 오후 5시 15분, 단 한 시간 아파트를 비웠다가 돌아오니 보석이 전부 없어졌다. 이 사건이 이 이야기의 정문이자, 사건의 사실들이다. 공간 먼저, 감정은 그다음이다. 사건이 일어난 순서를 제기하기만 하면, 이런 사건들의 의미가 절로 드러나기라도 할 것처럼. 그러나 이 이야기는 시작하기 전에, **정말로** 이야기되기도 전에 끝나고 만다. 도둑은 내 침실 창문을 통해 이 이야기 속으로 들어온다. 그는 화재비상구로 연결된 부식된 금속 계단을 재빠르게 오른다. 방충망, 그다음에는 유리창을 열고, 몸을 작게 웅크린다. 고요한 내 침실에 들어온 그가 더러운 부츠로 새하얀 이불을 밟는다. 도둑이 억울할까봐 덧붙이는 말인데, 그에게는 이불을 밟는 것 말고 다른 선택지가 없었다. 침실 절반을 차지하는 침대가 창문 바로 앞에 놓여 있으니까.

도둑은 집에 들어오자마자 단 5분 만에 보석을 마흔한 점 훔쳐 갔다. 나머지 전리품들은 그리 대단치 않지만, 도둑맞은 보석 중에는 외할머니가 물려주신 살구만 한 크기의 호박琥珀 부적, 녹색 투르말린(크립토나이트*라든지 주방용 세제 색을 생각하면 된다)이 돔 형태로 층층이 박힌 칵테일 링도 있다.

하지만 이야기가 너무 멀리까지 가기 전, 이쯤에서 잠시 멈춰보자.

할머니는 지독한 분이었다. 그분이 그립다는 사람은 한 번도 본 적 없다. 할머니는 남을 괴롭혔고, 괴롭힐 때 창의성까지 발휘했다. 한 자식 때문에 언짢아지면 나머지 두 자식더러 그 아이의 말을 무시하라 시켰다. 어머니가 어렸을 때, 할머니는 벌을 준다며 어머니를 방에 가둬놓고는 언제라도 벨트를 들고 찾아가겠노라 으름장을 놓았다. 실제로 찾아갈 때도 있었고, 아닐 때도 있었다. 때로는 어머니의 팔에 피부가 찢어질 정도로 손톱을 깊이 박아 넣고 나서는, 당황한 듯 **얘, 대체 자기 몸에 무슨 짓을 한 거냐?** 물어서 폭력성을 가중시켰다. 내가 키도, 정신머리도 얼추 할머니와 비슷해졌을 무렵 할머니의 성미는 누그러졌다. 나름대로 정서도 안정되었다. 그러나 내가 그분과 가장 길게 대화를 나눈 건 내 대

---

* DC 코믹스 세계관 속 슈퍼맨의 힘을 약화하는 형광 녹색 광물.

학 졸업식 날이었다. 할머니는 거들먹거리며 나타나 식탁 너머 내 쪽으로 진주 팔찌 하나를 획 밀어주더니, 내 대학원 학비를 대주겠다고 했다. 그러고는 내가 대학원에 지원한 뒤에 그 제안을 물렀다. 이유는 알 수 없었다. 팔찌는 계속 간직했다.

뭐, 아무튼 한동안은 간직했다는 거다.

할머니가 남긴 보석의 쓸모를 새로이 만들고, 그 안에 애초부터 없던 영혼을 담으려 시도하기보다는 보석의 값어치를 감정하는 것이 빨랐다. 목걸이의 원래 주인인 외증조할머니 역시 만만치 않은 분이었던 므양이다. 오래전부터 나는 어쩐지 이 보석들이 내 몸에 착용되길 꺼린다고 느꼈다. 꼭 녹색 반지가 낯선 이의 맥박을 감지하기라도 하는 것처럼. 할머니가 가장 덜 챙기던 자식인 어머니는 유언장의 각주에나 간신히 등장했기에 내가 물려받은 건 이 보석들이 전부였지만, 내게는 저주받은 물건들처럼 보였다. 특히 비행기를 탈 때는 절대 착용하지 않았다. 그런데 이제, 내 집에 낯선 남자가 침입해 한 잔혹한 여자가 남긴 모든 것을 쓸어 담아 떠나버렸다. 안타깝게도, 모두 꽤 값나가는 물건임에도 정확한 값어치는 모른다. 보험을 들기 위한 보석 감정을 받지 않아서다. 아마 보석 감정을 받는 일이 변호사를 고용하거나 워터픽을 구입하는 일처럼 너무 어른스러운 일 같아서였던 것 같다. 아니면 보석들을 향한 내 감정이 할머니를 향한 감정과 마찬가지로, 내가 이 물건들을 보살피는 게 아니라 그것들이 나를 보살펴야 마땅한 것이어서였는지도 모른다.

도둑은 친할머니가 물려준 은 약혼반지, 손목이 더 가늘어야 잘 어울릴 것 같은 참 팔찌, 그리고 위스콘신주 매디슨 어딘가의 길거리에서 산 소 모양 브로치도 훔쳐 간다. 내게 남겨진 것, 내가 남긴 것 전부가 낯선 남자의 배낭 안으로 쓸려 들어간다.

그 이야기를 이렇게, 현재형으로 쓰는 건 제멋대로인 일이다. 마치 내가 여전히 이 일을 멈출 수 있기라도 한 것처럼. 마치 움켜쥘 만한 발목이라도 있는 것처럼. 발목은 없다. 이미 벌어진 일을 멈출 수는 없다. 그러나 내가 2019년 6월 27일에 일어난 일들, 또는 그 뒤에 이어진 나날들을 설명할 방법은 오로지 이뿐이다. 그 한 시간에 다다르기까지의 30일은 개인적인 상실로 끝맺음될 것이다. 그 한 시간에 다다르기까지의, 깊고 깊은 전 지구적 상실로 이루어진 한 해의 전조가 되리라는 걸 까맣게 모르던 30일. 시간이 지난 뒤 나는 그 도난 사건을 되돌아보며 그 의미를 알게 될 것이다. 나는 첫 번째 폭탄이 언제 터졌는지 안다. 모두가 알 수 있는 건 아니다.

그리고 모두가 상실에서 교훈을 얻을 의무는 없다. 충격을 입고 아직도 태아처럼 웅크리고 있는 사람더러 좋았던 시절을 기억하라 부추겨대는 끔찍한 일을 우리는 저지른다. 마치 아기한테 스테이크를 먹이듯이 나는 애도의 문학을, 애도의 철학을 읽었을 뿐만 아니라, 맙소사, 애도 팟캐스트까지 들었는데, 그렇게 배운 것 중 가장 실용적인 것이 바로 현재형이 지닌 힘이다. 과거는 유사流沙 처럼 무너지고 미래는 도무지 알 수 없지만, 현재 속에서는 둥둥 떠다닐 수 있다. 그 무엇도 사라지지 않으며, 모든 것이 가설이다.

실은 이 글을 쓰는 지금은 2019년 8월 27일 저녁이다. 화요일이다. 아마존이 불타고 있다.[*]

도난 사건으로부터 두 달 뒤다.

가장 친한 친구가 잔혹한 죽음을 닻이한 지 한 달 뒤다.

그 일은 2019년 7월 27일에 일어났다.

오랜 시간이 흐른 뒤, 수십 번의 27일이 흐른 뒤, 과거와 현재 사이가 커다란 간극에 가까워졌을 무렵 나는 이 문장들을 수정할 것이다. 그때가 되면 내가 이 부재를 생각하는 방식을 더 잘 통제할 수 있으리라. 누군가가 부적절한 영화나 부적절한 노래를 입에 올리더라도 움찔하지 않고 대화를 이어갈 수 있으리라. 그러나 지금 이 순간, 나는 친구를 잃었다는 사실을 부정하는 단계에 있다. 그 반대의 증거가 차고 넘치는데도, 보석을 도둑맞았다는 사실을 부정하고 있다.

부정하는 동물은 인간뿐이다. 모든 생물은 공격받으면 살

아남기 위해 굴을 파거나 절뚝이며 숲속으로 도망친다. 하지만 동물들은 문제가 닥쳐오면 본능적으로 안다. 자기 지느러미를 물어뜯긴 상황에서 다른 물고기의 **잘 모르겠는걸, 톰, 상태가 안 좋아 보여**따위의 견해를 필요로 한 물고기는 어류 역사상 한 마리도 없다. 부정은 오로지 인간만이 지닌 특기이자 우리의 편리한 회피다. 우리는 우리가 죽는다는 사실에 알레르기 반응을 일으킨다. 죽지 않으려고 온갖 짓거리를 한다. 애도의 단계 중에서도 가장 기이한 것이 부정인데, 어리석음과 지나치게 닮아 있다. 그래도 하는 수 없다. 나 역시 하는 수 없다. 나는 고모라면 가질 법한 태도로 이 상실을 보듬어 안는다. 친숙하지만 내 것은 아니라는 듯이. 마치 어느 슬픔의 중앙도서관에 반납해도 되는 책이라도 되는 듯이.

도난 사건 직후 한동안 나는 친구들 사이에서 비극의 주인공이 되었지만 어디까지나 웃긴 방식으로였다. 진짜 사건이 나한테 벌어졌다. 하지만 내 몸은 무사하다. 강간을 당하지도, 팔다리가 잘리지도, 치명적인 병에 걸리지도 않았다. 나는 살아남았다. 게다가, 애피타이저를 먹는 바로 지금, 여기서도 수월하게 풀 만한 수수께끼까지 품고 돌아왔다. 친구들은 저마다 아마추어 탐정이 되어 **자기야말로** 내 사건을 해결할 수 있을 거라고 장담한다. 도난 사건은 두뇌 게임이자 총구에서 돌연 튀어나온 제단이다. 어린 시절 우리 집에는 『질문의 책』이라는 대중 철학 베스트셀러가 있었다. 그중에서 정확히 기억나는 질문이 딱 하나 있다.

당신과 당신이 깊이 사랑하는 사람이 서로 다른 방 안에 있고, 각자의 눈앞에는 버튼이 하나씩 있습니다. 60초 안에 둘 중 한 사람이 버튼을 누르지 않는다면 두 사람 모두 죽습니다. 또, 먼저 버튼을 누르는 사람은 상대방을 살리는 대가로 즉시 목숨을 잃습니다. 당신은 어떻게 할 것 같습니까?

이 질문에 이혼당할 게 뻔한 대답을 던진다 한들, 질문에 쓰인 표현 덕분에 살인을 너무 쉽게 생각하는 것처럼 보이지는 않는다. 당신은 어떻게 **할 것 같습니까?** 어떻게 **할 것입니까**가 아니다. 마찬가지로, 사람들은 실제 도난 사건보다는 도난을 당하면 어떻게 할 것인가라는 사고실험에 매력을 느낀다. 어떤 이들은 내가 복고풍 범죄의 피해자라고 지적했다. 맞는 말이다. 나도 1970년대가 돌아와 내 뺨을 갈긴 기분이니까. 나한테 잘해주려는 건지 아니면 호기심 때문인지는 몰라도, 친구들은 도난 사건 이야기를 물어본다. 그러나 그 이야기를 재미있어하지는 않는다. 대신 간호사 같은 표정을 지으며 짧은 눈빛을 서로 주고받는다. 알았어, 그럼 내가 뭘 하면 될까? 친구들은 내게 아무것도 하지 말라고, 아무

글도 쓰지 말라고, 그냥 잠을 자고 경보 시스템을 설치하라고 조언한다. 선의의 조언이다. 그러나 나한테 상실을 글로 써 붙잡아두지 않는 건 상실을 두 번 겪는 거나 마찬가지라는 걸 그들은 모른다.

처음에 나는 트라우마가 남지 않았다고 주장한다. 뉴요커로 살아오며 생긴 역치에 따르면, 무시무시한 경험이란 폭행당해 의식을 잃는다든지 누가 내 몸에 총구를 들이대는 일이다. 도난 사건이 일어날 때 나는 집에 있지조차 않았다. 그럼에도 트라우마는 개처럼 내 다리를 붙들고 늘어졌다. 나는 기억의 딱지들을 뜯어내며 목걸이 줄에 달린 호박 부적이 흔들리던 소리를 떠올린다. 지하철에 타면 타인이 착용한 보석을 빤히 쳐다본다. 마치 조금만 더 세게 누르면 반지가 톡 튀어나오기라도 할 것처럼 새끼손가락 밑마디를 엄지로 쓸어내린다.

이 물건들에 대한 내 애착이 지나치게 강한 걸까? 다 큰 성인 여성한테는 불명예스러울 만한 애착일까?

한 시간. 더럽게 운이 나빴던 딱 한 시간.

그날 나는 손 엑스레이 촬영을 하느라 지난 20년간 매일 끼고 다니던 은반지들을 모조리 빼두고 나갔다. 이런 걸 뭐라고 표현해야 할까? 운이라는 말은 운 나쁜 경우에는 욕설이나 마찬가지다. 난 원래 귀가하자마자 집 안을 살펴보는 사람은 아니지만, 돌아왔을 때 누가 강제로 침입한 흔적은 보이지 않는다. 그런데, 곧 보석을 보관하던 도기 서랍 몇 개가 침실 바닥에 떨어져 깨져 있는 게 보인다. 가장 먼저 떠오르는 생각, **지진인가?** 내 고양이는 난장판을 피울 나이가 지났다. 그제야 침대 위에 놓인 나머지 서랍들이 눈에 들어오고, 그대로 눈길을 옮기자 열린 창문이 보인다. 대개 트라우마를 유발하는 사건들은 그 규모와 형태가 즉각 드러난다. 그러나 꽉 쥔 주먹에서 힘이 풀리듯 서서히 펼쳐지는 사건도 있다. 911에 신고하는 내 목소리는 긴박하면서도 신중하다. 그건 문이 닫히고 있는 지하철 열차 속으로 뛰어드는 사람의 목소리다. **급행인가요? 이거 급행 맞나요?** 911 신고 접수 담당자들은 지금이 신고해야 할 상황인지 아닌지 확인하려는 사람들이 차분한 목소리로 걸어온 전화를 소름 끼칠 만큼 자주 받겠다는 생각이 든 건 그때가 처음이다. 담당자는 동료와 농담하며 신나게 웃던 도중에 전화를 받는다. 덕분에 미처 진정하지 못한, 웃음 섞인 목소리로 말한다. "구후후후일일입니다. 무슨 일이십니까?"

죽은 내 친구 러셀은 이 이야기가 시작하기 전에 이야기 속으로 들어온다. 어떻게 보면, 도둑은 러셀에게서도 무언가를 훔쳐 간 셈이다. 러셀이 이곳에 먼저 있었다. 깨진 도자기 서랍은 내가 러셀과 함께 코네티컷의 어느 벼룩시장에서 산, 1920년대 제조된 네덜란드제 양념 캐비닛에 달려 있던 것들이다. 15년 전, 내가 여전히 출판업계에서 일했고 러셀이 여전히 내 상사이던 시절이었다. 러셀이 내게 이래라저래라 할 권한이 없어진 뒤로도 나는 한참이나 그를 보스라고 불렀다. 그는 보스라는 호칭을 썩 마음에 들어 하지 않았다. 매번 상처받은 말투로 **알겠지만, 난 다른 사람들한테 널 내 친구라고 소개한다고**, 하고는 했다. 우리 둘 중 하나에게 상대를 해고할 권한이 있다는 사실은 중요하지 않았다. 홍보 총괄이사라든지 홍보 부이사 같은 직함은 의미 없는 부호의 나열에 지나지 않았다.

주말에 그가 파트너와 함께 사는 집에서 지내려면, 오전 6시 모닝콜에 깨어나 차를 타고 허허벌판까지 가서는 일회용 컵에 담긴 인스턴트커피를 마시는 대가를 치러야 했다. 그의 파트너와 내가 잠에 취한 상태로 어정어정 따라다니는 사이 러셀은 싸구려 장식품들을 올려둔 깔개들 사이를 누볐다. 금이 간 체그릇, 운이 다한 토끼 인형들, 유리가 뿌옇게 변한 금주법 시대의 술병들, 십자수로 '여기 살았더라면 지금은 집에 도착했을 텐데'라고 수놓인 쿠션들.

벼룩시장이란 검약과 취향의 완벽한 교차점으로, 러셀만큼 그 사실을 잘 아는 이는 없었다. 세상 그 어느 장터라도, 악동 같은 미소, 시대를 타지 않는 영화배우 같은 매력, 스파르타인의 승부욕을 갖춘 러셀만 한 흥정꾼을 맞이한 적 없으리라. 인형처럼 표정이 다 드러나는 얼굴, 청회색 눈, 어느 영국 시골집에서 벗겨온 지붕처럼 흰머리가 듬성듬성 난 머리카락을 보라. 이 이야기를 계속하는 게, 내가 그토록 사랑한 사람의 모습을 읊는 게 우스꽝스럽게 느껴진다. 모르는 게 많을수록 인생은 더 쉽다는 걸 알려주는 드문 사례 중 하나다. 죽은 이의 특성을 좁혀 정의하는 건 필연적으로 배신이지만, 이런 상황에서는 신중하게 접근해야 한다. 예전에 어머니의 죽음을 경험한 어느 여성이 쓴 회고록에 추천사를 써달라고 부탁받은 적 있다. 그러나 그 책이 나더러 자신의 어머니가 세상 어느 어머니보다 훌륭한 사람이라고 생각하라고 지시하면 할수록, 점점 더 그 지시를 따르기 어려워졌다. 그토록 소중한 관계를 자질한 일화들 하나하나에 아무런 감동도 받지 않는 사람의 두 손에 내맡긴 그 작가가 안타까웠다. '나는 그 사람이 그립다'가 아니라 '나만큼 그 사람을 그리워하라'고 쓰면 이런 결고로 이어진다. 공감으로 포장한 위선이다.

그렇기에 지금은 러셀을 더 자세히 묘사하는 대신 〈마사 스튜어트 리빙〉 측에서 그가 수집한 미드 센추리 모던 도기 물병을 촬영하고 싶다고 연락했던 때로 주의를 돌려달라고 여러분에게 부탁하고자 한다. 러셀은 제안을 거절했다. 아무것도 모르는 판매자를 속여 넘기는 기쁨을 잃고 싶지 않아서였다.

"밀크글라스* 꼴 나서는 안 되지."

양념 캐비닛을 먼저 발견한 건 러셀이었다. 그는 내 소매를 질질 끌고 가 그 물건을 보여주면서 저기다 보석을 보관하면 좋지 않겠느냐고 했다. 하지만 벼룩시장에 넘쳐 나는 5달러짜리 물건들 속, 그 캐비닛은 100달러가 넘었다. 흥정에 실패하고 나서 부끄러워진 나는 그 대신 소녀들이 하는 여러 유익한 활동을 표현한 걸스카우트 패치를 몇 개 샀다. 장작 패기 같은 것 말이다. 러셀은 집에 갈 때까지도 캐비닛이 팔리지 않았다면 사야 한다고 했다. 뉴욕까지 차로 실어다주겠다고도 했다.

"내 말 맞지?" 러셀은 판매자를 도와 캐비닛을 포장하며 말했다. "널 기다리고 있었던 거라니까."

우리가 산 건 흔한 양념 캐비닛이 아니었다. 단단한 나무로 틀을 짜고, 테두리를 초록으로 칠한 흰 서랍을 열네 개 만들어 넣은, 너비가 1미터 가까운 큼지막한 가구였다. 네덜란드제였으니 서랍에 붙은 이름표도 모두 네덜란드어로 쓰여 있었다. 작은 서랍들은 후추peper와 사프란saffraan, 큰 서랍들은 설탕suiker, 차thee를 위한 것이었다. 가운데에는 백랍 손잡이가 달린 도기 문이 하나 있었다. 문에 붙은 이름표는

---

* 불투명해 보이는 유리 제조법으로 만들어진 식기류로 20세기에 미국에서 유행하며 부유한 미국인의 상징처럼 쓰였다. 그러나 훗날 수집가들의 과도한 관심을 끌며 희소성을 잃는다.

달걀eieren이었다. 달걀이 양념으로 분류되는 세상이 어디 있느냐고 말하고 싶지만, 답은 안다. 바로 네덜란드겠지. 달걀문을 열면 각각 구멍이 여섯 개씩 뚫린 좁다란 나무 선반이 두 개 있었다. 목걸이를 보관하기 딱 좋았다.

달걀 문을 연 도둑은 볼링공을 움켜쥐는 것처럼, 아니면 유별나게 공격적인 양봉가처럼 선반을 붙잡고 뜯어낸다. 거친 손길에 금목걸이가 선반에 걸려 둘로 끊어진다.

경찰이 오기를 기다리면서, 러셀에게 전화해 방금 벌어진 일을 이야기한다. 러셀은 내가 가장 좋아하는 사람이고, 내가 보여주고 싶은 모습과 실제 내 모습 둘 다 봐주는 사람이었으며, 오랜 세월 내게 가장 애써 (내 부모가 아니니까), 가장 순수하며 (내 남자친구가 아니니까), 또 가장 너그러운 (그는 내 친구이므로) 믿음을 준 사람이었다. 물론 그를 가장 좋아할 수 없던 날들, 그를 조금이라도 바꿀 수 있다면 돈이라도 내고 싶었던 날들도 있었다. 그러나 모든 걸 당장 그에게 말하고 싶고, 내 이야깃주머니를 그에게 탈탈 털고 싶은 본능은 늘 강했다. 어른이 다른 어른을 우러러보는 데는 묘한 감각이 뒤따른다. 단지 상대를 높이 평가하는 데 지나지 않고, 그 사람의 취향을 받아들이고, 또 그가 내 취향을 받아들일 때 우쭐해진다. 러셀 앞에서 내 흥정 능력이 형편없다는 걸 내보이는 게 꺼려졌던 이유 역시 우리 두 사람이 다르길 원치 않아서였다. 나는 우리가 똑같기를 바랐다.

언제나.

러셀에게 전화하는 건 정말이지 가진 걸 잘 지킬 걸 그랬다고 털어놓는 고해성사 같은 기분이다. 러셀에게 고백하는 것이 내게 팔찌를 던져준 그 아동학대범의 직계비속인 엄마에게 고백하는 것보다 더 어렵다. 엄마는 내가 안전한지부터 확인할 것이다. 그러나 러셀은 물건이야말로 그 무엇보다도 충직하고 참을성 있는 영혼의 화신이라 여기는 사람이다. 그래서 나는 그가 보인 반응에 놀랐다.

러셀은 나의 사악한 수전노 할머니 이야기를, 존 크로퍼드 같은 그분의 **주아 드 비브르***를 굉장히 재미있어하고, 그 사람을 떠올리게 만드는 물건을 도둑맞은 일에 대해서는 슬퍼했지만, 사라진 달걀 선반 때문에 **휘청인다.** 그는 마치 잘못된 강도 영화에 등장하는 장면이라도 되는 것처럼 선반이 뜯겨나가는 장면을 곱씹는다. 내가 도둑맞은 실제 보석들—둘로 끊어진 목걸이, 러셀의 집 포치에서 대화를 나누는 동안 그가 손바닥에서 별생각 없이 이리저리 굴려대던 반지들—이야기를 꺼내면, 그는 다시 선반 이야기로 화제를 끌고 간다. **그럴 필요까지는 없었잖아.** 캐비닛에서 선반이 사

---

* Joie de Vivre. 프랑스어로 '삶의 기쁨'이라는 의미로, 열정적이며 쾌활한 삶의 태도를 가리킨다. 존 크로퍼드는 이러한 태도를 지닌 화려한 생활방식으로 유명한 배우인 동시에, 〈친애하는 어머니〉(1981)에서 연기한 아동학대범 배역이 널리 알려졌다는 점에서 본문 속 할머니를 연상할 수 있는 인물이다.

라진 건 상처에 모욕을 더하는 일이 아니다. 선반이 사라진 일이야말로 상처다. 러셀이 더 큰 침해의 슬픔을 감당할 수 없기 때문임을 내가 깨닫기까지는 더 오랜 시간이 걸릴 것이다. 그는 슬픔 그 자체를 도무지 감당할 줄 모른다.

두 경찰관이 도착한다. 대응 담당관이다. 내가 문틀에 기대 서 있는 사이 그들은 계단을 쿵쿵 올라오며 괜찮냐고 묻는다. 나는 "그렇게 끝내주는 기분은 아니"라고 대답한 뒤 한 팔을 움직여 들어오라고 시늉한다.

"좋습니다. 현장을 보여주시죠." 첫 번째 경찰관이 말한다.

내가 그들을 데리고 침실로 들어가자, 그곳에서 우리 셋은 머리를 모아 이곳에 창문이 있다는 결론을 내린다. 그다음에는 다 같이 거실로 나오자, 두 번째 경찰관이 테이블 위에 내 노트북컴퓨터가 있다고 알려준다. 경찰관 세 명이 더 나타나고, 그중 한 명은 지문 채취용 키트를 가지고 있다. 자신만만한 분위기를 풍기는 여성이다. 그녀가 지문 채취용 분말을 뿌려도dust* 되느냐고 묻고, 나는 그 어떤 상황에서도 내가 그런 걸 거절할 리는 없다고 생각한다.

"집이 엉망이 될 것 같아서요. 깔끔하신 분 같은데." 경찰관이 설명한다.

* Dust가 '뿌리다'와 '먼지를 떨다' 두 가지 모두를 의미한다는 데서 착안한 말장난.

평소 같았더라면 칭찬으로 들렸겠으나, 나는 이미 내가 이런 일이 일어날 빌미를 만든 게 아닌지 곱씹기 시작한 뒤다. 한 인간으로서 내 겉모습을 평가해보았을 때, 캐비닛이 필요할 만큼 많은 물건을 소유하고 있을 만한 사람으로 보인다는 점이 이 범죄가 발생한 요인 중 얼마만큼을 차지할까 생각해본 뒤다. 이 도난 사건을 우발적 범죄가 아니라 계획 범죄라고 보는 이런 근거 없는 생각은 위험하다. 그런 생각이 마음 한구석에서 입맛을 다시는 게 느껴진다. 나는 소포를 많이 받는다. 이제 와서 그 범죄의 주모자에게 그 소포의 내용물이래 봤자 책 아니면 대량의 책이 고작이라고 알려줄 수도 없는 노릇이다. 나는 웨스트빌리지에 있는, 거창한 요새로 둘러싸인 그럭저럭한 건물에 산다. 나는 이 집 월세를 내느라 허리가 휘청이고, 가진 것도 없다. 물론 가진 것이 없는 이유는 이 집 월세를 내기 때문이지만 말이다. 난제가 아닐 수 없다. 그런데 아마도 가장 어처구니없는 건, 4년 전 내가 도둑맞은 보석을 소재로 장편소설*을 한 권 썼다는 사실이다.

이 소설에서 주인공은 프랑스의 성에 침입해 목걸이를 훔친다. 그러기 위해 벽을 타고 올라간 뒤 침실 창문을 넘어 들어간다.

---

* 슬론 크로슬리의 소설 『잠금장치The Clasp』(2015)를 가리킨다.

혹시, 소설 때문에 벌어진 일일까? 아니, 그런 일이 벌어질 만큼 이 소설이 많이 팔렸나? 이런 걱정이 드는 건 자만심과 편집증의 불온한 혼합 때문이다. 딱 한 가지, 내가 보석을 모조리 도둑맞았다는 사소한 사실만 아니었더라면 곱씹어볼 일도 없었으리라.

질문을 던지던 경찰관들의 허리춤에 매달린 무전기로부터 잡음 섞인 목소리가 솟아오르자, 내 생각은 성차별주의라는 지옥에 떨어져버린다. 이 일이 벌어진 건 내가 더할 나위 없는 직업과 나이의 악조건 속에 갇힌 여성이라서가 분명하다. 나는 스펙을 쌓고 부사를 활용해 스스로를 치장하던 세대의 사람이다. 소셜미디어가 나타나기 전, 자아의 페스티시를 하루가 멀다 하고 전시할 수 없었으며, 따라서 자기 비하를 위한 공간도 거의 없었던 그 시절, 우리는 스스로를 돋보이게 만들어야 했다. 그렇기에 관심을 얻으려면 머리를 빗고 바지를 입는 수밖에 없었다. 중요한 사람으로 보여야 했다. 나 같은 성인 여성들은 비행기를 탈 때에도 차려입던 여성들의 다음 세대이자, 데이트할 때도 수수한 옷을 입는 여성들의 윗세대인 중도적 입장에 붙들렸다. 아마 나는 자기과시 세대, 그리고 이름 모를 그 이전 세대 사이에 애매하게 걸쳤을 뿐 딱히 대단한 무언가를 해내진 못한 모양이다.

하지만 내가 도서 홍보라는, 그리 영향력이 있다 보기 어려운 직업에 종사한 죄로 이런 벌을 받는 거라는 생각이 들자 벽에 구멍이 뚫릴 때까지 주먹으로 치고 싶어진다. 예전에 어느 파티에서 만난, 나보다 나이 많은 어느 도서 비평가가 나더러 인스타그램에 자기 사진을 올린다며 비난한 게 떠오른다. 그는 자기가 인스타그램이라는 플랫폼의 순수성을 판가름할 자격이라도 갖췄다는 듯이 이렇게 말했다. "사진이란 당신의 시선을 보여주는 것이어야지, 당신을 바라보는 세상의 시선이 아니지요."

"적이 있으십니까?" 경찰관 중 한 사람이 묻는 바람에 나는 다시 현실로 돌아온다.

"죄송해요, 뭐라고 하셨죠?"

"적이요."

"숙적이요?"

"아니요, 그냥 적이요."

"아."

포렌식 담당관이 내 침실에 들어가 지문 채취용 키트를 펼쳐 방 안에 물건들을 더하고 있는 모습이 보인다. 그가 하는 일은 도둑이 하는 일과 딴판이다. 나는 포렌식 담당관에게 가서 도서 홍보에 대한 나의 가설을 알려준다. 장편소설이 출간되었을 때 어느 패션 잡지에 내가 보석과 감상성의 관계를 다룬 글을 한 편 실었다고 설명한다. 그는 고개를 끄덕인다. 페이퍼백 무더기에서 깃털 달린 도구로 지문 채취용 분말을 털어내는 중이다.

"잡지에 사진이 실렸어요."

"이 집 사진이요?"

"아니요, 예전에 살던 집이요."

"그러면 도둑이 그 잡지를 봤을지도 모르겠네요."

내가 세운 가설을 내 귀로 다시 듣자니 코웃음이 나온다.

"음, 과월호를 찾아봤을 리는 없겠네요."

경찰이 코웃음 친다. 나도 코웃음 친다.

한참이 지난 뒤에야 동료들 사이를 비집고 나타난 근육질 형사가 내게 다가온다. 겨드랑이가 꽉 끼는 회색 양복을 입고 보라색 넥타이를 매고 있다. 그러더니 그는 내게서 단기 기억을 끌어내려 시도했다. 집에 일하는 사람을 부른 적 있습니까? 수리공? 청소부? 나는 고개를 저었다. 손님은요? 파티는요? 최근에 온 손님이라고는 지난주에 헤어진 남자뿐이에요.

그러자 형사는 연필을 내려놓는다. 내부 범죄의 냄새, 더 적은 서류작업의 냄새가 풍긴다는 듯이. 이제 나는 이 방에 있는 모든 사람한테 사실 그 남자는 딱히 헤어지기 싫어한 게 아니라는 사실을 알려주는 수밖에 없다. 그는 내 보석을 삼키고도 몰랐을 사람이다. 뿐만 아니라, 그 남자의 직업은 크리에이티브 디렉터로, 주말에는 그림을 그리지만 프랜시스 베이컨 화풍으로 그리는 것도 아니다. 그 사람은 범죄와는 아무런 연관도 없다. 하지만 잠시, 경찰들이 그 남자가

나와 이별하고 상심한 나머지 복수하려 했다고 생각하도록
내버려두면 어떨까 하는 상상을 즐긴다. 그의 집을 수색하
던 경찰이 벽에 박힌 도끼를 발견하는 장면을 상상한다. 힙
스터 행세를 무기라고 부를 때만 그 도끼가 무기라는 사실
을 모르는 경찰들이 말이다.

"선생님 생각보다 그 남자분의 마음이 깊었던 건 아닐까
요?" 한 경찰이 묻는다.

"아뇨, 그 사람 마음은 딱 제가 생각했던 것만큼이었어
요."

내가 전설적인 출판그룹 크노프의 페이퍼백 브랜드인 빈
티지북스 홍보팀에서 일하던 시절, 문서 보관 캐비닛 깊숙한
곳에서 우연히 내 이력서를 발견한 건 러셀 밑에서 일한 지
5년이 지난 때였다. 내 직무에 지원한 이들의 면접을 상당히
많이 보았던 모양인 게, 여백에 이렇게 적혀 있었다. **갈색 긴
머리. 네모 반지.** 내 이력서와 함께 보관된 다른 이력서들을
보니 기분 좋은, 그러나 한편으로 위협을 느꼈다. 우리가 잘
맞지 않을 거라고 러셀이 생각했던 세계도 있었던 걸까? 면
접 때 러셀이 칭찬했던, 네모난 호안석을 감싼 은반지는 여
전히 내 검지에 자리 잡고 있었다.

러셀을 만나기 전 나는 좀 더 상업적인 출판사에서 일했
었는데, 그곳 동료들은 기업 홍보팀에 입사하거나 학계에 진

입하려던 시도가 좌절된 탓으로 출판계로 온 것이었다. 그 출판사에서 일하는 동안 동료 한 명이 승진했고, 한 명이 해고됐고, 한 명은 일을 그만두고 대학원에 진학했으며, 두 명은 제대로 된 정유 기업 홍보 일을 하러 떠났다. 그러나 우리 모두 저자 사진이 인쇄된 똑같은 광택지에 똑같이 손가락을 베어 깔쭉깔쭉한 흉터를 만드는 신세인 건 똑같았다. 똑같은 매립형 조명 아래서 똑같은 연장 근무 서류를 작성했고, 똑같은 머그에 똑같은 싸구려 커피를 마셨다. 또, 우리는 친했다. 그렇기에 빈티지북스 홍보팀 면접에 합격하고도 이직을 망설였다. 새 회사 사람들이 이곳 동료만큼 마음에 안 들면 어쩌지? 나는 2차 면접을 보겠다고 자원했다.

보통 건방진 짓이 아니었다. 나는 스물다섯 살, 제대로 할 줄 아는 일이라고는 아무것도 없었다. 그러나 러셀은 내 요청에 응했고, 내가 2차 면접에서 쏟아낸 질문에 기꺼이 답해주었다. 질의응답을 마친 러셀이 한숨을 쉬자, 나는 불합격의 조짐이라 해석했다. 상사에 대해 아무것도 모르고도 내 직무에서 일하려 들 사람은 넘쳤다. 스물다섯 살이던 나는 러셀의 이력을 잘 몰랐지만, 그저 그와 마주 앉아 있는 것만으로도 그가 얼마나 대단한 사람인지 짐작이 갔다. 그의 주소록은 'C' 인덱스에 펼쳐져 있었다. 카로 로버트.* 러셀이

---

* Robert Caro. 미국의 언론인이자 퓰리처상을 두 번 수상한 작가.

옥스퍼드대학 출판부에 잠시 재직한 시절을 제외하면 (그의 표현대로라면 '서민 체험') 1990년부터 줄곧 빈티지북스에서 일해왔다는 건 나중에 알았다.

러셀은 책상에 양 팔꿈치를 올려놓고 몸을 내 쪽으로 기울이더니, 자제력을 있는 대로 발휘한 목소리로 지금 당신이 무슨 말도 안 되는 짓을 하고 있는지 알기나 하느냐고 물었다.

"네?"

"농담이 아니라, 대체 뭐 하는 겁니까? 하버드대학교에 합격해놓고, 일단 화장실부터 둘러보고 결정하겠다고 말하는 셈 아닙니까?"

2000년대 초, 크노프는 저자들에게도, 구직자들에게도 미국에서 최고의 유명세를 누리는 출판사였다. '대형' 도서를 발간할 수 있는 출판사는 몇 없는데, 홍보 비용으로 작은 나라 하나의 국가 예산은 될 법한 크노프는 최초로 수십만 달러 규모의 수익을 낸 출판물들뿐 아니라 노벨상을 받은 저자들도 수십 명이나 보유하고 있었다. 작가가 크노프와 출간 계약을 맺는 건 일종의 기사 작위를 받는 거나 다를 바 없었다. 명성이 드높은 작가가 알고 보니 이미 크노프에서 책을 출간한 적 있다면 **그럴 만도 하지**라는 반응이 나왔다. 크노프에서 나온 모든 책의 페이퍼백 출간을 담당하는 빈티지북스는 그 책들이 영원히 살아 숨 쉬게 만드는 곳이었다. 죽은 이들이 거하는 아카이브이자, 산 자들을 위한 정원. 고

전의 고향이자, 두 번째 기회의 집. 그리고 러셀은 이곳의 총책임자였다. 쿨에이드를 마신 사람*. 나아가 그 쿨에이드를 만든 사람.

러셀은 나더러 자기 책꽂이로 가서 눈을 감고 아무 책이나 고르라고 했다. 그날 밤 귀가해서 그 책을 읽어보았는데도 그 가치를 모르겠다면 여기서 일할 필요가 없다고 했다. 무심한 듯 말했지만, 우려가 담긴 걸 느낄 수 있었다. 그는 나보다 열두 살 많은 서른일곱 살, 삶에서 얻게 될 사랑이 이게 전부라는 사실을 슬슬 깨닫기 시작하는 나이였다. 하지만 나는 누군가와 관계를 맺자마자 그 관계를 애도하기 시작하기에는 너무 어린 나이였다.

내가 고른 책은 노라 에프론의 『제2의 연인Heartburn』이었다.

그 뒤로 10년 내내, 러셀은 자신이 나를 채용했을 때 내가 "칵테일 바 종업원으로 일하고 있었다"고 떠들어댔다. 그는 언뜻 보아서는 알아차리지 못할 만큼 미세한 방식으로 내 진로를 수정했고(나는 더 이상 출판사를 전전하며 이직하지 않았다. 커피 맛은 어디나 똑같았는데도 말이다) 여기서 끝이 아니었다. 러셀과 나 둘 중 한 사람을 찾아다가 줄을 당기기만 하면 다른 한 사람도 딸려 나오게 됐다. 우리 둘 사이에는 투명함에 가까운 파트너십이 생겼다. 디자인 비용을 할

* 타인이 설파하는 위험한 이념을 맹목적으로 믿고 받아들이는 사람.

인해주면 당신 집을 장식해드리죠. 겸자를 주면 당신 아이 분만을 돕겠습니다. 우리한테 이웃하는 책상을 하나씩 주면 당신 사건을 해결해드리겠습니다. 우리는 부모, 자식, 남매, 부하라는 역할 사이를 유연하게 오가면서 실험 연극에서처럼 서로 역할을 바꿔댔다.

『빌리지 보이스』에 처음 에세이를 발표했을 때, 나는 그 사실을 일터에는 숨겨야 한다고 생각했다. 아니면 적어도 요행히 글이 실렸다거나, 에세이가 어쩌다 보니 편집자의 우편함으로 들어갔다는 식으로 말이다. 그 시절 출판계는 지금보다 훨씬 더 고립된 분위기였기에, 직원이 일 외의 야망을 품는 게 채용에 더 도움이 되는 일은 아니었다.

러셀은 내 에세이를 복사해서 복도를 도배하다시피 했다. 몇 부는 누가 쓰고 있는 화장실 칸막이 밑으로 밀어 넣기도 했다.

장난도 진심으로 치는 사람이 바로 러셀이었다. 진지해 빠진 나무들 사이로 불어오는 짓궂은 산들바람처럼, 사무실의 마스코트 노릇을 했다. 남들의 책상 위 물건 배치를 바꿔놓고 그 사실을 알아차리는지 지켜보거나, 우편함에 우스꽝스러운 선물을 넣어뒀다. 약용 크림이나 시베리아 패키지여행 광고를 오려다가 우리 모니터에 붙이기도 했다. 내 고양이의 가짜 이메일 주소를 만들어서는 나한테 '엄마, 어젯밤엔 왜 집에 안 왔어?', '엄마, 왜 어제랑 똑같은 옷 입었어?' 같은 이메일을 보내기도 했다.

어느 날 오후, 러셀과 더불어 내가 우러러보던 작가와 점심을 먹고 자리로 돌아오자 러셀에게 이메일이 와 있었다. **아래를 읽을 것. 논의해봅시다.** 스크롤을 내려보았다.

친애하는 러셀. 당신 그리고 슬론과의 만남은 즐거웠습니다. 우리끼리 하는 말인데, 슬론은 제 책 홍브를 담당하기에는 좀 어린 것 같습니다. 슬론을 좀더 뚫어지게 감시할 방법이 있을까요?

한 줄 한 줄 읽어나갈수록 가슴속 허탈감이 점점 커졌다. 그때 러셀이 내 사무실 문간에 나타났다.

"뭐라고 답장할까?" 그렇게 묻는 러셀의 목소리에서 웃음기가 배어 나왔다.

발신인의 이메일 주소를 자세히 보니 가짜였다. 게다가 발송 시각에도 오타가 있었다.

"나쁜 놈."

그 순간, 우리 둘 모두의 머릿속에 내가 이 이메일을 인사팀에 전달할 수 있다는 사실이 번뜩 스쳤다. 러셀이 삭제 버튼을 누르려 몸을 날렸다. 나는 그를 막으려 애썼지만, 그가 이겼고, 몸 씨름 하는 과정에서 꽉 차 있던 탄산음료 한 병이 그대로 엎어졌다. 책상 밑, 멀티탭 위로 뚝뚝 흐르는 탄산음료를 바라보다가, 이번에는 이 이메일이 러셀의 **보낸** 편지함에도 있을 거라는 데 우리의 생각이 미쳤다. 러셀이 복도를 달렸다. 나는 그를 쫓아가다 몸을 날려 그의 발목을 움켜쥐었고, 결국 우리 둘 다, 지독하게 못생긴 사무실 카펫 위로 엎어지고 말았다. 나는 팔꿈치가 긁혔고, 그는 내 호안석 반지에 뺨을 긁혔다.

"애들이군." 상사는 그렇게 말하며 지쳐 쓰러진 우리 둘의 몸을 넘어갔다.

그러나 앞서 말한 것처럼, 움켜쥘 발목은 없다. 무언가를 잃었을 때 얼마나 그리울지 예측하고 미리 애도하는 방법이란 존재하지 않는다. 우리는 우리가 삶을 당연한 것으로 받아들이고 있는지도 모른다는 걱정을 회피하고자, 삶을 이루는 요소들이 지닌 가치를 잘 안다고 스스로에게 거짓말한다. 우리가 하는 선택과 우선순위 결정을 위해 반드시 필요한 믿음이다. 그러나 그 믿음은 얄팍하다. 집에 불이 나면 무엇을 구할 것인가 생각해보는 게임이야 얼마든지 할 수 있지만, 실제 상황과 완전히 같지는 않을 것이다. 성인이 된 이래로 어느 누구보다 러셀과 가장 많은 시간을 보낸 나는 그가 내게 얼마나 큰 의미인지 상당히 잘 알지만, 내가 보석에 애착을 가진다는 사실은 경찰에 신고하기 위해 도난품 목록을 만들 때가 되어서야 알았다.

보석들로 이루어진 도시를 상상해본다. 여느 도시의 스카이라인과 마찬가지로 독특한 부분들이 있지만, 그 도시의 모퉁이를 돌 때마다 뜻밖의 물건들이 나타난다. 대학 친구가 선물한 터키석 브로치, 조카가 선물한 구슬 목걸이, 내가 직접 바다에서 채취한 진주 한 알. 그것들을 써 내려가다 보니 욕지거리가 나온다.

"빌어먹을, 창문에 잠금장치를 달아야겠네요."

"그래요. 그것도 달고, 욕할 때마다 벌금 넣는 단지도 마련하세요." 경찰관이 대꾸한다.

뉴욕 경찰이 순무 트럭을 어디 주차했는지는 모르겠지만, 나는 패치를 덕지덕지 달고 있는, 행동하는 시민인 걸스카우트 단원들을 내 안에 불러오려 시도해본다. 애석한 일이지만, 패치도 도둑맞았다. 그것도 이 빌어먹을 캐비닛 안에 들어 있었으니까.

"그거 아세요? 여기가 바로 뉴욕입니다. 사람들이 남의 집에 침입하고, 다들 욕지거리를 내뱉어요. 그러면서 다들 교훈을 얻는 거죠." 내가 말한다.

나는 다들. 교훈을. 얻는. 거죠. 에 맞춰 손뼉을 친다.

지문 채취가 끝나자 나는 모두를 집 밖으로 내보낸다. 문을 닫던 내 손가락이 놋쇠 문손잡이에 얼룩을 남긴다. 지문은 자연히 사라지는 것이 아니므로, 내 지문이 각각의 선명도로 온 집안을 뒤덮고 있다. 이제는 도둑의 지문도 있을지 모른다. 내 지문이 도둑맞은 물건의 표면에 남아 집 **밖에**

서 기름 범벅의 밀항자처럼 은밀히 이동하고 있으리라 생각하니 어쩐지 불쾌하다. 그래도, 혼자 있어서 다행이다. 도난 사건은 숨 한 번 쉴 때마다 잉태되고, 극대화되고, 최소화된다. 침묵이 필요하다. 귀를 기울일 수 있게, 그래서 그 규모를 이해할 수 있게. 도난 사건은 꾸준히 앓는 소리를 내지만, 나는 그것이 한편으로는 러셀을 향한 신음임을 아직 모른다. 그의 캐비닛을 향한 것임을. 그의 영민한 사고를. 캐비닛을 차에 싣던 순간 그가 느낀 만족감을. 내 지문과 뒤섞인 그의 지문을 향한 것임을.

지문 채취 분말을 닦아내느라 밤을 지새우다시피 하는데, 아이러니하게도 피를 닦아내는 것과 무척 닮은 행동이다. 종이 타월을 네 장, 다섯 장 뭉쳐서 버려가면서 탄소 분말을 둥글게 닦아내고 또 닦아낸 뒤에야 간신히 분말이 지워진다. 잠자리에 들기 전 손톱 밑을 소제하기는 하지만, 시커메진 발바닥은 몇 주는 갈 것이다. 그 몇 주간, 나는 자동 급식기 앞을 지키며 정신력으로 그릇에 사료를 채우려고 애쓰는 고양이처럼 캐비닛 앞에 서 있을 것이다. 나는 캐비닛의 목제 뼈대에 이마를 가져다 댄다. 나는 사랑하는 사물들이 내게 돌아오기를, 그저 장난이었다고 말해주기를 기다리고 있다.

러셀은 사내 정치에는 발을 들이지 않았다. 참을성을 닮은 그 무엇도 기대하지 않는 한, 그는 훌륭한 멘토였다. 그는 루이 14세의 명언으로 알려진 '나는 그저 기다릴 수밖에 없는 처지였다'를 책상머리맡에 핀으로 꽂아두었다. 이런 무뚝뚝한 경영 방식은 수년에 걸쳐 대인관계에서 걸칠 갑옷을 만들고 눈 맞춤을 한정된 자원처럼 분배하는 편집자 세계에서는 그저 양해되는 것을 넘어 보흐받는 태도였다. 홍보 담당자의 경우는 달랐다. 우리 같은 사람들은 소통하고, 쿡쿡 찌르고, 대화의 날 선 모서리를 둥글려주는 역할을 하라고 고용된 존재였다. 빈티지북스를 떠나 전업 작가가 된 직후, 나는 티브이 드라마 파일럿 아이디어를 하나 떠올렸다. 출판사 인사팀을 배경으로 한 코미디였다. 내가 한 건물에서 일했고 인사팀의 특성도 잘 알았기 때문에, 인사팀 이사가 '대체로 다채로운' 일화를 몇 가지 알려주기로 했다. 이에 앞서, 그는 이름은 공개할 수 없으며, 이름을 추측해도 안 된다고 했다. 그러면서 나한테도 이야기를 하나 해보라고 했다. 그 이야기를 또 해야 하나?

"아, 그렇군요. 그 이야기만으로도 스핀오프 에피소드 한 편은 거뜬하겠네요." 그가 말했다.

러셀은 자신을 옹호하는 수단으로 내가 입사하기 전에 직무 탐색 면담을 하러 온 한 여성 지원자 이야기를 자칭 우화처럼 들려주고는 했다. 체계적인 데다가 박식한 그 지원자는 어째서 자신이 채용 면접에서 자꾸 떨어지는지 모르겠다고 했다. 러셀은 설명할 기회를 놓치지 않았다.

"첫째, 당신은 회사 주소를 물었습니다. 제 이메일 서명란에 기재되어 있는데도 말이죠. 그러니 제 일거리를 늘린 셈이죠. 둘째, 당신은 재미없어요. 여긴 일곱 명밖에 없는 부서입니다. 더불어 살아야 하는 곳이라고요."

러셀이 그 지원자의 이력서 여백에 **재미없음**이라고 끄적이는 모습이 눈에 선했다.

몇 년 뒤, 잘나가는 신문 편집자가 된 그 사람은 러셀에게 자신의 삶을 바꾼 솔직한 조언에 감사한다는 쪽지를 손 글씨로 써 보냈다. 러셀은 그 쪽지 역시 책상에 핀으로 꽂아두었다. 때로는 말없이 꼭 "저 쪽지랑 얘기해" 하듯이 그저 쪽지를 손가락으로 가리키기도 했다.

그럴 때마다 나는 "저 쪽지도 한 사람 몫을 하네요" 했다.

러셀은 팀원들에게 솔직했는데, 상대 역시 자신에게 솔직하기를 기대해서였다. 어느 저자가 언짢아하는지 알려달라고, 자기가 쓴 제안서에서 진부한 농담은 삭제해달라고, 회의에 지각한 자신을 꾸짖어달라고. 어지간한 사람들은 자신이라는 사람 자체를 향한 숭배가 아니더라도 흔쾌히 받아들인다. 그저 상대가 우리에게 갖는 어떤 인식 때문이거나, 우리가 제공하는 어떤 서비스 때문이라도. 우리는 배역만 주어지면 기꺼이 타인의 연극에 출연한다. 그러나 러셀은 오로지 그라는 사람 자체에 주어지는 것이 아니라면 숭배하기를 완강히 거부했다. 그건 아마도 온전한 자신으로 살 수 없는 세계에, 받아들여지기 위해 자신을 억눌러야 했던 세계에 섞이려 애쓰며 삶의 전반부를 보낸 것과 다름없는 일이겠지. 어쨌거나, 러셀은 사랑받는 것 외에 최고의 경험이란 **숭배받는** 것이라는 말을 즐겨 했다.

그런데, 진심으로 그를 숭배하기로 했다면, 숭배를 이어가야만 했다. 강아지에게 공을 던져즈는 것과 마찬가지였다. 그는 내게 문자메시지를 보내놓고 곧장 내 사무실로 찾아와 읽었느냐고 묻곤 했다.

"가세요."

"내가 짜증 나?"

"네."

"기분이 안 좋아?"

"지금 안 좋아졌어요."

하지만 샐쭉해진 그가 복도로 나가는 순간엔 바퀴 달린 의자를 밀며 다가가 돌아오라고 애원하고는 했다. 돌아와요, 돌아와요. 제발 돌아와요.

그러다 내가 떠날 때가 왔다.

편집자나 에이전트가 작가가 되는 데야 대의명분이 있지만, 홍보 담당자의 경우는 흔치 않았다. 누가 기획을 제안하는가가 중요한 시대에는 불가능한 일이었다. 처음에는 나름대로 매력적인 문제 같았던 것이 (**금의환향한 고향 처녀!**) 진짜 문제가 되었다. 인터뷰할 때마다 첫 질문은 내가 담당하는 저자들이 내가 직접 책을 쓰고 출판하는 일을 불쾌해하지는 않느냐는 것이었는데, 크노프 입장에서야 비웃을 일이었다. 하지만 때때로 실제 그런 일이 일어났다. 회사 내에서 업무에 태만하지는 않은지 감시당하는 요주의 인물이 되었고, 회사 밖에서는 신기한 구경거리였다. 그러다 어느 도서 칼럼니스트가 자신한테는 내가 쓴 책, 또는 내가 홍보를 담당한 책 중 하나만 다룰 여유가 있다고 말하는 때가 왔다. 나더러 둘 중 하나를 고르라는 거였다.

회사를 그만두기로 한 날 아침, 러셀이 내 사무실을 찾아와서는 저자를 중서부로 보내 북투어를 하게 하는 게 맞는 결정이냐고 물었다. 나는 무릎 사이에 고개를 묻고 울기 시작했다.

"그럼, 미니애폴리스는 안 된다는 거지?"

그는 겁에 질려 있었다. 우리가 폭발물 협박, 예산 삭감, 정리해고, 문학적 논쟁을 이겨내던 지난 10년 간 나는 단 한 번도 무너진 적 없었다. 뭐가 문제지? 부모님께 무슨 일이 생겼나? 남자 문제? 내가 드디어 남자를 **죽였나**?

나는 심호흡을 하고 고개를 들어 러셀을 바라보았다.

"이런, **맙소사.**" 그러더니 그는 사무실을 나가 문을 쾅 닫았다.

부서진 도기 서랍의 파편에 바른 접착제가 굳을 때까지 한 손으로 붙잡은 채로, 남은 한 손으로 이메일에 답장한다. 도난 사건 직후 몇 시간 동안 내가 얼마나 잘 기능할 수 있을지 궁금하지만, 답은 이미 안다. 무사히 기능하겠지. 나쁜 일을 처음 겪는 사람은 아무도 없다. 제대로 기능하느냐는 문제가 안 된다. 문제는, 단기간 일어난 충격적인 사건이 장기적으로 보았을 때 사소한 사건이 될 수 있게 다루는 능력이다. 너무 큰 슬픔을 단숨에 삼키면 무감각해진다. 어떤 경계도 넘지 않은 것 같은 느낌이 드는 이유는, 경계라는 개념이 소실되어서다. 어쩌면 긴급 상황 같은 건 애초에 존재하지 않는 건지도 모른다. 어쩌면 우리의 나날은 신나는 노래와 음울한 노래가 뒤섞여 있는 것이 아니라, 한 곡의 감상적인 노래 속 서로 다른 음들일지도 모른다. 아직은 브리지*에 도달하지 않았을 뿐이다. 계속 흥얼거리면, 곧 도달할 것이다.

나처럼, 대체로 예상된 트라우마, 즉 "정말 고통스러울 거야" 식의 트라우마를 마주해온 사람들은 일상이 비일상과 이토록 가깝다는 사실 앞에서 아연실색하고는 한다. 불운이 '뜬금없이' 등장한다는 건, 침입하는 사건의 존재감을 강화하고자 주변 사건들이 의미를 떠안는다는 뜻이다. 교통사고가 난 날을 돌아보면, 그날 아침 개수대에서 깨뜨린 유리잔이 떠오른다. 평소에는 개수대에서 유리잔을 깨뜨린 적이

* bridge. 노래의 후렴구 전 분위기가 고조되는 부분.

한 번도 없었는데. 이 사실에서 무엇을 알 수 있나? 트라우마를 예상하지 못한 사람에게는? 우주적일 정도로 엄청난 일. 트라우마를 예상하는 사람에게는? 아마 아무 의미도 없겠지. 그러나 이런 상태라 해도 쓸모는 있다. 시인 라이너 마리아 릴케의 말처럼, '삶에 담긴 절대적 공포를 어느 시점에 최종적으로 받아들이거나, 나아가 적극 누리지 못한 사람은 우리 존재에 담긴 말로 표현할 수 없는 어마어마한 힘을 영영 손에 넣지 못한다.'[*]

　순진함이 염세로 돌변하는 이런 사례들 중 내가 오랫동안 가장 빈번히 인용한 건 이모부가 이모를 떠났을 때 일이었다. 이모가 그 사실을 안 건 결혼 25주년 파티를 마치고 귀가했을 때였는데, 이모부는 자기 물건을 죄다 챙긴 걸로 모자라 휴지걸이에 있던 두루마리 휴지까지 빼갔다. 그 뒤로 몇 달간은 이모한테 그 이야기를 들려달라고 하면 그때마다 두루마리 이야기는 빠지지 않을 테고, 매번 어처구니없다는 말투에 실려 등장할 것이다. 마치 이렇게 말하는 것처럼. 대체 이 이야기에 휴지는 뭣하러 등장하는 거야? 이야기에서 빠져. 하지만 시간이 지난 뒤 이모는 깨닫는다. 이 휴지야말로 이야기구나. 전부 같은 이야기였어.

　러셀이 죽은 날, 그는 인스타그램에 야생화 사진을 올렸

---

[*] 『말테의 수기』에서 인용.

다. '헛간 북쪽 면을 따라 왕성하게 퍼져나가는 루드베키아'
라고 덧붙여 썼다. 유언이 사진 설명이라는 형태로 남는 우
리 시대의 징후가 아닐까 싶다. **왕성하게 퍼져나가는 루드베
키아.** 정말 듣기 좋은 소리들의 나열이다. 이 사진을 그날 밤
일어난 일과 연관 짓고 싶은 유혹이 든다. 그 뒤 이어진 끔
찍한 사건이 알고 보면 그렇게 뜬금없이 나타난 것이 아니라
고. 그런 식으로, 평범하지 않은 일에도 진입 차선이 존재하
듯이. 화면 너머로 손을 뻗어 헛간 벽에 손바닥을 짚고 속삭
이고 싶은 유혹이 든다. **그러지 말아요.** 그러나 그건 그저
러셀이 집에서 나가기 전에 찍은 사진 한 장일 뿐이다.

건물 관리인 덕분에 도난 사건 소식은 금세 퍼진다. 어떤
이웃은 궁금해 죽겠다는 듯 뭘 도둑맞았느냐고 묻는다. 아
니요, 꼭두각시 인형극 같은 걸 하다가 떠났어요. 아래층에
사는 여덟 살 여자아이는 간결하게 연민의 마음을 전한다.
우리 집 문에 '정말 안타까워요'라고 쓴 쪽지를 붙여둔다. 또
다른 이웃은 자기가 자동차 라디오를 도둑맞았던 때 이야기
를 늘어놓는다. 그 이야기가 지닌 장점이라면, 앞으로 일어날
일들에 대해, 또 내가 인간 경험이라는 광대한 프리즘에 관
심이 없다는 사실을 알고 기분 나빠할 사람들에 대해 마음
의 준비를 할 수 있다는 점이다. 하지만 나는 어린 시절 살던
집에 도둑이 들었다는 사람과 어떤 유대감도 느끼지 못한다.

카페 화장실에 갈 때 노트북컴퓨터를 자리에 두고 갔다는 사람들에게는 더더욱 더 공감할 수 없다. 기숙사 방에 있던 시디를 다 털렸다는 사람들 이야기를 들으면 좀 역겹다.

나는 그 사람들의 이야기에 덜 신경 쓸 수 있는 방법을 찾으려 애쓰고, 성공한다. 이 상황에서 자기 이야기를 꺼낼 만큼 뻔뻔한 그들이 그 뒤로 더 많은 물건을 잃어버렸기를 바란다. 오해하지 않았으면 하는데, 도난 사건에 침범이 있다는 건 명백한 진실이다. 쓰레기를 버리러 나갈 때마다 창문을 잠그고, 바닥널이 삐걱일 때마다 내 존재가 드러날 것 같다고 생각하는 건 재미있지 않다. 경찰이 오기 전부터, 나는 그날 밤에도 내가 이 집에서 잠잘 걸 알았다. 다가오는 심리적 전쟁에서 지고 싶지 않았다. 그러나 사람들이 침해를 내세우는 건, 자기네들 멋대로 상실에 위계를 만들 수 있어서라는 것 역시 진실이다. 그들은 마치 내 보석이 보잘것없는 물건이라는 듯이 그런 믿음을 내게 슬그머니 떠넘긴다. 그러나 침입이란 더 큰 상실을 멀리 보낼 수 있는 우주선의 부서진 파편이다.

나는 러셀이 시계나 램프를 사람처럼 대한다고, 벼룩시장을 자기만의 고아원처럼 대한다고 놀리고는 했다. 그는 사물에 영혼이 있다고 믿었다. 그의 감정 중 대부분은 타인의 삶을 잡다하게 모아놓은 직물이며 유리 건물들로 이루어진 시장에 살았다. 집 없는 물건을 보면 러셀은 초조해졌다. 플라

밍고 모양 도자기 재떨이를 손에 드는 것으로는 모자라서, 이 물건이 위대하다는 점에도 동의해야 했다. 내가 쓴 책조차 여러 권 집에 두고 싶지 않은 사락인 나로서는 결코 이해할 수 없었다.

한동안 나는 도난 사건 생각뿐이다. 한 친구가 당분간 자기 집에서 지내라고 하지만 도저히 이해할 수 없다. 내가 집을 비우면 누가 집을 지켜? 물건들이 제대로 있는지 매시간 확인할 사람이 달리 누가 있어? 그러나 나는 물건들을 지키기는커녕 물건 간수에 더 소홀해진다. 일주일 만에 우산, 이어폰, 세탁소 카드, 휴대폰 충전기, 라이터 여러 개, 책 한 권, 스카프 한 장을 잃어버린다. 슈퍼마켓 계산대에 방금 산 물건을 장바구니째 두고 온다. 우표 없이 편지를 부친다. 남의 집 침대 옆 협탁 위에 휴대폰을 두고 온다. 또, 지갑도 제대로 간수하지 못한다. 처음에는 바에 다음에는 심리상담소에 지갑을 기부한다. 내 지갑이 상담소에서 뭘 하고 있는지는 모르겠다. 거긴 동네 구멍가게도 아닌데.

그러던 어느 날, 주머니 속에서 휴대폰이 울린다. 회색 양복을 입었던 그 형사다. 알고 보니 내가 사는 건물 외부에 보안 카메라가 있단다. 도난 사건이 일어난 날 카메라에 뭔가 잡혔고, 형사가 검토하러 오고 있단다. 나는 집으로 뛰어가 지금까지 한 번도 발을 들여본 적 없는 내실內室인 건물 관리인의 집에서 형사를 만난다.

“생각난 게 좀 있습니까?” 관리인이 테이프를 재생 장치에 넣는 사이 형사가 묻는다.

“뭐가요?”

“단서는요?”

“그건 제가 할 대사 아닌가요?”

“정말 끔찍한 일이네요.” 관리인이 끼어든다.

관리인은 자신이 눈을 부릅뜨고 지켜보는 가운데 사건이 일어났다는 사실 때문에 상심하고 있다. 그는 이 건물의 눈이자 귀다. 한 번은 그가 우편함이 있는 구역에 이 건물을 찍은 거의 똑같은 사진 두 장을 붙이고는 샤피 펜으로 ‘1987년/2017년!’이라고 써두었다. 마치 차양 색깔이 바뀐 데 인류학적 중요성이 담겼다는 듯이. 앞으로 몇 달간 관리인은 나를 볼 때마다 저프루더 필름*을 보는 올리버 스톤이라도 된 것처럼 보안 카메라 영상에서 본 것을 계속 주워섬길 것이다. 모든 것을 몸으로 재연하고, 때로는 재연에 흠뻑 몰입한 나머지 도둑 흉내를 내며 내 양 어깨를 누르면서 나를 ‘제압한다’. 이런 짓을 하지 말라고 내가 공식적으로 요청해야 한다.

형사가 재생 버튼을 누른다. 백팩을 멘 남자 하나가 전화

---

* 존 F. 케네디 총격 사건 당시, 홈 비디오로 유세 현장을 촬영하던 댈러스의 시민 저프루더의 영상에 우연히 포착된 총격 장면을 가리킨다.

통화하며 건물 바깥을 서성거린다. 왼편을 본다. 오른편을 본다. 아무도 없는 걸 확인하고는 직원용 입구로 슬쩍 들어간다. 재활용 수거통 근처를 느릿느릿 지나치더니 그리 만만치 않은 벽돌담을 잽싸게 기어오른다. 그 유려한 움직임에 나는 초조한 웃음을 터뜨린다. 건물 뒤편으로 진입한 그에게는 1층을 비롯한 여러 선택지가 있다. 그는 그 선택지를 무시한다. 그 대신 내 집을 올려다보다가, 내 집 화재비상구로 뛰어올라 카메라 밖으로 사라진다. 고작 5분 뒤, 그가 아까의 행동을 역순으로 반복하는 모습이 보인다.

"아이쿠." 관리인이 침묵을 깬다.

방 안의 기압이 낮아지는 게 느껴진다. 나는 도둑이 떠나는 장면으로 되감기해달라고 한다. 느리게. 더 느리게. **여기요. 대체 저 행동은 뭐지?**

우리 셋은 눈을 가늘게 뜨고 화면을 본다. 그는 라텍스 장갑을 벗고 있다. 우리가 본 영상에는 도둑이 지문을 남기지 않았다는 사실뿐 아니라, 그보다 훨씬 불안감을 불러일으키는 소식이 담겨 있다. 내가 집에 없었던 게 운 좋은 게 아니다. 누가 날 찾아왔고, 내가 집을 나서는 걸 확인했고, 내가 어디 사는지 알았다. 그렇다고 내가 아파트 호수를 옷에 수놓고 다니는 버릇이 있는 것도 아니다. 나는 감시당하고 있었던 거다. 아니면, 형사의 표현대로 "표적이 되었다". **표적이 되다니.** 관찰당한다는 표현과 스토킹당한다는 표현 사이 언어학적으로 적절한 위치 아닌가.

지금, 여기서 광기는 파티를 벌일 준비를 하고 이야기 속으로 들어온다.

모두가 용의자다. 약물에 취한 사람, 아니면 약물에서 갓 깨어난 사람인가? 누가 고용한 사람일까? 내가 팁을 짜게 주는 바람에 배달부가 몹시 부적절하게 반응한 걸까? 모든 가설이 문제가 있거나 부조리하다. 전부 다 말이 되지 않았다. 무언가가 빠졌다. 정확히는 마흔한 개가 빠진 거지만. 또, 내가 좀 더 일찍 집에 돌아왔더라면? 그땐 무슨 일이 일어났을까? 도난 사건 당시에 내가 집에 없었다고 말할 때면 다른 이들의 얼굴에는 엄청난 안도감이 깃든다. 그들은 도둑이 48시간 이전부터 현장에 있었을 가능성을 상정한다. 아니면 24시간. 아니면 한 시간.

러셀은 내 기분을 북돋아주려고 술을 사준다. 다른 사람들처럼, 러셀도 도난 사건이 좋은 이야기라고 생각하고, 이 수수께끼를 풀겠다며 들떠 있는 것 같다. 다른 사람들과는 달리, 러셀은 그 수수께끼가 영영 풀리지 않을 것임을 받아들인 것 같다. 그는 함께 벼룩시장을 샅샅이 뒤지자고 말하지만, 그 말을 마치 아웃렛에서 일하는 10대 소년이라도 되는 것처럼 한다. **다음번에 구매할 땐 10퍼센트 할인해줄 수 있어, 원한다면 말이야.** 그는 지난 일은 어쩔 도리 없음을 안다. 웬만한 사람에게 이 이야기는 그들이 가진 정상성 개념

을 벗어난 이야기다. 도난 사건은 '뜬금없이' 벌어진 일이었
다. 그러나 겉으로는 유쾌하기만 한 러셀의 내면에도 어둠의
우물이, 원한다면 어느 때건 손을 담글 수 있는 연못이 있
다. 썩 기분 좋은 세계는 아니다. 나쁜 일들은 벌어진다. 때
로는 한꺼번에.

그는 내 말에 골똘히, 그러나 차분하게 귀 기울이며 고개
를 주억거린다. 내 귀에 들릴 정도로 헉하고 놀라는 소리를
내지도 않는다. 잘됐다, 나는 생각한다. 또 한 번 누군가의
칵테일파티 안줏거리가 되고 싶진 않으니까. 나는 보답 삼
아, 러셀이 도난 사건을 설계한 장본인은 내 아파트 바로 뒤
편 브라운스톤 주택에 사는 이웃이라는 터무니없는 가설을
떠들어대게 내버려둔다. 시끄럽게 파티를 벌여대는 그 집의
10대 자녀야말로 몇 년째 내 숙적이었으니까.

"천만 달러짜리 집에 사는 사람들이 프롬파티에나 하고
갈 법한 제 보석을 훔치려고 사람까지 썼다고요? 그게 말이
된다고 생각해요?"

"그렇게 생각 안 한다는 사실이 놀라운걸." 러셀은 내 반
박에 꿈쩍도 않고 응수한다.

"글쎄요, 그러려면 흔적도 안 남기는 전문가였나보네요."
나는 천장을 올려다보며 중얼거린다.

내가 탐정 흉내를 내는 건, 어느 정도는 그렇게 해야 해서

고, 어느 정도는 내가 범죄 현장에 살고 있어서다. 내게는 두 가지 미션이 있다. 보석을 찾아라, 그리고 그 보석을 훔쳐 간 사람을 찾아라. 나는 프리랜서 탐정이다.

백 군데는 되는 전당포에 보석 사진을 보내고, 몇 군데는 직접 찾아간다. 어느 전당포 주인은 나더러 굳건한 "전투 본능"이 있다고 했는데, 그 말에 힘입어 나는 더 많은 거리를 걷고, 더 많은 초인종을 누른다. 전당포 주인들은 침울한 성격이지만 상냥하다. 우리는 잡담을 나누고, 사교적 인사말을 주고받으며, 나는 그들에게 사촌 결혼식에 잘 다녀오라고 말한다. 온라인에도 알림을 설정한다. 이 도둑의 전문성을 헤아릴 방법은 없으니, 나는 검색어를 '녹색', '반지'로 모호하게 설정하고 스크롤을 내리며 수천 장의 사진을 살펴보지만, 곧 휴대폰 화면에 이런 문구가 뜬다. '검색 결과는 여기서 끝입니다.'

여러분은 인터넷의 끝에 다다를 수 있다는 사실을 알고 있었나? 음, 그럴 수 있는 모양이다.

도둑이 플라스틱 신분증을 주머니에 클립으로 꽂고 있었기에, 나는 병원, 호텔, 공사 현장을 돌아다니며 탐문한다. 아무도 도움을 주지 못한다. 하지만? 아무도 날 멈출 수 없다. 어느 날, 아파트 건물을 나서는데, 모든 면에서 그 도둑과 정반대 외형을 가진 남자가 비계飛階에 기대 서 있는 모습이 눈에 띈다. 왜 저렇게 기대고 있는 건데? 세 블록을 갔다가, 결국 집으로 뛰어서 돌아가고 싶은 충동에 굴복한다. 계단을 달려 올라가 문을 벌컥 연다. 고양이가 눈을 끔벅인다.

도난 사건은 불안을 갈기갈기 찢어 그 뿌리를 드러내는 토네이도다. 다른 집으로, 다른 도시로 이사하지 않은 것, 특정한 직업을 갖지도, 특정한 남자와 결혼하지도 않은 것, 앞을 바라봐야 할 때 뒤돌아보는 것, 전부 내 잘못이다. 나는 지나치게 안주한다. 집착해선 안 되는 사물, 사람에게 매달린다. 우리가 변하지 않을 때 변화는 가장 제멋대로인 모습으로 우리를 찾아낸다. 우리의 취약성이 결국 가장자리로 비어져 나올 때까지 짓누를 것이다. 아무도 자원하지 않을 때 삶은 무작위로 사람들을 불러낸다. 나는 변하겠다고 맹세한다. 이 단 한 가지 수수께끼를 풀지 못하게, 단 한 가지 질문에 대답하지 못하게 가로막고 있는 정신적 장벽을 누군가 치워주기만 한다면, 앞으로 나가겠다고 맹세한다. 내가 능숙하게 합리화해버려서 그것이 벌을 자초하는 일임을 더는 식별하지도 못하게 된, 그 행동은 뭘까? 어쩌면 그것은 세상이 우리를 어떻게 바라보는지 알 수 없도록 가로막는 일반적인 장벽이려나? 사진이란 당신의 시선을 보여주는 것이어야지, 당신을 바라보는 세상의 시선이 아니지요.

어쩌면 도둑에게는 망봐주는 사람이 있었는지도 모르겠다.

나는 길 건너편 커피숍에 가서 점장에게 보안 카메라 사진을 봐달라고 요청하는 전갈을 남긴다. 그날 오후, 점장이 내게 전화를 하더니 사실, 무언가 **실제로** 수상쩍은 것이 있다고 말한다. 도난 사건 30분 전 우람한 남성 두 명이 커피숍에 들어와 내가 사는 건물을 마주보는 창가에 앉았다고 한다. 한 사람은 블루베리 머핀을 주문했다. 다른 한 사람은 아무것도 주문하지 않았는데, 그 이유는…… 이유는…….

점장은 차마 입이 떨어지지 않는 모양이다. 끔찍하기 짝이 없는 일이어서다.

"……스타벅스 컵을 들고 들어왔거든요."

내가 법 전문가는 아니지만, 분명 스타벅스에 가는 건 죄인가보다. 그래도 내게 이메일로 영상을 보내주겠다고 고집을 부린다.

두 용의자는 가로줄무늬가 있는 럭비 셔츠 차림이다. 팔은 타투투성이다. 둘 중 한 명은 한 귀에 빛을 반사하는 귀걸이를 달고 있다. 클럽 문지기처럼 생겼다. 나는 목욕가운 차림으로 바닥에 앉은 채 성인 남자들이 머핀 하나를 나눠 먹고 있는 영상을 6분째 보다가, 더는 이런 식으로는 안 되겠다고 결론 내린다.

애도 지지 모임이란 극적인 동시에 그럭저럭 견딜 만한 것처럼 보인다. 도난 사건을 겪은 다른 사람들과 함께 있으면 그 사건이 오직 나에게만 일어난 것이라 생각지 않을 수 있을 것이다. 또 "복면"이라거나 "총구" 같은 말을 하는 사람

앞에서 공손해지는 게 싫지 않을 것이다. 그러나 내가 갈 만한 지지 그룹을 찾아보니, 없었다. 온라인 모임과 오프라인 모임이 있었다. 암, 심장마비, 자연재해, 테러리즘으로 인해 홀로 남겨진 사람들을 위한 공간들 말이다. 배우자, 자식, 부모를 잃은 사람들을 위한 대화들이 넘쳤다. 그러나 **물건**을 애도하는 모임은 없었다. 존재하지 않았다. 집이 날아갔다니 정말 안타깝지만, 집일 뿐이잖아요. 애도는 사람을 위한 것이지, 물건을 위한 것이 아니랍니다. 지구상 모든 사람이 이런 이해를 공유하는 모양이다. 거의 모두가. 러셀 같은 사람, 그리고 지금의 나 같은 사람은 슬픔이 어디에 속하는지 모른다. 우리는 우리의 외로운, 데아리치는, 알 수 없는 부분들을 긁어모아 서랍에 넣거나 조그만 나무 선반에 걸어두고, 우리를 판단하지도, 떠나지도 않을 사물들에 우리 감정을 투사하면서, 실질적인 방식으로 과거에 매달린다. 하지만 우리를 제외한 다른 사람들은? 다른 사람들은 전부 우선순위가 확실해 보인다.

그러다 마침내, 나는 예기치 못한 장소에서 상당한 위안을 얻게 된다.

친구 샬럿이 부모님과의 저녁 식사에 나를 초대했다. 내가 초대에 응한 건 그분들이 내 부모가 아니라서, 또 약속 장소인 식당이 내가 24시간 감시해야 하는 내 아파트에서 멀지 않아서다. 샬럿의 부모님은 도난 사건에 관해 물으면서, 말하고 싶지 않으면 안 해도 된다는 전제를 붙인다. 다시 한번 말하지만, 이래서 내 부모님이 아니라는 것이다. 이야기를 절반쯤 풀어놓은 시점에, 나는 샬럿의 어머니가 이 이야기에 완전히 사로잡혔다는 사실을 알아차린다. 그분에게도 비슷한 일이 일어났던 것이다. 나는 기숙사 방이 털린 이야기를 또 한 번 들을 만반의 준비를 한다.

자식들이 어릴 때, 샬럿 가족이 살던 건물과 계약된 유리창 청소 업체가 있었다. 어느 날, 청소부가 자신은 이 업체에서 나와 새로운 업체를 차릴 거라며, 샬럿의 어머니에게 그 뒤로도 자신을 고용할 것인지 물었다. 당연히 그럴 거라고 그분은 대답했다. 그런데 몇 주 뒤, 할머니가 스웨덴에서 이주할 때 가져온 브로치가 온데간데없이 사라졌다. 그 청소부가 범인인지 증명할 방법은 없었고, 기존 업체를 통해서 추적할 수도 없었다. 그럼에도 샬럿의 어머니는 계속 그 사람을 찾아다녔다. 5년 뒤, 그 청소부가 완전히 다른 어떤 범죄를 저질러 기소되었다는 소식을 들은 그분은 라이커스 섬 교도소로 가서 반나절 내내 면회를 기다렸다.

"메시지를 전해달라고 했지만 거절하더구나. 그래서 난 이렇게 말했지. '상관없어요, 여기서 기다릴 테니까.'" 그분의 말이었다.

결국 교도관도 항복했다. 샬럿 어머니의 질문 단 한 가지만 전해주기로 했다. 그 브로치는 어떻게 됐어요? 그분이 알고 싶은 건 그게 전부였다. 고발할 생각은 없었다. 이미 교도소에 있으니까. 그저 알고 싶었던 것이다.

그 자리의 다른 사람들은 이미 이 이야기를 들어 알고 있었기에 다른 화제로 넘어간 뒤다. 피자를 잡아 뜯으며 와인을 뭐로 할지 웨이터와 상의하는 중이다. 그러나 나는 들뜬 나머지 의자에 간신히 궁둥이를 붙이고 있다. 우리 둘 중 한 사람은 칠순의 스웨덴 여성이지만, 우리 둘 다 이민자 혈통이다. 어쩌면 우리가 그 사물들을 너무 사랑하는 게 아니라, 우리 조상들이 우리에게 남긴 증거가 오로지 그 물건들뿐인 건지도 모른다.

"그러다가 교도관이 돌아왔어." 샬럿 어머니가 말했다.

"그래서요?"

"청소부가 브로치에 박혀 있던 보석을 다 빼낸 뒤 나머지는 녹여버렸대. 보석 한 알 한 알을 분리했대."

그분의 목소리가 갈라지고, 눈에는 눈물이 고인다. 그건 이미 30년 전에 일어난 일인데도. 공포와 안도가 동시에 밀려든다. 그 두 감정은 이토록 조화로이 맞물린다. 꼭 마술처럼, 도둑이 짊어진 배낭에 남은 물건들이 하나하나 다 보인다. 플라스틱이나 레진으로 된 건 모조리 쓰레기통에 들어갔다. 우리가 대화를 나누는 사이 호박 부적은 장물로 팔려 넘어간다. 어린 시절의 참 팔찌같이 더 작은 장신구들은 녹고 있다. 하지만 돔 모양 녹색 반지는? 펜치로 보석이 뽑혀

나간다. 지금까지 줄곧, 내가 침실로 들어가던 6월 27일 저녁으로 돌아가고 싶은 마음이 절실했다. 나는 뭘 알았나? **생각해봐, 뭘 알았지?** 오랜 시간이 지난 후 마침내, 나는 처음 방으로 들어간 그 순간과 같은 주파수를 가진 순간에 들어와 있었다. 그리고 나는 세 가지 사실을 알고 있었다.

도둑맞은 집은 우리 집뿐이라는 걸 알았다.

그 반지를 다시는 볼 수 없다는 걸 알았다.

이유를 모르더라도 괜찮아지는 법을 배워야 한다는 걸 알았다.

러셀이 죽기 사흘 전 밤, 나는 그와 함께 저녁 식사를 했다. 내가 오스트레일리아에서 열린 문학 페스티벌에 가 있는 사이 그가 내 늙은 고양이를 봐주기로 했기에, 우리 동네에 와서 내게 로브스터롤을 얻어먹고 고양이 식욕 촉진제에 대해 배우기로 한다. 그는 고양이를 봐주는 일이 썩 내키지 않는 척 하지만, 그는 원래 고양이를 좋아했다. 따지고 보면 내 고양이의 이메일 암호를 아는 유일한 사람은 그니까.

친구가 된 지 이토록 오랜 시간이 흘렀는데도, 그가 신발을 벗고 우리 집 가구에 앉는 모습을 보는 게, 그가 내 침대에서 잠을 자고, 냉장고를 텅텅 비워놓았다고 꾸짖으리라는 걸 안다는 게 어색하다. 옛 상사는 이제 검은 머리보다 흰머리가 많다. 때로 우리는 지나치게 분명하고 지나치게 애매한 우리 사이에 깜짝 놀란다. 우리는 부부가 아니다. 우리 둘 다 명절을 억지로 가족과 보내는 일은 없으니, 자기 가족에 대해 불만을 털어놓을 때마다 상대가 과장한다고 생각하는 경향이 있다. 나는 그의 사람이 아니다. 그에게는 어떤 사람이 있다. 하지만? 내가 지금까지 사귄 남자들은 늘 내게 또 한 사람의 아빠가 있다고 느꼈고, 그의 파트너는 그에게 딸이 있다고 느꼈다.

저녁 식사 자리에서, 러셀은 내가 주문한 걸 그대로 주문한다. 처음에 우리 대화는 평소와 다를 바 없다. 그의 조카가 조만간 뉴욕에 오고, 러셀이 뉴욕 구경을 시켜주기로 약속했단다. 스무 살짜리 남자애의 취향에 맞는 놀거리와 먹거리가 뭐냐고요? 나는 어깨만 으쓱한다. 매춘부와 핫도그? 화제는 일과 가정생활로 옮겨간다. 둘 다 썩 잘되고 있진 않은데, 둘 다 썩 잘되지 않은 지도 꽤 됐다. 러셀은 자신이 같이 살기 '쉬운' 사람이 아니라는 걸, 심지어 이조차도 유한 표현임을 인정하면서도, 딱히 변하고자 한 적 없다. 관성이 그를 지배하며, 늘 그렇듯 해소하기 위한 제안을 물리친다. 우리 둘 다 수련잎 같은 각자의 불만을 가지고 산다. 내 불만의 중심에는 주로 로맨스, 그리고 세상의 종말이 놓여 있다. 러셀의 경우엔 주로 로맨스, 그리고 출판계의 종말이다. 내가 작가가 아니라 출판사 직원이던 시절을 감상적으로 회상할 때마다, 그는 내가 기억하는 그 시절은 이제 없다고 한다. 현대의 삶은 출판계를 위협하고 위축시켰다. 출판계는 수년에 걸쳐 천정에서 서서히 무너지고 있었다고. 어떻게 그걸 몰랐느냐고. 나는 다른 화제로 넘어간다.

저녁 식사를 마친 뒤 그는 나를 집에 데려다준다. 헤어질 때, 그가 도난 사건에는 새로운 소식이 없냐고 묻고 나는 최근에 깨달은 점을 이야기해준다. 돔 모양 반지는 이제 존재하지 않으므로 영영 찾을 수 없을 거라고. 그건 러셀이 가장 좋아하는 반지였다. 그는 그 반지를 빛에 비추고 아래에서 들여다보는 걸 좋아했다. 보석이 세팅된 모양이 미니어처 박물관 천장을 닮았다고, 파리의 오르세 박물관 같다고 했다. 가십을 알려줄 테니까, 승진시켜줄 테니까, 자기 몫의 에그롤을 줄 테니까 그 반지를 달라고 한 적도 있었다. 그러면 나는 그 반지가 할머니를 떠나보낼 만큼의 가치는 없는 거라고 대답하고는 했다. 물건이 사람을 대신할 수 있는 거라고 우리가 **진짜로** 믿지는 않잖아요……. 맞죠? 그는 미소를 지으며 수수께끼를 낸다. 답은 보석이다. 낡더라도 늙지는 않는 게 뭘까?

밤이 늦었다. 거리엔 사람이 없다. 식당은 우리가 앉아 있는데도 문 닫을 준비를 했다. 이만 나가라고 눈치를 줬다.

"위로가 될지 모르겠지만 어차피 죽을 때 가져가는 것도 아니잖아." 그가 나를 안으며 말한다.

이 말은 그가 내게 남긴 마지막 말이 된다.

며칠 뒤인 6월 27일 토요일, 러셀은 코네티컷의 집에 있다. 파트너가 포치에서 책을 읽는 사이 그는 개들을 데리고 저녁 산책을 나간다. 산책이 끝난 뒤 방충 문을 열고 개들을 집 안에 들여놓는데, 간절히 바라면 그 방충 문이 탕 닫히는 소리가 들릴 것만 같다. 그 뒤, 러셀은 거실 텔레비전을 켜놓은 채 또 한 번 집 밖으로 나가 마당을 가로지른다. 그의 눈높이에 있는 닭장 속에서는 그가 사랑하던 닭들이 자고 있다. 예전 직장 동료들이며 죽은 유명인들 이름을 따서 이름 지어준 닭들이다. ("지난 주말 라나 터너가 내 눈을 쪼려 들었어.") 비탈 아래에는 아무도 먹지 않는 루바브를 심어둔 정원이 있다. 땅속에는 그가 매년 심는 마늘이 한 줄로 심겨 있다. 그는 그대로 헛간으로 들어가 서까래에 목을 맨다.

어떤 사건들의 규모를 알기는 어렵다. 어떤 사건들의 규모를 감당하기도 힘들다. 나는 우리 우정이 더 작아지지 않도록 우리 우정을 실제보다 더 크게 과장하는 걸까? 동시에 도난 사건이 더 커지지 않도록 실제보다 더 축소하는 걸까? 나는 아무런 연관 없는 사건들에 공통의 의미를 투사하고 있는 걸까? 세상은 그렇게까지 근사하지 않다. 나쁜 일들은 벌어진다. 때로는 한꺼번에. 모든 것이 뒤섞여 있다. 나는 마치 약병에 적힌 부작용처럼, 의학적 의미로 혼란에 빠져 있다. 만약 도난 사건에 이어 자살 사건이 일어나는 것이라면 각각의 사건으로 들어가는 입구가 따로 존재한다는 건 머리로는 안다. 아마 미래에는 그렇게 생각할 수 있을 거다. 고통스럽 지만 아무렇지 않게 다른 관점을 취할 수 있을 거다. 언젠가 이 이야기 속에는 오로지 러셀만이 남고, 필요하다면, 이 이 야기를 내가 충분히 길게 한다면, '비슷한 시기에 벌어진' 도 난 사건이 등장하기도 할 것이다. 그러나 우리는 아직 미래 로부터 아주 먼 곳에 있다. 지금은, 첫 번째 상실이 두 번째 상실을 오염시키지 못하도록 둘을 떼어놓으려 할 때마다, 둘 은 다시금 자석처럼 착 달라붙는다. 어둠 속에서 늘 함께 다 니는 이상한 자매. 둘은 서로 대화를 나눈다. 때로 나도 그 대화에 끼지만, 아닐 때도 있다. 그들에게는 둘만의 언어가 있다.

내가 숭배하던 작가이자, 러셀이 위조한 이메일의 발신인 은 조앤 디디온이었다. 그가 죽었다는 사실을 알게 된 날, 『상실』에 등장하는 사소한 구절 하나가 내 머릿속으로 밀려 들어온다. 디디온의 남편이 죽고 얼마 뒤, 줄리아 차일드가 죽는다. 디디온은 안도감을 표현한다. 그는 '이 일이 마침내 **해결되고 있다는 감각**'을 느끼는데, 이제 줄리아와 디디온 의 남편이 저녁 식사를 나누기 때문이다. 처음 그 구절을 읽 었을 때, 나는 디디온이 실제로 그런 생각을 했다고 믿기가 힘들었다. 디디온은 이렇게 쓴다. '이성적으로 생각했더라 면, 아일랜드식 경야經夜에는 어울리지 않는 그런 환상에 빠지지 않았을 것이다.' 그런데 나는 지금 그와 엇비슷한 환상에 시달리고 있다. 이 환상 속에서, 보석을 찾아내는 건 러셀이다. 왜냐하면 이 환상에서는 천국에 유실물 창구가 있고, 죽은 사람들이 분실물을 뒤져 필요한 걸 가져가니까. 그렇게 죽은 자들은 사랑할 만한 물건을 찾고, 물건들은 다시 사랑받는다. 그렇게, 낡아도 늙지 않는다.

나는 우리가 동시에 버튼을 누를 거라고 생각한다. 그게 내 생각이다.

월요일 아침, 어퍼이스트사이드에서 상담치료를 마치고 나서는데 전화가 온다. 휴대폰 화면이 뜬 '러셀(집)'이라는 글자를 보니 러셀이 건 전화가 아니라는 걸 알 수 있다. 오전 9시 38분이니까. 러셀은 직원들을 다무렇지도 않게 괴롭히다가 그들에게 사탕을 주는 일을 반복하며 온종일을 보낼 수 있도록 일찍 출근하기를 즐긴다. 그는 코네티컷에 있는 게 아니다, 있을 리가 없다. 하지만 어쩌면 내가 잘못 생각하는 걸지도 모른다. 우리가 함께 그 집 포치에 앉아 있었던 건, 숟가락을 찾겠다고 부엌의 서랍을 모조리 열어젖혔던 건 오래전 일이었으니까. 내 친구는 다들 러셀을 안다. 그중 절반은 그를 직접 만난 적도 없는데도.

나는 전화가 음성사서함으로 넘어가게 내버려둔다. 무언가 잘못된 건 알겠다. 얼마나 잘못된 건지 모를 뿐이다. 다시 상담치료실로 올라갈까? 먼저 아침을 먹어야겠다. 러셀이 해고된 거라면, 같이 술 마시기 전에 빈속이면 곤란하니까. 러셀이 혼수상태인 거라면, 의식이 돌아왔을 때 내가 펠리컨처럼 크루아상 하나를 통째로 삼켜버린 이야길 듣고 재미있어 할 테지. 그러니까 나는 우선 커피 노점에서 기름기 가득한 페이스트리를 산다. 러셀은 얼굴에 발라도 무방한 음식을 안 먹는 게 최고의 다이어트 비법이라는 이론을 내놓은 적 있었다. 그가 그 말을 했던 걸 떠올리자 웃고 싶지만, 웃을 수 없다. 무언가 잘못됐다.

내가 미처 다시 전화를 걸기 전에, 다시 전화가 걸려 온다. 이번에는 받는다. 러셀의 파트너다. 내게 혼자 있느냐고 묻는다.

"뭐 입고 있는지도 말해줘요?"

몇 초 뒤 이 농담이 얼마나 부적절한 것이 될지 벌써 짐작이 간다. 하지만 평소처럼 대꾸하기만 하면 아무것도 잘못되지 않을 수도 있다.

그 이야기를 듣는다. 시간이 멈추지는 않고, 다만 손 닿지 않는 곳까지 솟구치고 만다. 내가 할 수 있는 건, 이렇게 커다란 이야기가 어떻게 내 귓속에 다 들어갈 수 있는가를 계산하려 애쓰는 게 고작이다. 맨 먼저 느끼는 충동은, 이 이야기가 이미 오래전부터 알고 있었던 진실인 척, 러셀이 죽은 게 아주 오래된 일인 척하고 싶다는 것이다. 아니면 내가 애초부터 그와 모르는 사이였던 척. 아니면 애초 우리 둘 다 태어나지 않았던 척. 그렇게 먼 과거까지 돌아가고 나면, 이 이야기를 뿌리 뽑을 수 있을 것이다. 나는 쓰레기통으로 뛰어가 토한다.

토한 뒤에는 망령 난 늙은 개처럼 인도에 주저앉는다. 사람들이 나를 쳐다본다. 잠시 뒤, 나는 일어서서 센트럴파크를 가로질러 서쪽을 향해 걸으며 나무들을 올려다본다. 혹시 할 말 있어, 나무들아? 아니, 당연히 없겠지. 너희들은 움츠러들기 위해서가 아니라 뻗어나가기 위해 살잖아. 자살이란 너희들 깜냥엔 넘치는 일이잖아.

공원을 지나온 나는 부지불식간에 예전에 살던 아파트를 향해 걷는다. 현관 계단에 앉아 여기저기 전화를 걸면서, 이 소식을 온라인으로 접해서는 안 되지만 온라인 외에는 소식을 접할 길이 없을 사람들의 하루를 망친다. 이기적인 일이지만 나는 증인이, 이 일이 정말로 벌어지고 있음을 확인해줄 이들이 필요하다. 하지만 역할이 바뀌었다면 분명 러셀도 이렇게 했으리라는 걸 안다. 러셀이 유능한 홍보 담당자로 길러낸 덕분에, 나는 이토록 끔찍한 순간에도 홍보 담당자 노릇을 하고 있다. 이 이야기를 틀에 넣어야 한다는 욕구를 떨칠 수가 없다. 나 역시 이 소식을 채 소화해내지 못했는데도, 타인이 소화할 수 있는 이야기로 만들겠다는 욕구다. 전화 통화 사이에 담배에 불을 붙이고는 내가 옛날에 살던 집 창문을 향해 연기를 뿜는다. 러셀은 이 근처, 업타운 쪽으로 더 올라간 곳에 원룸 아파트를 빌려 지냈다. 평일에는 코네티컷을 오가는 대신 아파트에서 출퇴근했다. 바깥 날씨가 따뜻하면 걸어서 나를 집까지 바래다주었다. 바깥 날씨가 추울 때도 마찬가지였다. 육각형 블록으로 된 공원의 보도 위를 미끄러지는 것 같은 걸음걸이로 걸어가는 그의 모습이, 걸음 좀 늦추라고 애원하는 내 모습이 눈에 선하다.

"대체 그렇게 서둘러서 어딜 가는 건데요?"

"아무 데도 안 가, 그래도 21세기가 끝나기 전에는 도착해야지!"

얼마나 빨리 움직였던지 두 발이 꼭 흔들의자 밑면처럼 보였던 러셀의 가죽구두도 눈에 선하다. 그는 닳고 닳은 밑창에서 소리가 날 때까지 그 구두를 신었다. 그런데 지금, 그 구두는 허공에 둥실 떠 있다. 나는 계단 난간에 아플 때까지 이마를 대고 누른다. 등 뒤로 건물 현관문이 열리고 닫히는 소리가 여러 번 들린다. 정강이들이 내게 멀찍이 거리를 두고 계단을 오르내린다. 낯선 사람들. 그저 운 나쁜 날과 삶이 붕괴한 순간의 차이를 구분할 줄 아는 낯선 사람들. 그들이 하는 생각을 무시하고 싶지만, 그것들은 나를 지나칠 때마다 갈고리처럼 내 피부를 걸고 잡아당긴다. 어쩌면 이들 중엔 내가 살던 아파트에 사는 사람도 있겠지. 어쩌면 그 집에 들어가서, 이불 속으로 들어가서, 내 옛 삶을 잠에서 깨울 수도 있을지도 모른다. 만약 내가 지금 사는 집에 예전에 살던 사람이 찾아와 초인종을 누르고는, 이유는 밝힐 수 없지만 반년에 한 번 내 소파에서 낮잠을 자야 한다고 설명한다면, 난 그러라고 할 거다.

이렇게 말할 것이다. "좋아요, 시계를 거꾸로 돌려봐요. 더 이상 아무 말도 하지 말고요."

언젠가 나올 『질문의 책』 개정판에 싣고 싶은 질문:

당신과 당신이 깊이 사랑하는 사람은 한 방에 앉아 문을 바라보고 있습니다. 안에서는 열 수 없는 문입니다. 어느 날, 상대가 자리에서 일어나더니, 한마디 설명도 없이 문밖으로 성큼성큼 걸어 나가버립니다. 당신은 어떻게 하시겠습니까?

나는 코네티컷행 오전 6시 1분 열차에 올라 러셀의 파트너를 만나러 간다. 휴대폰은 우리가 함께 아는 친구들이며 예전 직장 동료들(겹치는 이들이 여럿이다)이 보낸, 러셀의 파트너에 대한 걱정을 담은 문자메시지로 흘러넘친다. 열린 포털에 관한 이야기가 등장한다. 이 삶이 아닌 다른 삶 이야기도 나온다. 가장자리에 선 남자 이야기도. 수군거림도. 우리가 드라마틱하게 구는 걸까? 모른다, 또 알고 싶지도 않다. 이번 주에 자기 파트너를 잃은 남자에게 이번 여름에 어떤 계획이 있느냐고 묻지 않을 것이다. 차창에 비친 내 모습이 보인다. 열차 안의 저 슬픈 여자를 보렴, 나는 생각한다. 나는 러셀이 마음에 들어 하던 검은 선글라스를 끼고 있다.

"유대인 재클린 오나시스 같군." 러셀이 내린 결론이었다.

"재키도 어느 정도는 유대인 아닌가요?"

"칭찬은 그냥 칭찬으로 받아들여."

나는 칭찬을 받아들일 수가 없다. 그 순간은 자꾸만 다가오고, 손을 휘둘러 쫓을 도리도 없다. 나는 내가 지고 다니는 세속의 응어리 속에 들어앉은 채, 내 눈구멍 속에 들어 있는 내 눈을, 자기 존재감을 뽐내느라 야단인 내 심장을 혐오한다. 내 피부를 벗겨내 돌돌 뭉쳐서는 내가 앉아 있는 좌석 아래 바닥에 버린 뒤 돌돌 굴러가는 모습을 보고 싶다. 나 역시도 수군거림의 대상이다.

러셀의 파트너와 나는 주차장을 벗어나지 못한다. 두 사람의 집에도, 식당에도 못 간다. 보안 카메라 영상 속에는 내가 차 문을 여는 모습, 그리고 두 시간 뒤, 차에서 내리는 모습만 남아 있을 것이다.

이야기의 이 부분에 대체 무슨 조처를 할 수 있을까? 자잘한 것들까지 낱낱이 알리면서? 이 부분은 내가 사람들에게 보여주지 않고 지나가면서 문을 밀어 닫아버리는 방이다. 아, **여기요? 세탁실이에요. 청소도구함이죠.** 내가 가진 러셀을 향한 사랑을 다 모아도 그가 자기 파트너가 보게 만든 장면을, 자기 파트너에게 보여주고자 한 장면을 지울 수 없다. 그를 바닥으로 끌어내리기까지 걸렸을 시간. 그 장면을 발견한 순간부터 신고하기까지의 시간, 신고한 시점부터 검시관이 도착하기까지의 시간. 러셀은 자신을 두 사람으로 쪼갰다. 죽은 러셀 그리고 살아 있는 러셀. 러셀이 너무 많다. 한 명도 너무 많다. 그의 파트너와 나는 나란히 앉아 느낀다. 우리는 우편물에 관해 생각한다. 러셀은 개들의 이름으로 카탈로그를 받아보는 걸 좋아했다. 개에게 온 조리 기구 30퍼센트 할인 카탈로그. 개에게 온 란제리 1+1 판매 카탈로그. 이 순간들처럼, 그 카탈로그들도 계속 올 것이다.

자살로 죽는 사람은 혼자 죽는다. 몇 가지 예외가 있을 뿐, 혼자 죽는다. 자살에 관한 이야기를 나누는 일이 그리 잦지는 않지만, 나는 사람들이 자살에 있어 이 점을 충분히 이야기하지 않는다고 생각한다. 중요한 건 한 사람의 삶이 끝나는 일이다. 그 자리에 누군가 함께하는가 아닌가를 따진다니 사소한 일에 집착하는 것 같다. 그런데 도저히 그 생각이 멈추지가 않는다. 내 친구는 죽을 때 혼자였다. 나는 소리 내 말해본다. 오류를 찾을 수 있게 일부러 비스듬한 시각에서 바라보려고. 사실이 확인된다. 내 친구는 죽을 때 혼자였다. 나는 우울증이나 심리치료의 병력은 물론 기존에 자해를 시도한 적이 전혀 없는, 정신적으로 건강한 쉰두 살

남성의 자살을 내가 막을 수 있었을 거라 여길 만큼 자아가 비대하지 않다. 그래도 분명, 나더러 자책하지 말라며 청하지도 않은 조언을 건네는 사람들이 나타나겠지. 전부 얼간이들이다. 아니면 자기들이 겪은 상실을 내게 투사하는 것이거나.

그와 동시에 얼간이들이기도 하고.

나는 화가 난다. 이렇게 화가 나기에는 너무 이르다. 애도의 단계들이 선형적이지 않다는 것을, 또 그리 견고하지 않기에 껍데기 속에 숨어서 미끄러지듯 돌아다닐 수도 있다는 걸 알지만, 뭔가 어긋났다. 러셀과 나는 어린 자녀를 함께 키우거나, 부동산담보 대출을 함께 갚거나, 사업을 함께하는 사이가 아니었다. 그러나 다음 순간 나는 깨닫는다. 이 분노는 거짓양성이다. 나는 **러셀**에게 화가 난 것이 아니다. 러셀을 **뺀** 모두에게 화가 난 것이다.

한 남자가 시티바이크*를 타고 모퉁이를 돌다가 아슬아슬하게 멈추는 바람에 내 손목에 부딪친다. 그 남자가 사과하지 않자 나는 그를 쫓아 달리며 뒈져버리라고 고함친다. 남들에게 잔소리하는 걸 대화라고 생각하는 건물 관리인이 우리 집 문을 두드리더니 내가 한 시간 동안 로비의 라디에이터 위에 소포를 올려두어 그것이 노글노글해졌다며 잔소

---

* Citi Bike. 뉴욕시 자치구와 뉴저지주 일부의 공유 자전거 시스템.

리를 늘어놓기 시작한다. 고맙다고 말한 뒤 잊어버리는 대신 나는 그의 말에 날 서게 대꾸한다. 소지품을 잃어버릴까 수선을 떨기에는 좀 늦지 않았어요? 도둑이 든 걸 **내** 탓으로 돌리지 말라고 나는 말한다. (물론 나는, 지금, 러셀의 죽음을 관리인 탓으로 돌리는 중이지만.) 시간이 지난 뒤, 나는 이 대화가 부끄러워지게 될 것이다.

친구들에게 잠수를 타기 시작한다. 어떤 친구들의 경우, 그들의 눈에 비친 내 고통을 도저히 견딜 수가 없다. 그들의 타임라인 속에도 구멍들이 있고, 그건 너무 일찍 세상을 뜬 사람의 모습을 띤 아주 오래된 구멍이다. 그런데 나는 나와 같은 슬픔에 나보다 더 휩싸인 사람과 가까이하고 싶지 않다. 그런 사람들과 웬만해서는 같이 있고 싶지 않다. 다른 사람들도 나와 같은 방식으로 러셀을 알았고, 그의 집 포치에서 몇 번의 여름을 보냈다. 그러나 그를 다시 살려낼 수 없다는 죄를 지은 건 모두 마찬가지다. 그런데도 내게 마치 법률 자문이라도 거친 것처럼 손쉬운 조언을 해주는 사람들이 있다. 내가 **조심조심 다루어진다는** 걸 알겠다. 그들은 이 기분도 언젠가 가실 거라고 안심시켜준다. 아, 그래요? 슬픈 사람 앞에선 누구나 영매처럼 군다. 적당한 사이에서 두 사람이 꾸리는 정원의 물뿌리개를 든 건 언제나 나였는데, 이제 나도 그 물뿌리개를 내려놓울 수 있게 된다. 문자메시지 한 통을 무시하는 것만으로도 우정이 끝나는 거라면, 끝나게 놔두자. 만난 지 얼마 안 된 친구가 한 다리 건너 소식을 접하고 내게 전화하는데, 배경에서 정체를 알 수 없는 요란한 소음이 들린다. 식초를 병에 붓는 중이다. 그것도 많은 식초. 불경스러울 만큼 어마어마한 식초를. 나는 유리병 부딪치는 불협화음을 언급하며 상대가 말뜻을 읽어내길 바란다. 그게 목을 맨 사람 이야기에 가장 잘 어울리는 사운드트랙인가? 하지만 소음은 사라질 기미가 없다. 상대는 전화로 조의를 표하는 일을 멀티태스킹하고 있다.

"못 참겠다." 나는 그렇게 말하고 전화를 끊어버린다.

모두의 안전을 위해서는 도난 사건도, 자살도 모르고, 이렇게 엄청난 사건들을 아무렇지 않게 흘려들을 게 뻔한 '이 동네' 사람들을 찾아 나서는 게 더 쉽다고 결론 내린다. 뉴욕은 로스앤젤레스 다음으로 나르시시스트 인구가 많은 곳이기에, 웬만한 사람에겐 상대의 공감을 받는 건 즐기되 해주는 데는 둔감한 지인들이 있다. 내가 새벽 4시까지 집 밖에서 함께 어울리기로 택한 이들이 바로 그런 사람들이었다. 그들이 1980년대에 자기 아버지의 파트너 변호사의 아내가 자살했다고 말하기까지 걸리는 속도가 짧을수록 내 기분도 빨리 나아진다. 더, 더, 더. 가장 친한 친구가 목을 매 자살하기 전에 산, 아직 유통기한이 지나지 않은 요구르트가 여전히 우리 집 냉장고 안에 있지만, 그래도 더, 더, 계속해. 그들의 이야기는 생각을 딴 데로 돌리는 데 도움이 된다.

이번에는, 인간 경험이 지닌 광활한 프리즘에 나도 흥미가 솟지만, 그건 내가 다른 뱀파이어들의 목에서 피를 빠는 뱀파이어인 탓이다. 그러나 하나의 질문이 나를 꼼짝 못 하게 한다. 알고 있었어요?

그 질문은 혼란을 정리하려는 욕구, 사건에 일관성을 불러오려는 시도일 뿐이라는 건 나도 알지만, 나는 자살에 대한 여러 반응 중에서 이 질문을 삭제해야 한다고 생각한다. "알고 있었어요?"는 죽은 그 사람에 관한 질문이 아니다. 그것은 우리 모두 가지고 있는, 정신과 약물을 버렸다든지 변덕스러운 행동을 했다든지 하는 이야기 무더기에 러셀을 더해도 되냐고 허락을 구하는 질문이다. 만약 내가 수정구를 통해 미래를 예견했다면, 다른 사람들한테도 그런 수정구가 있을지 모르니까. 어쩌면 내가 다른 사람의 예방주사가 되어줄지도 모르니까. 어쩌면 내가 그들에게 그 징후를 읽어내는 법을 가르쳐줄지도 모르니까. **최근에 그 사람이 보낸 이메일이 얼마나 간결한지 보이시죠? 자, 이게 그 징후입니다.** 자살을 생각하는 사람들이 자신이 숨기고 있는 것의 크기를 정확히 알고 있으리라고 사람들은 생각하지만, 나는 그렇게 믿지 않는다. 당사자도 모르는 걸 우리가 더 예리하게 알아차릴 리가 있나? 또, 우리 중 대처 누가 행복한가? 그러니까, 대체 누가 행복하고 견딜 만한 삶을 사나? 자살할 이유가 없는 사람도 있나? 중요한 건 이유가 아니다.

자살이라는 낙인을 없애기 위해서는, 자살을 향한 욕망, 아니, 나아가 잠깐 해본 자살 생각까지도 예외적인 것으로 보지 않아야 한다. 주류 종교가 자살을 바라보는 시선도 예전에 비해 덜 끔찍해졌으니 (요즘은 시신을 거리에 질질 끌고 다니지는 않으니까) 우리는 그보다는 더 나아야 한다. 자살은 인간 의식에 부과되는 세금이다. 대부분의 사람은 미미한 세금을 납부한다. 예를 들면 절벽 끄트머리에 너무 가까이 붙어 서면 어떤 일이 일어날지 궁금해한다든지, 철로를 달려오는 열차를 보면서 '뛰어내리면 안 돼'라고 생각하는 형태다. 그런 사람들은 이런 선택지가 있다는 사실만으로도 자신의 자유의지가 무시될지 모른다고 겁을 낸다. 그러나 몹시 값비싼 세금을 납부하는 이들도 있다. 어떤 이들은 목숨으로 세금을 납부하기도 한다. 그러므로 모두가 던져야 하는 질문은 왜 건강한 사람이 자살하는가가 아니라, 왜 우리가 계속 살아가야 하는가다. 이 질문은 우울하다는 생각을 한 번도 해본 적 없는 사람에게는 병적인 것으로 들릴 것이고, 나를 개인적으로 아는 사람에게는 불안감을 불러올 것이다. 그러나 이런 사고방식이 건전한 심리를 위협하는 건 아니다. 누구나 막아내고 싶은 무언가가 있다. 문제는 그것이 얼마나 큰가, 그리고 무엇으로 막아내야 하는가다.

영화 〈새로운 탄생The Big Chill〉에서 죽은 인물의 친구들은 그의 자살을 이해하려 애쓴다. 그의 여자 친구에게 그가 손목을 긋기 전 이상한 행동을 하지 않았느냐고 묻는다. 그러자 여자 친구는 대답한다. "전 살면서 행복한 사람들을 별로 만나본 적이 없어요. 행복한 사람은 어떻게 행동하는데요?" 나는 러셀을 생각할 때 그 질문을 떠올린다. 그가 책상에 두었던 도자기 인형을 떠올린다. 눈이 소용돌이 모양이던 남자의 형상이다. 도자기 인형 받침대에는 이렇게 쓰여 있다. '여기서 일한다고 미칠 필요는 없지만, 확실히 도움은 된다!' 삶이 기적인 건 우리가 살아가기 때문이 아니라, 우리 대부분이 매일 잠에서 깨어나 삶을 지키고자 싸우기로 한다는 사실, 꿈틀거리며 빠져나가려는 삶을 품에 꼭 끌어안는다는 사실이다. 그 정반대의 일이 더 자주 일어나지 않는다는 것이야말로 기적, 순전한 기적이다. 아니면 러셀이 가장 좋아하던 영화 〈겨울의 라이온The Lion in Winter〉의 대사를 인용해, "당연히 그는 칼을 가지고 있죠, 늘 칼을 가지고 다녔어요, 우리 모두 칼을 갖고 있다고요".

짧지만 강력했던, 미신에 휩싸인 기간, 나는 좀처럼 집밖에 나갈 수가 없다. 나쁜 일이 더 이상 일어나지 않도록, 더 이상 아무것도 잃어버리지 않도록, 온갖 것에 입 맞추고, 온갖 것을 만지고, 몸에 지니고 다녀야 하는 덕분이다. 나는 창문을 잠근다. 현관문이 잠겨 있는지 문손잡이를 돌려 확인한다. 양념 캐비닛 서랍을 여닫는다. 여전히 비어 있다. 도난 사건이 일어난 날, 나는 러셀과 저녁을 먹었던 그 밤에 입었던 것과 똑같은 밝은 오렌지색 드레스를 입고 있었다. 우리 집에 도착했을 때, 그는 나를 지나쳐 안으로 들어가면서 물었다. "왜 안전 고깔처럼 입고 있어?"

그 말에 나는 이 드레스가 최악이라는 결론을 내리고 옷을 쓰레기 운송구에 쑤셔 넣어 버렸다.

미신은 편집증과 함께 찾아온다. 러셀은 입증할 수 있는 질병에 시달리며 치료를 하다가 말다가 한 것이 아니다, 마치 내가 반지를 한 번에 하나씩 잃어버리지 않은 것처럼. 누구나 중요한 순간에 배터리가 나가버릴 수 있다. 예전에 정신병 가족력에 관한 다큐멘터리를 만든 마리엘 헤밍웨이*를 인터뷰한 적 있었다. 당장 떠오르는 사람만 해도, 집안에 자살한 사람이 할아버지를 포함해 일곱 명이나 된다고 했다. 자매가 죽었을 때는 다음 차례가 자신일지도 모른다고 생각했단다. 그건 마리엘이 자살을 생각해서가 아니라, 자살이 가족력인 데 그치는 것이 아닌, 지각이 있는 존재처럼 느껴서였다. 자살에게는 숙주가 필요했다. 그 당시에 나는 마리엘 헤밍웨이의 말을 이해할 수 없었다. 그러나 지금은 배턴이 손에서 손으로 넘어가듯이 자살이 전염된다는 생각이 자연스럽게 다가온다.

* 미국의 배우로, 어니스트 헤밍웨이의 손녀다.

예전에는 이름 붙일 수 없던, 그칠 줄 모르는 경계 상태에, 러셀이 죽은 지금은 이름 붙일 수 있다. 정확히 말하면, 내가 아닌 전문가가 이름 붙일 수 있다. 나는 외상후스트레스장애PTSD를 겪는 중이다. PTSD는 부정과 정반대되는 수학을 사용한다. 부정은 두뇌가 아무 일도 일어나지 않았다고 스스로를 설득한다면, PTSD는 모든 일이 일어났고, 여전히 일어나고 있다고 설득하는 것이다. 내가 사람들 수를 세고, 우울한 친구들한테 모조리 전화를 걸어 안부를 확인하게 된 건 그걸로 설명할 수 있다.

그런 전화 중 하나로, 임상적 중증 우울증을 앓는 친구에게 건다. 임상시험에 참여했고, 자발적으로 정신병동에 입원했으며, 경두개 자기자극 치료까지 시도해본 친구다. 그런데도 나더러 걱정 말라고 한다.

"난 내 삶이 달라지길 바랐지, 끝나길 바란 게 아니야." 그가 말한다.

"알았어, 잘됐네." 내가 대답한다.

애석하게도, 이 말을 듣고 느낀 안도감은 오래가지 않는다. 한국에는 말 많은 사람치고 해 되는 사람 없다는 속담이 있다. 나는 이 속담을 자살에도 적용해볼 수 있는지 생각해본다. 내 친구 중에는 세상이 자신에게만 불리하다느니, 모든 것에 '질릴 대로 질렸다'는 식의 드라마틱한 문자를 마구 보내는 걸로 악명 높은 이들이 있다. 어둠이 스며들 만한 구멍을 찾아 샅샅이 뒤지는 사람들. 그들은 자기감정이 얼마나 강한지 알기 위해 타인의 고통을 유발한다. 하지만 세상이 자기를 중심으로 돌아간다고 해서, 그 사실이 맘에 드는 건 아니다. 아까 말한 한국 속담 그리고 내 우울증 걸린 친구 말에 따르면, 어떤 사람들은 자살할 위험성이 없는데, 왜냐하면…… 왜지? 지금쯤이면 이미 자살했을 테니까? 그건 말이 안 된다. 그럼, 걱정스러울 정도의 자살 사고를 표출한 적이 한 번도 없으니까? 자살한 사람들 대부분이 그런데도?

나는 간절히 러셀을 닮고 싶었는데, 이제는 닮을 수 있을지도 모르겠다. 그는 자신의 고통을 아무도 볼 수 없는 비밀스러운 곳에 쟁여놓았고, 어쩌면 나 역시 그렇게 할 수 있을지도 모르겠다. 내 고통을 캐비닛 속에 넣어버릴 수 있을지도 모르겠다. 그러나 서랍이 자꾸만 불쑥불쑥 튀어나온다. 애도는 쉽사리 짓눌리지 않는다. 애도는 관심을 갈구하는 심장 속에서, 때로는 공공장소에서도 고통스레 피어나는 꽃 같다. 나는 길을 걷다 멈춰 선 뒤, 문득 무언가가 떠오른 것처럼 심장이 있는 곳에 손을 올린다. 아니면 비행기에 앉아 눈물을 줄줄 흘린다.

"산소 농도가 떨어져서 그래요." 나는 통로 맞은편 승객에게 설명하지만, 상대는 내 말에 동의하면서도 속아 넘어가주지는 않는다. "하지만 아직 이륙하지도 않았잖아요."

모든 것이 반투명한 막에 싸여 있고, 비눗방울 같은 막은 한 걸음 한 걸음 내디딜 때마다 흔들린다. 러셀은 막 건너편, 아주 가까이 있다. 새끼손가락에서 빠지지 않는 반지처럼, 밀어야 하는 위치만 알아내면 손을 뻗어 그를 끌어당길 수 있을 거라는 느낌이 강하게 밀려온다. 하루하루 지나면서 막은 점점 튼튼해진다. 살아가는 것만으로도, 나는, 손쓰지 않고도, 그를 떠나고 있다.

애도가 지닌 보편적 진실이, 그 진부함이 구역질난다. 아무리 불분명할지라도, 다가올 단계들을 헤치고 나아가고 싶지 않다. 이 경험으로 인해 더욱더 인간적인 사람으로 변모하고 싶지도 않다. 내가 지금 어떤 수준의 인간이건, 난 아무 불만 없다. 내가 감당할 정신적 몫을 타인의 몫에 덧붙이고 싶지 않고, 배우자나 자녀를 잃은 이들이 자신의 몫을 내 몫에 덧붙이기를 원치도 않는다. 공감은 같은 장소에서 발생하는 것이지만 상실은 그렇지 않다. 애도 모임이 사람을 위해서 존재하는 이유가 그것임을 나는 이제야 이해한다. 이 모임에는 이곳에 있고 싶은 이들이 아니라, 있고 싶지 **않은** 이들만 잔뜩 있다. 접이식 의자에 앉은 이들 중 누구도 자신의 고통을 확신받을 필요가 없다. 타인의 이야기가 더 심각하다고 해서 주눅이 드는 사람도 없다. 특히 너무나 흔해서 공공보건 위기를 불러오는 자살의 경우 더욱 그렇다. 그러나, 어떤 자살도 똑같지 않다. 러셀을 죽인 것, 오로지

러셀만을 죽인 것에 반대하는 행진은 도시의 한 블록만큼
도 이어지지 못할 것이다.

　이 시기에 내게 위안이 되어준 한 가지 생각에 모두가 동
의할 것 같지는 않다. 나는 러셀이 삶과의 싸움에서 졌다고
생각했으리라 믿지 않는다. 그는 이겼다고 생각했으리라 나
는 믿는다. 그의 눈으로 보는 세상에는 더는 자신의 자리가
없었고, 그건 불치병이나 마찬가지였을 것이다. 나이 듦이라
는 병. 게이 남성으로 나이 듦이라는 병. 불필요해질지도 모
른다는 위협, 힘의 상실, 모욕의 증대, 살아 있다는 상태. 모
두, 증상이 악화하기 전 초장에 뿌리 뽑아야 하는 것들, 선
택의 여지가 있을 때 해소해야 하는 것들이었다. 그는 삶의
균형을 이루었고, 예이츠의 말을 빌자면, '앞으로의 나날이
숨의 낭비처럼 보였다, / 지난날들 역시도 숨의 낭비처럼'.*
우리가 타인이 얼마나 심각한가를 놓고 왈가왈부할 자격이
있나? 때로 자살은 일시적인 문제에 대한 항구적인 해결이
라고 불리고는 한다.

　그것이 항구적인 해결이라는 점에 대해서 반박하는 사람
은 아무도 없다.

　우리는 죽은 사람이었다면 무엇을 원했을지에 관해 이야

---

*　윌리엄 버틀러 예이츠의 시 「한 아일랜드 비행사가 자신의 죽음을 예견하다An Irish
Airman Foresees His Death」의 한 구절.

기하기를 좋아한다. 그들을 위한 토템을 세우고, 시를 쓰지만, 대부분의 사람들은 죽지 않기를 원했을 것이다. 자살한 사람은 이 패러다임 속에 반듯하게 맞아떨어지지 않는다. 나는 답을 찾아, 나로서는 다다를 수 없는 지혜를 찾아 계속 시와 철학 책을 읽는다. 그러나 나는 그 모든 시인도, 철학자도 모르는 단 한 가지를 안다. 바로 러셀이다.

만약 내가 아니라 러셀이 이 글을 쓰고 있었더라면, 그는 자신의 자살이 비극적으로 느껴질 뿐 그 자체로는 비극이 아니라고 말했을 것이다. 우리는 모두 죽는다. 동의하는가? 그렇다면, 아마도 그는 불가피하다는 면에서 보편적인 것도 자발적인 것도 아닌 **도난 사건**이 자살보다 '더 나쁜' 것이라고 할지도 모른다. 어쩌면 러셀 그리고 (자살을 '내 몸은 내 선택'이라는 식으로 받아들인) 독일의 철학자 아르투어 쇼펜하우어가 지금 천국에서 함께 저녁 식사를 나누고 있고, 부엌에는 플라톤이 있을지도 모른다. 러셀은 헤아릴 수 없는 고뇌로부터 스스로를 해방시켰다. 이와 반대로 자살을 영원한 감옥이라 보는 사람이 있다고 해도, 글쎄, 그건 오로지 그 사람 한 사람에게만 해당하는 것이다. 길 잃은 영혼은 수도 없이 많다. 가서 그중 한 명을 구하면 되겠다. 또, 기분 나쁘게 하려는 건 아닌데, 사실 당신이 **뭐라고** 생각하는지는 내 알 바 아니다. 다들 이 일로 한 달쯤 슬퍼하겠지. 그러다 삶은 다시 예전 모습을 찾을 것이다. 두고 봐라.

너무나 잘못되었던, 그리고 다시는 올바로 돌아올 수 없
을 사람을 사랑하는 건 얼마나 힘든 일인가.

오스트레일리아의 국장國章에 캥거루와 에뮤가 등장하는
건, 둘 다 뒤로 걷지 못하는 동물이기 때문이다. 앞을 바라
보아야 한다는, 미래로 나아가야 한다는 의미를 담은 문장
이다. 그 단호한 가벼움에도 불구하고 (서던캘리포니아의 흥
이 잉글랜드의 억압과 교차하는 곳이랄까) 오스트레일리아
는 미래를 향하는 지구의 사절단이 되어야 한다는 중대한
업무를 지니고 있다. 이는 이론적으로, 러셀이 이곳에서는
한층 더 죽은 사람이어야 한다는 뜻이다. 그러나 멜버른에
첫발을 내딛는 순간, 나는 시간이 거꾸로 가는 것 같은, 러
셀이 살아 있던 때로 돌아가는 것 같은 감각을 느낀다. 그리
고 이 평행 세계에서, 나는 아무에게도 그 사건을 말하지 않
기로 마음먹는다. 나는 〈내 친구는 죽지 않았다〉라는 제목
의 게임을 하고 있다. 플레이어는 나 하나다.
참담한 마음을 들키지 않으려고 애쓰느라 시작한 이 일
에 나는 곧 황홀해진다. 평소에는 행사가 길어지면 얼른 호
텔 방으로 돌아오던 내가, 상대가 누구건, 무슨 주제로건 한
참이나 떠들고, 커피 마시자는 제안엔 무조건 동의해서, 사
람들이 내 머릿속을 웜뱃 사체처럼 샅샅이 뒤지게 내버려둔
다. 여기서 만난 **어지간한** 사람들은 전부 뉴욕에서 같이 저

녁을 먹자고 초대한다. 여러 작가들과 함께 차에 올라 조각 공원을 찾아가서는, 말끔하게 다듬은 잔디밭 위를 지그재그로 거닐며 다같이 시차 때문에 피로하다며 한탄해댄다. 조각가 이름을 읽으면서 내 정신의 어떤 부분이 정보를 받아들이고, 곧 다시 토해내게 내버려둔다. 쉽게, 요란하게 웃으며, 기능성과 개성 사이를 오간다. 다시 시 내로 돌아온 뒤에는 빅토리아가든스를 조깅하며 코카투 앵무새를 보고 웃는다.

이 녀석들은 비밀 지키는 법을 안다. 멋진 새들이다.

그러다가 어쩔 수 없이 고용한 고양이 돌보미에게 러셀 이야기를 꺼내는 바람에 모든 걸 망쳐버릴 뻔 한다. 상대가 무슨 일이 일어났느냐고 묻기에 나는 일어난 일들을 간결하게 요약해 들려준다. **예전에 제 고양이를 돌봐주던 돌보미가 자살했어요.** 고양이 돌보미와 나 사이에는 라포르가 형성되어 있지만 그렇게 강한 라포르는 아니다. 나는 말을 잇는다. **그러니까…… 그런 짓은 안 할 거라고 허주세요, 안 할 거죠?** 말줄임표가 나타났다가 사라진다. 상대가 내 말에 답할 방법은 없다. 애석하게도, 나는 고양이 돌보미의 편이 아니다. 나는 살아 있는 자들, 아이리스 머독이 '사별당한 이들'이라 말한 사람들의 편이 아니다. 여기, 이 작은 애도의 집에서, 나는 믿어서는 안 될 사람이다. 난 그 누구의 친구도 아니다. 나는 모두를 저버리고 러셀을 택한다.

북클럽 모임이 열리던 밤, 현실이 서서히 밀려들기 시작한다. 6개월 전, 페스티벌 측은 나더러 북클럽을 위한 '미국 도서'를 추천해달라고 했다. 나는 조앤 디디온의 『베들레헴을 향해 웅크리다』를 골랐다. 하지만 둥글게 모여 앉고 나니, 모두가 정말로 이야기하고 싶은 책들은 디디온이 쓴 죽음 회고록 두 권, 각각 남편의 죽음과 딸의 죽음을 다룬 책이다. 이 책들이 에세이집인 『베들레헴을 향해 웅크리다』보다 더 매력적이라는 데, 이 책들에서 드러나는 작가의 어조가 덜 무심하다는 데 다들 의견이 같은 모양이다. 어쩌면 내가, 굳이, 사실 작가의 어조는 똑같고, 오히려 뼈까지 드러나 보이는 문체를 구사한다고, 엉망인 건 책의 소재라고 말하며 반박할 필요가 없을지도 모른다. 한 여성은 이 회고록을 쓴 건 디디온이 자신을 '버린' 남편을 용서하기 위해서인지도 모르겠다고 말한다. 나 역시 선뜻 쓸 만한 표현은 아니긴 하지만, 그 말을 한 여성 맞은편에 앉아 있던 남성은 과민 반응한다. 그가 이 모임의 다른 구성원들과는 현저히 대조되는 목소리로 말한다.

"뭘 용서한단 말입니까? 남편이 자살한 것도 아니잖아요." 그렇게 고함을 지른다.

평소 같았다면 내가 아예 말도 섞지 않았을 사람인데, 지금은 이 청바지 입은 예언가 옆으로 내 의자를 끌고 가 앉고 싶다. 자살로 죽은 사람을 용서해야 하는가? 만약 내심 안도하는 마음이 들었다면? 자살한 사람 때문에 충격으로 정신을 못 차리는 건, 자살이 용서하고 말고 할 문제라고 여기는 건 너무 자기중심적인 일 아닌가? 그건 타인에게 세상이 어떤 곳인가를 부정하는 일이자, 어둠이 빛을 위해 존재한다고, 어둠은 결함이고 빛이야말로 표준이라고 결론 내리는 일이다. 당신 자신에게는 그렇게 느껴지니까. 나는 시간을 헤치고 앞으로 나아가는 캥거루나 에뮤를 간절히 닮고 싶지만, 사라지는 걸 허락했다는 점에서 러셀보다 내 **보석**에게 더 화가 난다. 내 머리가 어떻게 된 걸까? 물론 내가 아는 그 누구도 나한테 머리가 어떻게 되었다고 하지 않을 것이다. 다들 나를 안타까워하니까. 아니면, 다들 내가 미쳤다고 생각하니까. 아니면, 다들 식초를 병에 붓는 중이니까.

페스티벌의 폐막 강연에서 한 스코틀랜드 작가는 바다를 노래하는 포크송과 함께 낭독을 마무리한다. 그녀의 목소리는 작가의 목소리 같지 않다. 머천트아이보리프로덕션[*]의 영화가 노래하는 것만 같다. 작가의 리드미컬한 목소리가 무대를 온통 뒤덮는다. 나는 이 순간이 나를 골반께에 걸쳐 안고 위아래로 어르는 것 같다고 상상한다. 러셀에게 인사해! 말해, 안녕, 러셀! 심장이 목에서 쿵쿵 뛰는 게 느껴진다. 소금물이 얼굴에서 뚝뚝 떨어지고, 새끼손가락 피부가 찢어질

---

[*] 1980~1990년대에 영화 〈전망 좋은 방〉, 〈하워즈 엔드〉 등으로 전성기를 누린 영화제작사로 대중적 성공을 거둔 영화를 여럿 제작한 것으로 유명하다.

만큼 세게 긁어댄다.

사랑하는 러셀, 대체 스스로에게 무슨 짓을 한 거예요? 나는 생각한다.

돌아가는 비행기에서 나는 은반지 하나, 금반지 하나를 산다. 러셀은 "딱 한 번이라도 고급스러운 물건을 사봐"하고 조언했었다. 나는 일종의 의식처럼 첫 구매를 할 계획이었다. 그러나 드넓게 펼쳐진 태평양을 눈앞에 두고, 나는 가격대별 검색창을 열고, 체크박스 몇 개를 클릭하고, 수면제를 먹는다. 그 뒤에는 세 가지 꿈을 꾸는데, 모두 현실과는 동떨어졌지만 깨어 있는 것처럼 느껴질 정도로 생생하다. 이야기를 꿈에 넘겨주는 건 치사한 속임수다. 지루해지는 건 말할 것도 없고. 그러나 미래로 몇 년을 지나온 지금까지도, 그 꿈들은 내 기억의 수면 가까이에 바짝 붙은 채 남아 있다. 아예 꿈이 아니었던 것처럼. 마치 평행한 여러 현실처럼.

첫 번째는 창백한 꿈이다. 나는 황폐한 도시 외곽에 놓인 철길을 따라 걷는 중이다. 저 멀리 보이는 건물들은 폭발로 무너졌고, 철길은 바람에 쓸린 모래 무더기에 묻혀 있다. 멀찍이 터널이 하나 있는데 앞에 작은 나무 표지판이 있다. 가까이 와 보니 표지판에는 아무것도 쓰여 있지 않다. 그런데도, 읽을 수 있다. 살아 있는 한, 내가 갈 수 있는 길은 여기까지라고 쓰여 있다.

그다음은 찬란한 꿈이다. 이 꿈에서 나는 러셀이다. 하와이의 어느 호텔에 체크인 한다. 컨시어지가 내가 쓸 스위트룸을 보여준 뒤 발코니 너머 바다를 가리키는데, 수면을 가르는 익숙한 상어 지느러미가 여럿 보인다. 컨시어지는 이곳에서는 자신이 느끼는 행복에 비례해 바다 생물들이 나타난다고 알려준다. 다시 발코니 아래를 내려다보자, 러셀이 내게서 분리되어 나와 있다. 나는 발코니에 서 있고 러셀은 바다를 풍덩풍덩 헤엄치는 중이다. 그가 수경을 이마로 밀어 올린 뒤 눈을 비빈다. 러셀 주위로 매너티며 돌고래들이 등장한다. 장난기 많은 바다사자가 러셀의 이마를 자기 이마로 들이받는다. 걱정이 든다. 러셀은 영원히 저렇게 물 위를 걷게 되는 걸까? 물에 빠지면 어쩌지?

"그는 물에 빠질 수 없어요." 컨시어지가 사무적인 투로 말한다.

세 번째이자 마지막 꿈은 내가 꾼 꿈 중 유일하게 흑백 꿈이다. 내가 잃어버린 보석이 전부 원래 자리로 돌아왔지만 전부 망가져 있다. 구슬에는 금이 갔고, 진주는 바늘로 구멍이라도 낸 것처럼 쪼그라들었다. 그럼에도 원래의 모습을 알아볼 수 있는 그것들이 내 집을 온통 뒤덮은 채 전등갓에 매달려 달랑거리고, 유리그릇 안에 돌돌 말려 있고, 문손잡이에 걸려 있다. 돔 모양 반지까지도 돌아와 도자기 서랍 안에 축 늘어져 있다.

러셀에게 좋은 소식을 알려주려고 들떠 잠에서 깨니 여기
는 뉴욕이다.

그러나 내 보석들도, 내 말을 들어줄 사람도 사라진 지 오
래다.

일주일 뒤, 새 반지가 도착한다. 무늬 없는 두 개의 동그라
미를 책상 위에 굴려본다. 수수께끼의 그림자 속에서 살아
가게 될 가여운 반지. 더 나쁜 건, 그것들이 연좌제에 시달
린다는 것이다. 만약 신이 기적이라도 내려서 예전 반지들이
돌아오고, 그 바람에 이 반지들한테 너희들은 아무런 의미
도 없다고 설명해야 하는 날이 온다면 어쩌면 좋담? 하지만
이 반지들을 갖고 있는 기분이 나쁘지는 않다. 이 이야기의
벽을 쿵쿵 두들겨 빠져나갈 곳을 찾는 나날을 보내는 동안,
반지를 밀어 둘로 분리했다가 다시 밀어 합치는 동작이 만
족감을 준다. 반지들은 걸스카우트 노래를 떠올리게 한다.

새로운 친구를 만들더라도 오래된 친구는 간직해요
한 친구는 은, 다른 친구는 금이기에

아마 시간이 충분히 지나면 은 친구도 금 친구로 변하는
모양이었다. 몰랐던 사실이다. 그래도 그 장면을 보고 싶기
는 하다.

2장

대상영속성
(협상)

대상영속성이란 무언가가 비록 숨겨져 있을지라도 존재함을 이해한다는 개념이다. 어린아이의 덜 만들어진 두뇌를 이용해 그 아이들과 놀아주는 최초의 예시 중 하나이기도 하다. 웃음을 유발하려고 아이를 넘어뜨리는 사람은 없을 텐데도, 우리가 아기와 처음 하는 놀이는 까꿍 놀이다. 어째서 이 경험이 당하는 사람한테 무시무시하지 않을 수 있는지는 도무지 모를 노릇이다. 토끼 인형이건, 엄마 인형이건, 상당한 애착을 가진 대상이 지금은 사라졌고, 어쩌면 영영 사라진 것인지도 모른다. 그런데도 아이들은 그 개념 때문에 즐거워한다. 어쩌면 그 서스펜스가 핵심일 수도 있다. 하지만 서사의 기승전결을 알게 되는 나이가 몇 살인지 누가 알겠는가? 스물여섯 살쯤 되어야 하지 않을까? 어쩌면, 무언가가 계속해서 돌아오려면 계속해서 사라져야 하기 때문인지도 모르겠다.

돌아오는 것이야말로 제일 재미있는 부분이니까.

여태까지 벌어진 불운에도 모자라, 하필이면 러셀과 마지막 식사를 나누었던 그 식당은 우리 집과 같은 블록에 있었다. 우리는 창과 창이 만나는 구석 자리에서 식사했다. 즉, 내가 오른쪽으로 돌면 절대 피할 수 없는 그 식당 앞을 지나칠 때마다 마치 다시 그날 저녁으로 돌아가는 기분이었다는 뜻이다. 꼭 러셀이 없는 건 잠시 화장실에 갔기 때문인 것처럼 여기, 높은 등받이가 달린 의자들이 있다. 행주를 든 손을 앉아 있는 손님들의 얼굴과 너무 가까운 묘한 위치에 둔 웨이트리스도 있다. 러셀이 금세 다시 나타날 텐데, 그때 건너편 건물 앞 계단에 앉은 내 모습을 보고 싶어 하지는 않겠지. 내가 매일 밤 혼자 멋대로 찾아가 앉아서는 머릿속으로 끝없이 그에게 말을 걸어대는 계단이다.

우리 모두 당신 없이 늙어 죽으리라는 걸 알기는 해요? 언젠가 나는 쉰두 살이 될 텐데 러셀은 그때도 여전히 쉰둘이겠죠. 그게 무슨 개 같은 사태인가요. 카뮈는 진정으로 심각한 철학적 문제는 단 하나뿐이라고, 그건 자살이라고 했죠. 자식을 갖는 건 그 기준에 못 미쳐요. 중요한 건 뿌리 뽑는 것, 자연스러운 흐름을 거스르는 거니까요. 또, 조르주 상드가 뭐라고 했는지 알아요? 우리는 삶의 한 페이지만을 찢어낼 수 없고, 책 한 권 전체를 불태우는 수밖에 없다고요. 러셀은 조르주 상드 같은 사람이었던가요? 기억하고 있어야 마땅하겠죠, 당신은 무엇이건 사랑하거나 혐오하거나 둘 중 하나였으니까요. 그럭저럭 괜찮은 것 따위는 없었으니까요. 이제 알겠죠? 난 이미 러셀을 잊어가고 있어요. 당신이 좋아하던 게 하나 떠오르네요. 『그랜드세트럴역 옆에 나는 앉아 울었다』*에 등장하는 구절이죠. '달을 보면 구역질이 치밀어 오르는데, 어째서 이 절벽에서 뛰어내리지 않는 것일까? 이 나날들이 주는 것이라고는 오로지 내 미래의 살해임을 나는 아는데.' 화자는 매를 부러워해요. 매는 훨훨 날아 지구를 떠날 수 있지만 화자는 아니니까요. 이 책의 존재는 당신이 알려줬죠. 그런데, 이제는 당신도 내가 건드리고 싶지 않은 또 하나의 퍼즐 조각이 되고 말았어요. 그렇게 비밀스럽게 굴 필요 없잖아요. 퍼즐 조각은 모조리 검은색이에요. 난 이 퍼즐을 영영 맞추지 않을 거예요.

개를 앞세운 행인이 몇 분마다 한 명 꼴로 지나가면, 나는 생각한다. 개. 모두 언젠가는 개들에게 이르게 되죠. 어떻게 개들을 두고 떠날 수 있었나요? 이런 상황에서 흔히들 터져 나오는, 공통적인 당혹감이에요. 하지만 당신이 정말 개들을 '떠났다'고 믿는 건 너무 고통스러워요. 당신이 개들을 떠났다는 건, 그보다 못한 존재들은 모조리 두고 떠났다는 뜻

* 엘리자베스 스마트가 쓴 산문시 형식의 소설(1945).

이니까.

얼마 전 꾼 꿈속에서, 러셀과 나는 한겨울 바닷가 카페에 앉아 있고, 테이블에 꽂힌 파라솔의 물결무늬 가장자리가 바람에 펄럭이고 있다.

"무슨 일이 일어난 거예요? 무슨 일이었는지 말해줘요." 꿈속의 내가 물었다.

러셀은 고개를 숙이더니 양 주먹을 주머니에 집어넣는다. 바닷가에 있던, 우리 둘이 서로 아는 친구가 가까이 와서 대신 대답하기 시작하자, 러셀이 귀를 막고 고래고래 외친다. "안 돼! 안 돼! 안 돼! 안 돼! 안 돼! 그러려고 여기 온 게 아니라고!"

나는 러셀이 등장하는 꿈을 두려워하는 동시에 한껏 음미한다.

그가 새로운 말을 하는 것을 들을 방법은 그것뿐이기에.

건물 계단에 더는 앉아 있고 싶지 않은 마음이 간절하다. 그런데 우리한텐 문제가 하나 있다. 러셀이 어디 있는지 알 수 없다는 거. 러셀에게는 묘비가 없다. 전달할 주소가 없다. 하지만 도저히 그의 유해가 어디 있는지 물어볼 엄두가 나지 않는데, 그건 너무 무신경하고, 그의 시신을 너무 많이 떠올리게 만드는 일이어서다. 러셀의 파트너는 이미 수도 없이 그 시신을 떠올리고 있을 텐데 말이다. 나 또한 이 식당의 존재 때문에 슬프지만, 그렇다고 니가 이 식당에서 하루를 시작하고, 이 식당에서 잠을 자는 건 아니지 않나. 난 최대한 유쾌한 이미지들을 떠올리려 애쓰는 수밖에 없다. 애석하게도, 그의 파트너가 이 죽음의 물류 허브인 건 아니다. 우리는 코네티컷에서의 그 끔찍한 아침이 지난 뒤 연락을 주고받지 않았고, 그전 몇 년간도 딱히 다르지 않았다. 그는 애초부터 러셀만큼 사교적이지 않았지만 (넘을 수 없는 벽이기는 하다) 러셀이 죽기 한참 전부터 자신만의 사적인 공간으로, 자신만의 리듬 속으로 물러나기 시작했었다.

어쩌면 러셀의 유해는 그의 어머니에게 있을지도 모른다. 아니면 누이에게. 어쩌면 그건 그 집에 있을지도 모른다. 어쩌면 닭 모이로 주었을지도 모른다. 러셀은 집에서 기르는 닭들을 정말 좋아했으니까. 때로는 나를 찾아와 유해의 행방을 묻는 이들도 있다. 그러면 나는 모른다고만 한다. 나도 답은 갖고 있지 않다. 닭 가설을 그들에게 말하지는 않는다.

러셀과 내가 그 식당에 처음 간 건 함께 〈악마는 프라다를 입는다〉 시사회에 다녀온 뒤였다. 러셀은 영화가 히트하리라 예상했지만—쉽지 않은 상사를 인간적으로 그려낸다는 점에서 그에게는 프로파간다 영화인 셈이었다—딱 한 가지 흠결 때문에 좋아할 수는 없었단다. 너무 여러 번 끝난다는 게 그 흠결이었다.

"예전 할리우드 영화는 끝나면 끝이었고 관객한테 모든

걸 다 알려주지 않았다고." 러셀은 이렇게 설명했다. "주인
공이 직장을 그만두고 분수에 휴대폰을 던져버리는 장면에
서 끝났으면 됐는데. 그런데 **어휴**, 남자친구한테도, 동료한
테도 사과하고, 새 직장도 구하고, 메릴 스트립과 의미심장
한 눈 맞춤도 하고……."

러셀 말대로였다. 이 영화에는 너무 많은 커튼콜이 있다.
짜증 날 만큼 그는 늘 옳았다. 뭐, 예외도 있다. 커튼콜이 없
을 때도 있다. 때로 죽은 친구가 앉아 있던 의자에 낯선 사
람이 앉아 칼라마리를 먹는 장면을 보게 될 때도 있다.

2019년 9월 27일이다. 계절에 따른 배신이 감도는 날씨다.
사람들에게는 각자의 삶이 있고 세상은 그 사람들의 편의
를 위해서 돌아가야 한다. 그 사람들이 아니라면, 그들이 치
르는 의례, 결혼식, 콘서트, 컨퍼런스의 편의를 위해서라도.
나도 그 대열에 합류하는 게 어떨까 생각해본다. 팔을 물에
풍덩 담그지 않고 어떤 것들이 둥둥 떠내려가게 놔두자고.
러셀은 프랑스식으로 퇴장하는* 사람이었다. 파티에서, 특
히 함께 자리를 떠나기로 했다가 다른 사람들에게 작별 인
사가 길어지다 보면 그는 어느 새 사라지고 없었다. 그것은
새로운 상호작용 때문에 기꺼이 붙들려 있기로 한 나에게

---

* 인사를 건네지 않고 조용히 자리를 떠나는 것.

내리는 일종의 벌이었다. 나는 유대인식으로 퇴장하는 사람이었다(내가 자리를 떠난다는 걸 굳이 알리겠다고 대화를 나누지 않은 사람을 기어코 쫓아간다는 뜻이다). 어쩌면 지금이 친구를 본받을 때인지도 모르겠다.

왜냐하면 무언가 조치가 필요하니까. 내가 감당할 만한 형태인지도 모른다 생각했던 최초의 애도는 돌연변이하고 말았다. 애도가 내 인격 전체를 잠식하고 말았다. 내 입에서 나오는 말 중 러셀의 이름을 뺀 나머지는 전부 거짓말이다. 상실감이 그치지 않고, 나조차도 그 사실이 놀랍다. 또, 나는 상실의 그라운드 제로에 서 있다. 너무 많이 먹거나 너무 조금 먹으면서 처벌과 삭제 사이를 오간다. 대화를 하던 중간에도 넋을 놓고 코네티컷에 가는 상상에 빠진다. 열차가 역으로 진입하는 순간, 승강장의 작은 쉼터에서 자고 있는 러셀이 보인다. 손을 뻗는다. **실수였어요. 사람들은 실수하기도 하잖아요. 집으로 데려가줄게요.** 심리치료는 아무 도움이 안 되는 것 같다. 여행이, 자연이, 잠이, 텔레비전이, 음악이, 코미디가, 연극이, 예술이, 요리가, 운동이, 독서가, 섹스가 그렇듯이. 며칠 연속으로 전혀 설명할 수 없는 시점에 심박수가 높아지는 일이 며칠 연속으로 생긴다. 하루에 다섯 번, 여섯 번, 열두 번 일어난다. 바닥이 평평한 곳에 있는 게 좋겠다. 결국 나는 심혈관내과를 찾는다. 내 몸이 청진기를 통해 고자질하는 사이 의사가 나를 문진한다.

흡연자냐고요? 네.

술요? 네.

카페인이요? 전 전업 작가인데요.

약물이요? 집에 통지문으로 알릴 것까진 아니지만 그건 그 집이 어떤 곳이냐에 따라 다를 거 같기는 하네요.

의사가 눈썹을 치켜올린다. 다른 건요? 딱히 떠오르는 게 없다.

"공황장애 같습니다. 유난히 심한 스트레스를 받은 적이 있으세요?"

나는 고개를 젓는다. 비통함이 끊일 줄 모르고 이어지는 나머지, 러셀의 자살은 더는 평소와 다른 일처럼 느껴지지 않는다. 나는 빛과 어둠의 경계를 없애버렸고, 모든 기준의 틀 자체를 무너뜨렸다.

"한 가지 있어요."

"무슨 일이었습니까?"

"누가 내 집에 침입했거든요. 하지만 그건 지난 6월 일이었고, 그때 전 집에 없었어요."

셔츠 단추를 도로 채울 때가 되어서야 나는 러셀이 자살한 것을 언급한다. 마치 의사가 그 일을 이미 알고 있기라도 한 듯이.

"자기파괴 말고는 그 사람에게 당신이 그를 사랑했다는 걸 알릴 방법이 없겠죠?" 의사가 되묻는다.

다시 책상 앞에 돌아온 나는, 제목은 '기분이 나아진다는 개념', 내용은 제목의 두 배 길이쯤 되는 간결하기 그지없는 문서를 열어 방금 의사가 한 말을 덧붙여 쓴다.

나는 멀쩡한 정신이 하나의 현상이라고 주장하려는 걸까, 아니면 단지, '좋은' 것이라고?

사랑하는 사람들은 나더러 취미를 가져보라고들 한다. 바보들, 나한테 이미 취미가 있다. 내 취미는 러셀의 자살에 드릴을 들이대고 구멍을 뚫는 일이다. 그런데 드릴 날이 자꾸 부러진다. 어느 밤, 나는 술에 취해 구글에 '러셀'이라고 검색하면서 검색 결과에 오로지 그의 사진만 나타날 거라고 예상한다. 또 다른 어느 밤에는, 약에 취해 '강령술 하는 법'을 검색하지만 나오는 건 '강령회 벌이는 법'에 관한 글들이 전부다. 나는 세이지 향기를 피워 올리는 파티를 벌이고 싶은 게 아니다. 난 내 친구가 돌아오기를 바란다. 나는 이런 식으로, 러셀을 생각하는 새로운 방법들을 두고 백일몽에 잠기고, 죽음의 피냐타*를 두들기며 긴 시간을 보낸다. 러셀의 생일이 다가오자 함께 아는 친구들 사이에 문자메시지가 오간다. 그러나 이 집에서는 하루하루가 러셀이 죽은 날이다. 그런데 무엇을 위해서? 도난 사건과 마찬가지로, 이 일

* Piñata. 주로 라틴아메리카에서 하는 놀이로, 종이나 점토로 만든 장식물을 막대기로 깨뜨려 안에 든 사탕이나 선물을 얻는다.

역시 벌어진 직후 가장 명징하게 받아들일 수 있는 것 같다. 근접성이 주는 선물 같은 이해다.

내가 겪는 건 다른 장르의 다양한 상실이 빠른 속도로 이어질 때 등장하는 누적된 애도, 다른 말로는 '애도 과부하'다. 이 일 말고 다른 일을 생각할 때 어떤 기분인지는 분명 기억난다. 의지를 가지고 밀어붙여야 멀쩡한 정신을 되찾을 수 있을 것이다. 그렇다고 억지로 해낼 일은 아니지만—내 주변 사람들이 아무리 죽음이라는 주제에 대한 참을성을 잃는 중이라 해도, 그들의 입장에서는 내가 애도 과정을 성급히 밀어붙이는 것만큼 겁나는 일은 없는 모양이다—어쩌면 매일 밤 그 식당 안을 망할 굴뚝 청소부처럼 들여다보는 일을 그만두는 것부터 시작할 수 있을 것이다.

"이제 그만." 나는 자리에서 일어서서 소리 내 말한다.

그런데, 그 시점에 어떤 일이 벌어진다. 느닷없이. 모르는 발신자가 보낸 이메일이 땡 소리로 존재를 알린다. 나는 내 손바닥에 붙어 있다시피 한 휴대폰을 내려다본다. 늘 휴대폰을 들고 있는 건, 내가, 무척이나 현실적인 방식으로, 러셀의 전화를 기다리고 있기 때문이다. 도착한 이메일 제목은 '당신의 보석'.

가장 아끼던 물건들이, 절대 팔려고 내놓을 리 없었을 물건들이 매물로 나온 걸 본 기분은 어떨까? 그 물건들을 펼쳐놓은 벼룩시장을 돌아다니는 유령들은 알지만. 물론, 나는 이전에도 내 보석들을 사진으로 본 적 있다. 대체로 내가 착용하고 있는 모습이었다. 도난 사건이 있었던 밤, 나는 형사가 요청한 그런 사진들을 몇 장 보냈다. (지문을 채취한 뒤의 일이라, 내 키보드 입장에서는 일의 순서가 운이 나빴다.) 또, 그중에서 인터넷에 배포할 용도로 한 장 골랐다. 소셜미디어를 통해 도움을 요청하는 건 러시안룰렛과 비슷하지만, 약실 대부분에 총알이 들어 있다는 점이 다르다. 내가 잃어버린 것이 특권적이거나 피상적인 상실로 보이리라는 걸 알지만, 이 상황의 심각성을 강조하기 의해 내 몸을 활용할 수 있다는 것만으로도 충분히 기분 좋았다. 웬 남자가 내 침실에 들어왔다. 내 침대에 올라갔다. 무슨 일이 일어날 수 **있었는지** 상상해보자. 아마 아무 일도 아니겠지만. 한 가지 침해를 위한 기술이 있다고 해서, 모든 침해를 위한 기술이 생기는 건 아니다. 또는 욕망도. 내가 공항 가는 길에 슈퍼마켓에 들른다고 해서 버터를 사지는 않는 것처럼.

이메일을 보낸 사람은 내 책 낭독회에 몇 번 참석했던 한 남성이었다. 반가운 존재, 좋은 달걀*이었다. 이 달걀은 내가 올린 트윗을 보고 안타까운 심정이었다고 한다. 잘됐다, 나는 생각한다. 사람들이 러셀 일로 나를 안타까워하지 않기

* 친절한 사람을 뜻하는 말.

를 원한 것만큼이나, 내 보석 일로 나를 안타까워하기를 바랐으니까. 내 보석들은 박살 난 차 앞 유리창을 포함한 카테고리에 들어가면서 완전히 무시될 위험에 처해 있다. 그러나 자살에 대해서는, 내가 죽은 사람이 벌이는 원조 활동의 수혜자가 되는 걸까봐 걱정된다. 내가 새로이 자살과 가까워졌다는 것은, 사람들이 과거의 자살 사고와 자살 시도에 대한 고백을 나와 나누게 되었다는 뜻이다. 더는 러셀과 나눌 수 없으니까.

달걀은 이베이에 접속해 내 보석들에 대한 검색 기준을 설정했는데, 타인을 걱정하는 데 이만큼 마음을 쓰는 것이 놀라운 수준이었다. 그는 그것이 가느다란 바늘에 실 꿰기와 비슷하다는 사실을 알고 있었지만, 몇 달이 지난 지금, 마침내 실이 바늘귀를 통과해 나왔다. 그는 판매자의 페이지 링크를 내게 보내며 행운을 빈다고 전했다. **달걀로부터**.

두 개의 품목이 올라와 있었다.

하나는 호박 부적이었다.

나머지 하나는 호안석 반지였다.

러셀이 내게 사물을 의인화하는 법을 알려주었다면, 나는 반대로 이 보석들이 죽었다고 생각하기 시작했다. 그러나 반지는 스스로 존재를 드러낸다. 몇 년 전, 반지에 박힌 호안석이 헐거워져서 수리하러 보냈다. 원래 가로줄 무늬였던 것이 세로줄 무늬가 되어 돌아왔는데, 덕분에 호안석치고는 특이해졌다. 그러니까 이런 반지들이 세상에 몇 개 존재하지 않을 뿐 아니라, 잘못된 방향으로 난 줄무늬를 지닌 반지는 단 하나뿐이라는 소리다. 그것만으로 확실한데, 호안석 반지는 친구까지 데려왔다. 먼 옛날 사악한 여왕이 지녔을 법한 오렌지색 부적 말이다.

사진들은 이 보석들의 존재를 증명한다. 호박 부적에 천장 등의 빛이 반사되어 보인다. 어디 있는 거니, 깜빡이지 않는 눈동자야? 판매자의 설명에 따르면 브루클린 어딘가에 있다. 이 목걸이는 98.4 퍼센트의 긍정적 피드백을 받은 판매자가 4천 950달러라는 어마어마한 가격에 올려놓았다. 상태는 '중고'(당연히 그렇겠지!). 파우치는 없다(원래 없었다). 반면 호안석 반지는 법원에서 파우치를 임명받은 모양이다. 티파니 로고가 새겨진 푸른 스웨이드 천 조각 위에 놓여 있다. 똑똑하군. 목걸이와는 달리, 반지는 판매용이 아니다. 경매품이다. 입찰자는 열여섯 명이다.

문득 머릿속에 떠오른 아이디어가 점점 빠른 속도로 빙빙 돌기 시작하는 바람에 도저히 멈출 수 없어진다. 내 장신구 한 점 한 점이―모든 패치, 성냥갑, 보석까지도―이 조그만 유물 두 개에 담겨 있다. 돔 모양 녹색 반지? 영혼으로서 들어가 있다. 지난 6개월? 역시 그 속에 녹아 있다. 뉴욕에서 보낸 내 평생? 이 또한 마찬가지다. 이 보석들의 흡인력은 너무 강해서, 과거의 다른 것들까지 빨아 당긴다. 더 큰 무언가를 말이다. 아직은 러셀을 보낼 때가 아냐, 안 돼. 이제 그만하겠다고 생각한 방금 전의 나를 떠올리자니 반역자가 된 기분이다. 내게 필요한 건 잠이 아니다. 포옹이 아니다. 그저 보석의 자취를 따라가는 것뿐이다. 보석을 되찾으면, 내 친구도 되찾을 수 있을 테니까.

이 논리에서 벗어나는 것보다 내 살가죽에서 벗어나는 게 더 빠를 거다.

내 살가죽 말이다. 이 반지에는 여전히 내 DNA가 남아 있겠지. 나는 반지의 귀를 붙들고 집으로 질질 끌어 데려오고 싶다. 그날 밤 야심한 시각, 나는 경매 페이지의 남은 시간이 조금씩 줄어드는 것을 본다. 호안석 반지는 내가 68달러에 낙찰받았다. 내 물건을 훔쳐 간 도둑에게 돈을 낭비하는 일이 (아니면, 적어도 내가 물건을 도둑맞게 만든 시스템에 돈을 먹이는 일이) 불편하다. 하지만 나는 68달러를 주고 반지 하나를 산 게 아니다.

나는 68달러를 주고 반송 주소를 산 거다.

잃어버린 것을 되찾는 게 가능할까요? 자살 생존자 애도 모임, 또는 다른 구성원이 표현한 대로 '가상현실 애도 모임'의 한 여성이 던진 질문이다. 애도가 가상현실이라는 걸까, 모임이 가상현실이라는 걸까? 어느 쪽이건 간에, 쓰나미처럼 밀려오는 슬픔에 흠뻑 젖어버린 바람에, 이야기를 들어

줄 사람이나 전문가를 찾을 가능성조차도 사라진 특별히 더 깜깜한 밤이면, 나는 그 모임을 찾는다. 며칠 밤 연속으로 로그인했다가, 다시는 로그인하지 않는다.

이런 공간에는 오래 있을 수 없다. 사람들이 당신을 사랑으로 공격하니까. 이곳에서는 낯선 이들의 사랑이 담긴 손길에 몸을 맡기고 파도타기 할 수 있다. 원한다면 언제든 이런 집단 감정 속에 들어갈 수 있다. 주변 사람들이 당신의 감정을 살피는 와중에 당신이 주변 분위기를 살필 필요도 없다. 그러나 바로 그 속에 위험이 깃든다. 사람들이 이 모임의 악천후에 중독된다는 것이다. 한 남자가 1분 안에 모든 글에 댓글을 단다. 끊임없이 댓글을 다는 그가 봇bot인 건 아닌지 궁금하다. 애도 봇? 최근 배우자를 잃은 여성이, 남편이 점심을 싸 다니던 지퍼 백을 내다 버린 후 감정적으로 무너졌다고 고백하자 (만약 그 사람이 그 지퍼 백 **안에 있는 거라면 어떡하지?**) 그 글에는 가정 내에서 상징성의 위험을 경고하는 장문의 댓글이 달린다. 나는 그 남자의 프로필을 클릭한다. 프로필 페이지에는 10년 전, 10대이던 쌍둥이 아들딸 둘 모두를 자살로 잃었다고 쓰여 있다.

세상은 그의 지옥이고, 우리는 그저 그 안에서 살아갈 뿐이다.

모임에 있는 대부분의 사람은 '아니오'라는 댓글을 단다. 아니오, 우리는 잃어버린 것을 영영 되찾을 수 없어요. 시간을 속이기보다는 죽음을 속이는 게 빨라요. 그러나 어떤 이들은 '맞아요'라고 쓰는데, 그건 드라마틱한 효과를 위해서가 아니다. 죽음이 절망적인 이유 중 하나는 그것이 공정함이라는 감각을 약화하기 때문이다. 누군가가 자기 자신을 세계에서 잡아채 없애버릴 수 있다면, 우리 역시 그들을 도로 잡아채 데려올 수 있어야 공정한 것처럼 느껴진다. 자살에 관한 안내서가 두루뭉술하거나 급하게 대충 쓴 것처럼 보이는 이유, 자살을 실용적 관점보다는 윤리적, 사회적, 또는 철학적 관점에서 다루는 것처럼 보이는 이유가 바로 그것이다. 자살은 '평범한' 상실의 모양을 띠지 않기에, 자살을 되돌릴 수 있을 거라는 생각은 얼토당토않은 것인 동시에, 자살 자체에 내재한 것이다. 자살이 인간성에 뚫린 허술한 구멍이라면, 그 구멍으로 들어갔다가 나오는 것도 가능하지 않나.

러셀이 가장 좋아하는 책 중 하나는 진 스타인과 조지 플림턴이 구술한 에디 세지윅 평전인 『에디』였는데, 그 책에는 차 안에서 질식해 죽거나 스테이크용 칼을 들고 서로에게 덤벼드는 특권을 지닌 백인들이 수도 없이 나온다. 다들 우수한 유전자와 물려받은 부로 반죽한 예쁘장한 팬케이크라서, 그 인물들이 물려받은 유산의 무게를 안타까워하기란 참 힘들다. 그들은 마치 어느 날 아침 눈을 뜬 뒤, 오이 샌드위치를 만드는 대신 자신이나 타인을 지구에서 휙 없애버리기로 결심하는 것만 같다. 에디 자신도 바르비투르산을 과용했다. 나는 러셀이 책에 등장하는 에디를 미화했다고 생각하지는 않는다. 그를 모방한 흔적은 없다. 러셀은 약물을 복용하지 않았다. 팝아트를 혐오했다. 그러나 나는 러셀이 에디 이야기를 좋아했다는 건 간접적으로나마 그의 죽음과 연관 있다고 본다.

뉴잉글랜드, 부유한 이들은 땅을 등지고 있는 한 바닷가는 영원히 바닷가라는 사실을 알고 있었던, 한때 제재소가 있던 중하류계층들의 마을에서 동성애자로서 어린 시절을 보낸 러셀은 좀 더 특별한 세계를 꿈꿨다. 북동부에 있는 좀 더 특별한 곳. 러셀은 할리우드 여성 배우에게 친필 사인을 부탁하는 것이 어린 시절 취미이던 사람, 영화 〈맨체스터 바이 더 시〉에서 걸어 나온 것처럼 "내 어린 시절을 둘러보는 데는 두 시간도 안 걸려"라고 말하는 사람이었다. 그는 부자들에게 매혹된 사람이 아니었다. 오히려 그 반대로, 부를 두려워하는 사람이었다. 그가 매혹된 이들은 정확히 말하면 괴팍할 수 있는 호사를 누리는 사람들이었다. 단지 타인을 매혹하는 능력이 아니라, 그 매혹의 본질인 매력을 황홀하게 바라보았다. 잠적한다든지 멀리 떠나버리는 것 같은, 돈 많은 이들만 누릴 수 있는 단호한 생활 방식을 동경했다. 그 사람들은 평생, 무슨 일을 원하든 할 수 있었다. 그리고 지금 그들이 원하는 건 삶을 살지 않는 것이었다.

러셀이 죽기 전날, 한 동료가 그에게 『에디』 원본 표지 포스터가 담긴 액자를 주었다. 사무실 대청소 중에 발견했단다. 러셀은 관리부에서 드릴까지 빌리는 번거로운 수고를 감수하면서도 곧바로 벽에 액자를 걸었다. 그다음에는 집으로 돌아갔고, 영영 그 액자를 보지 않았다. 러셀이 이렇게, 숙고의 결론인 동시에, 손목을 한 번 획 움직이듯 (즉 '충동적 행동'이라고 하는 방식대로) 죽은 거라면, 이 일이 안 일어난 것 역시 그만큼 쉽지 않았을까? 그러니까, 왜 이 일이 안 일어날 수 없었을까? 어째서 우리는 잃어버린 것을 되찾을 수 없나?

나는 스크롤을 내리며 답변들을 본다. 아니오. 예. 아니오. 예. 아니오. 아니오. 어쩌면요. 마치 고객 만족도 조사 답변들 같다. 이 애도 경험을 얼마나 추천하시겠습니까? 그때 댓글 왕이 나타나 스타카토 같은 이 답변들을 끝낸다. 질문의 의미를 잘 생각해보세요. 당신이 과거의 삶을 잃어버렸고, 그 삶을 다시 되찾고 싶다는 말이라면, 가능합니다. 그게 바로 우리 모두가 바라는 바입니다. 그 사람을 잊는 것이 아니라, 그 사람 없이 살아가는 법을 배우는 거요. 혼자만의 고통에 빠져들기는 쉽습니다. 그러지 않아도 됩니다. 그러나 사랑하던 사람이 다른 형태로 돌아올 수 있는가라는 질문이라면? 그건 거의 불가능하다고 대답하겠습니다.

거의. 거의 불가능하다라.

내 망상은 빌린 옷처럼 느껴지는 '생존자' 딱지로 큰 도움을 받지는 못했다. 그러니까 생존자가 **나를** 가리킬 수는 없다. 나는 러셀이 겪은 고통을 겪고 살아남은 사람이 아니니까. 나는 기껏해야 비생존자의 인접자일 뿐이다. 또, 이 모임의 관습인, 죽은 사람과의 관계, 그리고 그 사람이 어떻게 죽었는가를 (제일 친한 친구가 헛간에서 밧줄로 목을 맸다) 말하며 자기소개하는 것 또한 나와는 맞지 않았다. 애도의 대상과 한 침대에서 잔 적이 없으니, 임포스터 신드롬*이 찾아온다. 온갖 종류의 상실 중에서, 우정은 이 방정식에서 빠져 있는 거나 마찬가지다. 지구상 모든 사람이 우정을 경험하지만, 자살에 있어서는? 우정은 뒷좌석으로 밀려난다. 심지어 아무도 죽지 않았을 때조차 러셀과 나의 우정은 딱 들어맞는 공간에 존재하지 않았다. 그런데 왜 지금은 그래야 하지? 어째서 친구들은 죽은 사람에 대한 대화에서 간접적으로 배제되고, 그렇기에 대화에 끼워주는 게 박애처럼 느껴지나?

세계가 내게 전하는 메시지는 두 가지 방식으로 소화할 수 있을 것이다. 첫 번째, 혼자만의 고통에 빠져들기. 그래서 배우자를 잃은 사람들로부터, 죽은 배우자를 발견한 사

---

* imposter syndrome. 자신이 다른 사람들만큼 인정받을 자격이 없다고 의심하고, 나아가 사기꾼으로 밝혀질 것을 두려워하는 심리적 현상.

람들로부터 이모지 하나를 받는 것도 과한 것처럼 느껴져 스스로를 비난하는 방식이다. 두 번째, 모든 시스템을 건너뛰기. 이런 논의가 나와 맞지 않는다면, 그건 내게 적용되지 않는 논의다. 그 정도로 나쁘지 않은 상실은 그 정도로 나쁘지 않은 죽음과 같은 것일까? 분명 그런 모양이다. 러셀이 누군가의 파트너였고, 아들이었고, 삼촌이었고, 형제였다는 것은 신경 쓰지 말라. 러셀은 댓글 왕의 쌍둥이 아들딸이 죽은 것과 같은 방식으로 죽었을 리가 없는 거다……. 아닌가? 그들의 죽음은 서로 무관해 보이고, 또, 인터넷에 따르면, 실제로도 어느 정도 그렇다. 그렇기에 판타지의 균열이 더 크게 벌어진다. '거의 불가능하다'는 말은 '무엇이든 가능하다'와 무척 비슷하게 들린다. **지퍼 백**이 영혼의 매개체로 쓸 만하다는 점은 의문스럽지만, 보석이 존재하는 이상, 내 손에 쥐어진 매개체는 캐딜락급이다. 그러니까, 쥐어져 있는 거나 다름없다.

나는 가장 먼저 회색 양복을 입은 형사에게 전화를 걸었고, 그에게 이베이에 올라온 보석들을 보여준다. 목걸이는 아직 올라와 있지만 호안석 반지는 내 친구의 회사로 배송 중이다. 내 집에 침입한 남자와 이베이 판매자가 분리되어 있다고 짐작할 수는 있지만, 어느 정도로 분리되어 있는지는 알 도리가 없다. 자신이 무엇을 보고 있는지 아는 사람과, 자신이 무엇을 찾고 있는지 아는 사람 사이에는 엄청난 차이가 있다. 판매자가 올려놓은 둘품 중에는 다양한 디자이너 핸드백, 촛대, 몇 상자나 되는 응급피임약이 있다. 이런 조합의 물건들을 거래하는 사람이 누군지 너무나 궁금해진다. 그러나 이 궁금증이 나만의 것이기를 바랄 뿐이다.

회색 양복이 나만큼 열의를 보일 거라고는 기대하지 않지만, 그래도 놀라움 비슷한 감정을 드러낼 거라고는 예상한다. 나는 지문도, 용의자도 없는 도난 사건의 단서를 제시한 셈이니까.

무단침입 사건을 해결하는 경로는 두 가지가 있다. 물건과 침입자. 도난당한 노트북이 나일강 강둑으로 밀려올 가능성보다 침입자가 한 번 더 침입할 가능성이 훨씬 높다. 그런데 내가 여기, 바구니에 담긴 아기를 안고 나타난 셈이다.

"저희가 할 수 있는 일은 없습니다." 회색 양복이 말한다.

"정말요?"

"이베이 측에 계정 주인의 주소를 요구하는 소환장을 보낼 수는 있지만 시간이 걸립니다. 그 뒤에는 타당한 근거가 필요하고요."

나도 타당한 근거가 뭔지는 안다. 우리한테 타당한 근거가 있다고 생각한다.

"없습니다."

"그럼 그 근거를 어떻게 찾죠?"

"그 반지에 장물이라는 메모가 달려 있지 않고서는요."

회색 양복이 가진 정의라는 개념과 내가 가진 방향감각의 공통점은 이것이다. 목적지에서 3미터 떨어진 곳에 있다면 어디든 길을 알려줄 수 있다는 것이다.

"찾아가서 문을 두드리면 안 돼요? **제가** 찾아갈 수도 있는데요."

"그건 상관없을 겁니다."

"좋네요. 그런데 장물을 발송하는 건 우편 사기 아닌가요?"

"그건 우체국 측에 문의하시지요."

"우체국에서도 법의 심판이 가능한가요?"

나는 그들이 말을 탄 모습을 상상한다. 포장용 테이프로 만든 안장.

"새 소식이 있으면 알려주세요." 그가 말한다.

"새 소식이 있으면 경찰이 저한테 알려주셔야죠." 내가 말한다.

"무슨 소식 말씀입니까?"

다음 통화 상대는 이베이 법무부다. 나는 그들이 우체국 기동경찰대와 같은 부류일 거라고, 어쩌면 실제로 같은 소프트볼 리그에 속해 있을지도 모른다는 상상을 한다. 이베이 법무부는 전자기기 회수 담당부서다. 일련번호가 없다면 서비스를 받을 수 없다. 돌아다니면서 우연히 당신 것과 똑같이 생긴 물건을 빼앗아 올 수는 없다는 것이 이 제도화된 무관심을 뒷받침하는 논리다. 이 일은 평범한 도난 사건에 비해 훨씬 덜 스캠scam처럼 보이는데, 이 부서 전체가 스캠의 가능성을 둘러싸고 구축되어 있다. 어쩌면 판매자를 겁주지 않고도 목걸이를 판매 목록에서 내리게 할 방법이 있을지도 모른다고 나는 제안한다. 그들은 지금 당장 목걸이를 판매 페이지에서 내리고 판매자에게 문제 있는 물건임을 알리는 메시지를 보내자고 한다. 그러나 나는 아직 시간이 있다고 생각한다. 다음 72시간 동안 아무도 그 물건을 사지 않을 것이다. 나는 그저 이 목걸이가 그 집을 떠나게 둘 수가 없을 뿐이다.

내 자신감은 이베이에서 딱 한 번 물건을 팔았던 경험에서 비롯한 것이다. 저자 사인이 있는 『다빈치 코드』 초판이었다. 책장을 정리할 때마다 그 책이 반드시 나타났고, 그때마다 내가 이 책을 왜 가지고 있나 생각했다. 그러다 사인이 있는 걸 확인한 뒤, 다시 책장에 꽂아두는 식이었다. 빈티지북스에서 일할 때, 댄 브라운이 저자 사인본을 만들러 회사에 들렀던 적이 있다. 러셀은 늘 직원들에게 이 사인본을 챙기라고 권했다, 왜냐하면 "훗날 무슨 일이 있을지 모르니까". 그때 러셀이 그답지 않게 겁쟁이 같다고 생각했던 게 기억나서, 몇 년 뒤 그 이야기를 꺼낸 적 있었다.

"훗날 그 작가를 좋아하게 될지도 모른다는 뜻이었어. 필립 로스와 악수하고 싶지 않은 사람이 세상에 어디 있어? 그렇다고 하던 일을 내동댕이치고 댄 브라운을 만나러 갈 이유가 뭐 있겠어?" 그가 말뜻을 분명히 밝혀주었다.

"러셀이 그러라고 했잖아요."

"절대 아니야."

"좋은 사람이었어요. 좋은 신발을 신고 있었고." 내가 말했다.

"그랬으면 좋았겠네."

책을 팔아버리기로 마음먹었을 때, 세상은 유대교-기독교 스릴러 광풍에서 거의 회복된 뒤였다. 이 책을 70달러에 팔기까지 기나긴 세월이 걸렸다. 21세기 베스트셀러 소설 초판 사인본을 파는 것도 이렇게 힘들었다면, 중고차 한 대 값인 목걸이가 팔리기까지는 시간이 있을 거라는 게 합리적 추론이었다.

"최소한 이제는 네가 내 말이라면 뭐든지 듣는다는 건 확인했네. 그래서 내가 너한테 온갖 비밀을 말하는 거야." 내가 사무실을 나가는데, 러셀이 눈을 찡긋하며 말했다.

대상영속성은 비밀에도 적용된다. 정보를 듣지 못했거나, 듣고 싶어 하지 않는다고 해서, 그 정보가 없는 것이 되지는 않는다. 그리고 러셀은 비밀을 좋아했다. 새끼손가락 걸고 약속하는 걸 너무나 좋아하던 그는 문득 내 사무실 문간에 나타나 당장이라도 비밀을 알고 싶어 안달 난 사람들이 달려올세라 몸으로 문을 막았다. 그러더니 세계 최고로 무해한 이야기들을 늘어놓곤 했다. 마케팅 부서의 어느 여성 직원이 자기 집에 물 한 박스를 배송시켰는데, 우편물 보관실에서 폭발했대. 믿어져?

"약간은요?"

그는 신음했다. "으, 정말 재미없는 사람이야."

중요한 건 정보 자체가 아니라, 그 정보를 나눌 때 그가 느끼는 기쁨이었다. 출판계에는 제대로 된 스캔들이라는 것이 없다. 어디 다른 데서 물어 와야 한다. 그 정보가 정말로 지독한 것일 때면 러셀은 아무 말도 하지 않거나, 팔을 붙들고 "잠깐만요, 뭐라고요?!" 되물어야 할 정도로 잽싸게, 아무렇지 않다는 듯이 언급할 뿐이었다.

그를 마지막으로 만난 날에도 그랬다.

나는 이 이야기에서 이 부분만은 빼고 싶다는 생각이 든다.

왜냐하면 언젠가, 내가 부득이하게 그 말을 소리 내 읽어야 할지도 모르니까.

저녁 식사를 하기 전날, 러셀은 파트너와 싸웠다. 두 사람은 10대 소년처럼 맹렬하게 싸우고는 했다. 함께한 지 이토록 오래인 지금도 상대방을 죽이고 싶을 정도로 서로를 신경 쓴다는 사실이 나로서는 늘 놀라웠다. 내가 맺는 관계 속에서는 각종 불만을 표출하는 방식이 수동공격적인 가시 돋친 말을 내뱉거나 딱 한 번 물어본 질문에 연속 오십 번 질문받은 것처럼 대꾸하는 식으로 불만을 표출했으니까.

"왜 싸웠는데요?"

"왜일 것 같아?"

러셀은 한때 행복을 두었던 자리에 불행을 두기 시작한 뒤였다. 말 그대로의 수집벽은 아니었지만, 그는 과거를 위한, 더욱 만족스럽던 나날의 기념물을 위한 토지 횡령꾼이기는 했다. 처음에는 그리 큰 문제로 느껴지지 않았다. 만약 얼룩말이 그려진 유화를 사러 가야겠다는 말을 꺼낸다면, 한 시간 뒤 러셀은 하나를 고르라며 세 점을 내놓았다. 틴타입* 사진이 필요해? 박스 단위로 줄까, 파운드 단위로 줄까? 그리고 **책들**. 하지만 러셀은 출판계에서 일했으니, 당연한 것 아닌가? 나는 러셀의 집에 한동안 가지 않았기 때문에, 상황이 악화하는 것을 목격하지 못했다. 그가 낡은 매트리스를 포치에 두자고 우기며 내일 치우겠다고 약속할 때 나는 그 자리에 있지 않았다. 그가 이미 가지고 있는 소스 그릇을 사자고 우길 때 나는 그 자리에 있지 않았다. 그가 녹슨 칵테일 셰이커를 버리는 데 동의하고 나서도 버리는 대신 파트너가 모르는 곳에다 숨기기로 마음먹었을 때 나는 그 자리에 있지 않았다. 또, 곧이어 파트너가 그 칵테일 셰이커

---

* tintype. 금속판에 이미지를 인화하는 초창기 사진 기술의 하나.

를 발견했을 때도 내가 그 자리에 없었던 건 마찬가지다.

싸움에는 금세 불이 붙었다. 러셀은 잔디밭을 가로질러 걸어가 차에 타고 시동을 켰다. 파트너가 진입로 끝에서 차를 멈춰 세운 뒤 차창을 두드리며 창을 내리라고 손짓했다.

"무슨 일이 있더라도 자살은 하지 마." 파트너가 말했다.

러셀이 그 이야기를 들려줄 때 나는 계산서를 내려다보고 있었다.

그는 박하사탕을 빨아먹는 중이었다.

"왜?" 그가 입안의 사탕 때문에 우물거리며 물었다.

"왜 그런 말을 한 거예요?"

"모르지. 그 사람이 하는 온갖 행동을 난 알 수가 없어."

"저는 둘의 대화가 어떻게 '칵테일 셰이커를 버려라'에서 '자살하지 마'까지 간 건지 이해가 안 돼요."

"그 사람이 미쳤으니까!"

사람들은 벌어진 일을 남겨진 이들이 눈치챘을 거라고 추측하고는 한다. **알고 있었어요?** 그렇다고 눈치를 챘느냐고, 그런데도 무시했느냐고 물어볼 만한 배짱이 있는 사람은 없다. 중요한 징조를 무시했느냐고, 우리가 너무 자신에게 푹 빠져 있느라 타인을 살피는 일을 소홀히 했느냐고. 유혹적인 생각이다. 그러나 삶은 그런 식으로 보이지 않는 괴물에게 덤비면서 살아갈 수 있는 게 아니지 않나?

때로는 그의 파트너를 붙잡고 앞뒤로 짤짤 흔들면서, 그가 이런 이야기를 종종 했다면 어째서 더 많은 조치를 하지 않았느냐고 따지고 싶다. 왜 러셀의 손목을 옆에 있는 라디에이터에 묶어놓고 열쇠를 버리지 않았던 거예요? 그러나 나 역시도 가장 잘못된 형태의 애도인 남 탓을 하기에는 위험한 존재다. 나는 그 일을 러셀이 죽기 **전부터** 연습했다. 도난 사건의 대부분이 남 탓으로 이루어져 있으니까. 나쁜 놈을 찾는 것, 그 사람을 벌주고 싶은 욕망. 왜냐하면, 도난 사건의 경우에는 나쁜 놈이 존재했고, 배상의 가능성이 존재했고, 공정함의 가능성도 존재했으니까. 자살의 경우는 그렇지 않다. 그래서 나는 죄책감을 가장 가까운 곳으로 돌린다. 내 친구는 내게 무슨 말을 전하려 했지만, 내가 듣지 않았다고. 그는 언제부터 내게 그 말을 전해온 걸까?

그전 해, 러셀은 자기 생일 케이크에 아이싱으로 '난 아직 여기 있다'고 썼지만, 다들 뮤지컬 〈폴리즈〉에서 따온 가사라고 생각하고 대단치 않게 여겼다. 실제로 뮤지컬 〈폴리즈〉에서 따온 가사였으니까. 하지만 그 노래의 소개말은 이렇다.

그들은 이 곡을 슬픈 곡이라고 생각했지만, 관객들이 자꾸 웃었다. 그들이 나더러 더 슬프게 노래하라기에 나는 그렇게 했다. 무대에 나가 관객에게 슬픔을 안겼다. 그러자 1,800명의 관객이 정신없이 웃어댔다.

내가 나를 상대로 스스로를 변호하고 싶어질 때면, 난 이게 재치 넘치는 사람과 친구가 되면 치르는 대가라고 생각한다. 만약 프랜 리보위츠*가 나더러 타임스스퀘어에 가느니 자살하겠다고 말한다면, 내가 그에게 전문가와 상담해보라고 조언할까? 전신 갑옷으로 무장하지 않는 한 절대 그러지 않을 거다. 때로 우리는 아무런 걱정거리도 남지 않을 때까지 걱정하고는 한다. 사람들이 도둑맞은 **뒤에** 경보장치를 설치하는 이유도 그것이다.

"그러게요. 둘 다 제정신이 아니군요." 나는 그 화제를 이렇게 마무리 지었다.

그 순간에 대해 느끼는 죄책감은 크기가 달라질 뿐 영영 사라지지 않는다. 친구의 죽음을 애도하는 건 마치 어딘가에 내려놓아야 하지만 마땅히 둘 곳이 없는 꽃병을 들고 걸어 다니는 것 같은 기분이다. 사람들은 꽃병을 놓는 올바른 방식 같은 건 없다고 한다. 아무 데나 두라고 한다. 하지만 우리는 그렇게 생각하지 않는다. 슬픔을 너무 눈에 띄거나 너무 눈에 안 띄는 곳에 둔다면, 아무도 보지 않을 때 다시 집어들 것임을 안다. 내가 밤마다 식당 안을 들여다보는 것도 그래서다. 나는 내가 러셀을 내 앞에 좀 더 오래 앉아 있게 했다면, 그에게 질문을 던졌더라면 어땠을지 상상한다.

* 뉴욕을 기반으로 활동하는 미국의 에세이스트이자 독설가.

우리 둘이 하는 그 어떤 이야기든 그 결과를 바꾸지는 못할 걸 알면서. 매번 식당은 문을 닫는다. 매번 그가 나를 집까지 데려다준다. 매번 그는 어둠 속으로 걸어 나간다.

그렇게 그는 사라진다. 그리고 나는 아직도 이 꽃병을 들고 있다.

내가 받는 유일한 전화가 혼란에 빠진 형사가 걸어온 전화뿐이던 이 시기쯤, 나는 애도를 다룬 자조 도서 몇 권을 받는다. 그 중 한 권도 읽을 생각이 없었지만, 어쩌다 보니 다 읽었다. 나는 남몰래 이 자조 도서들이 죽음을 둘러싼 모든 일들을 지나치게 지적인 것들로 느껴지게 하는 철학보다 더 도움이 되기를 바란다. 이 책들은 실용서라고 광고하는 것들이고, 실제로 쓰이라고 구매된 것으로, 좋은 의도를 가진 소비자들에게 무의미한 알고리즘이 추천한 책들이다.

그러나 무더기로 쌓아놓고 읽어보니, 이 책들이 제시하는 문제는 익숙하다.

『사랑하는 사람이 죽고 나서 계속 살아가는 법How to Go On Living When Someone You Love Dies』의 각 장에는 '배우자를 잃었을 때', '자녀를 잃었을 때', '성인이 부모를 잃었을 때', '성인이 형제자매를 잃었을 때' 등등의 제목이 달려 있다. 그중에는 '애도에서 우리가 기대할 수 있는 것들'이라는 장도 있다. 이런 책은 어느 시점에 사는 게 맞는 걸까 궁금했다. 갑작스러운 상실을 겪은 사람에게는 노닥거릴 '이전' 같은 것은 없다. 장례식 계획이라는 건 감상적 사치일 뿐이다. 갑작스러운 상실이 예상된 상실에 비해 본질적으로 더 나쁜 것은 아니지만, 이 일을 없던 일로 되돌릴 수 있을 것만 같다고 느낄 가능성은 더 높다. 차 키를 집에 두고 온 것과, 여전히 눈앞에 보이는 운전석에 놓고 내리는 것의 차이다. 어차피 차 안에 들어갈 수 없는 건 똑같다.

『사랑하는 사람이 죽고 나서 계속 살아가는 법』은 너무 광범위해서 이견이 생길 만한 구절들을 제외하면 굳이 이견을 드러낼 만한 감정은 거의 없는 내용이 되풀이되는 책이다. 이 책이 쓰인 이유는 다른 책들이 너무 얄팍해서라고 밝히고 있지만, 이 책에도 참으로 특이한 구절이 있다. 예를 들면 '여러 상실은 명백히 불쾌한 박탈로 인식되는데, 예를 들면 자녀의 죽음이나 귀중한 보석을 도난당하는 일이 그렇다'.

아무리 나라고 해도 그 두 가지를 한 쌍으로 묶을 만큼 갈 데까지 간 건 아니다.

애도하는 두뇌에 대한 우리의 오해를 바로잡고자 하는 한 과학자가 쓴 『상실의 반대편The Other Side of Sadness』은 이보다는 우아한 책이다. 책꽂이에 나란히 꽂힌 다른 책들과 마찬가지로 이 책 역시 '애도와 사별에 대한 책은 이미 많다', 그러나 그 책들 대부분이 '놀랄 만큼 협소한 관점으로 쓰였'기 때문에 쓰인 것이다. 자조 도서라면 응당 다른 자조 도서와

차별점을 내세우며 등장해 결국은 비슷한 소리를 하는 법이다. 어째서 다른 책들에 그토록 반박하려 하는지는 불분명하다. 물론 그들은 칸트가 아니고, 의도만큼은 순수하다. 중요한 정보를 담은 책도 있다. 그리고 이 중에 '제1장: 극복하라' 따위로 쓰인 책은 없다. 내가 『사랑하는 사람이 죽고 나서 계속 살아가는 법』을 끝까지 읽을 수 없었던 것은 이 책이 쓸모없어서가 아니었다. 그 책이 고무공처럼 내 신경을 거슬리게 하기 때문이었다.

애도를 다룬 수많은 자조 도서 중 가장 마음에 들었던 것은 『난 이별할 준비가 되지 않았어I Wasn't Ready to Say Goodbye』*였다. 그 이유는 '애도하는 타인을 돕는 사람들'이 '복사해서 친한 친구와 사랑하는 이에게 줄 수 있는' 한 쪽짜리 가이드가 포함되어 있어서였다. **나를 어떻게 대하면 되는가가** 적힌 종이 한 장을, 가능하면 코팅해서 말없이 나눠주는 상상을 하다가 몇 달 만에 처음으로 소리 내 웃었다. 『난 이별할 준비가 되지 않았어』라는 제목은 회사 식당 앞 나눔 책장에서 러셀이 찾아다가 내 책상 의자 위에 놓고 가곤 하던 1980년대에 나온 10대 청소년 로맨스 소설들의 제목을 연상시켰다. 『반한 게 아니라, 사랑이라고!』, 『그가 내 존재를 눈

* 『우리는 저마다의 속도로 슬픔을 통과한다』, 브룩 노엘·패멀라 D. 블레어, 배승민·이지현 옮김, 글항아리(2018).

치쳤어…… 그리고 그 밖의 다른 징후들』, 『너와 함께라면 여름 내내 맨발로 다닐 거야』, 『네가 날 더 닮아가면 널 사랑할게』 등등.

자조 도서를 멀리하려는(도움이란 건 실제로 사랑하는 사람을 잃은 이들에게 필요한 것이다), 또는 그것들을 싸구려라며 일축하려는 본능은 그 책들의 도입부로 인해 꺾이고는 했다.

"그날 아침이 생생하고, 초현실적일 정도로 샅샅이 다 기억난다……."

"4월 1일의 날씨는 아름답고 화창했다……."

어째서 이런 책들의 저자들이 그토록 간절히 자신을 차별화하고자 하는지, 그럼에도 대놓고 상대를 **씹어댈 수 없는**지, 왜 모두가 그토록 명백히 외교적으로 구는지, 나는 서서히 이해하게 되었다. 이 저자들 중 회복된 이가 아무도 없어서였다. 그들은 회복을 원하고, 동시에 타인에게 도움이 되기를 원하지만, 만약 둘 중 하나를 선택한다면? 회복을 택하겠지. 아니면, 장려상 삼아 카타르시스라도 얻든지. 애석하게도, 이탈리아 작가 나탈리아 긴츠부르그는 이렇게 썼다. '글을 써서 애도를 누그러뜨리기를 바랄 수는, 당신의 직업이 당신을 쓰다듬고 자장가를 불러줄 수 있다고 믿으며 스스로를 기만할 수는 없다.'

우리가 **할 수 있는** 건 타인을 조심스럽게 대하는 것이다. 인간이란 섬세한 물질로 이루어진 견고한 것이다. 아마 우리가 보석을 그토록 아끼는 건, 보석이 우리와는 반대로 견고한 물질로 이루어진 섬세한 물건이라서일 것이다. 또, 타인의 벌어진 상처를 힘껏 찌르는 건 좋지 않다. 그 상처가 얼마나 쩍 벌어져 있는지, 상실에 대한 글을 직접 쓴 사람만큼 잘 아는 사람이 있을까? 글을 유언이라 오해하면 절대 안 된다는 사실을, 글을 쓴 사람만큼 잘 아는 사람이 있을까? 또, 너무나 훌륭한 이야기를 쓴다면 죽은 사람이 그 이야기를 들을 수도 있다고 내심으로 생각한다는 사실을? 그러니까, 보이지 않아도 존재한다고 믿는 것이야말로 믿음의 정의 아닌가?

좋은 소식 하나. 호안석 반지가 뽁뽁이로 꽁꽁 싸여 무사히 도착한다. 문턱 너머로 던져진 이 과거의 기념품을 손가락에 끼는 게 꼭 영화 장면 같다. 반지에게 묻는다. **이번엔 재미있었니?** 반지의 탈출 시도는 이번이 처음이 아니다. 오래전, 사귀던 남자의 집에서 저녁 식사를 끝낸 뒤 설거지하던 중이었다. 나는 말했다. "끔찍한 아이디어 하나 보여줄까?" 그러면서 주방세제가 묻은 손가락에서 반지를 빼 설거지통 가장자리에 두었다. 다음 날 아침 그와 헤어지는 바람에, 나는 정말로 반지를 그대로 놓고 와버렸다. 친구를 시켜서 가져다달라고 했는데, 그건 참 유치한 심부름이어서 결국 그 친구에게 "그 남자 슬퍼 보였어?" 같은 쓸모없는 질문들을 던지고 말았다.

손을 이리저리 흔들어 보았다. 보여? 잃어버린 것을 돌려받을 수도 있어. 그리고 반송 주소에 따르면 내가 잃어버린 건 십스헤드베이에 있었다.

컴퓨터 앞으로 갔다. 판매자의 집은 외장재가 알루미늄이고 짤막한 진입로가 있으며 각 층에 한 가구씩 사는 다층 구조의 주택이었다. 차는 한 대도 없었지만, 파충류 생김새를 흉내 내 만든 우편함이 하나 보였다. 이베이 아이디가 '2'로 끝나니, 아마 2층에 살지도 모른다는 생각이 들었다. 이 집을 찾아가 초인종을 누를까? 실제로 경찰은 아니지만 경찰만큼 위압적으로 굴 만한 친구를 하나 데려갈까? 아니면, 꽃다발을 가져갈까? 아니면, 알루미늄 배트를. 나는 목록을 만든다. 꽃다발, 배트, 묵직한 것으로

나는 한때 사설탐정이던 친구에게 전화를 걸어 하루 날을 잡아 밴을 빌리고 샌드위치를 싸 가자고 제안해본다. 화장실을 사용하게 해달라는 구실로 집 안에 들어가는 계획도 던져보는데 "차가 고장 나서요"라는 계획은 시간(지금은 1950년대가 아니다)과도, 장소(여긴 뉴욕이다)와도 들어맞지 않는다. 친구는 말도 안 되는 계획이라고 한다.

"잠복하는 동안에 오줌이 마려우면 어떻게 해?"

"게토레이 병을 사용하지."

"최악이네."

"이젠 안 해."

"오줌 누는 문제 때문에?"

"아니, 오줌 누는 문제 때문은 아니야."

사설탐정 친구는 자기 인생을 사느라 너무 바빠서, 아니면 내 인생에 너무 흥미가 없어서, 은퇴 생활을 중단하는 대신 나에게 '몇몇 친구들'을 소개해준다. 내가 그 길로 가고 싶다면 연락해보란다. 난 오로지 그 길로 가고 싶은 마음뿐이다. 그 친구들의 웹사이트에 들어가보니 자신들의 경력을 전직 특수부대원, 전직 해군, 전직 CIA, 전직 뉴욕 경찰이라고 자세하게 소개하면서도 '말할 수 있는 건 여기까지다'라고 쓰여 있다. 내가 보기엔 엄청나게 많이 말한 것 같은데 말이다. 나는 그들이 사소한 도난 사건 해결에 과연 손을 댈까 싶지만, 내 컴퓨터에서 이메일이 발송되는 **슈욱** 소리가 끝나기도 전에, 그중 한 사람이 전화를 건다. 지금 뉴멕시코에 있어서 길게 통화할 수 없다고 한다.

"그러시겠네요."

"기꺼이 그 집 앞에서 잠복하겠습니다. 이런 문제를 어떻게 처리하는지 알거든요. 중요한 건 동일 범행을 저지를 때 현행범으로 잡는 겁니다." 그가 말한다.

내 생각에 온라인으로 물건을 파는 사람은 그냥 컴퓨터 앞에 앉아 타자를 치는 사람처럼 보일 것 같지만 말이다.

"무엇을 찾아야 하는지 우리는 아니까요." 그러면서 남자는 말도 안 되는 수고비를 부른다.

나는 사람들에게 더 많은 아이디어를 수집하고, 설문 조사까지 한다. 자, 수수께끼는 이렇다. 목걸이를 손에 넣고, 그것을 쭉 갖고 있을 방법은 뭐가 있을까? 한 가지 아이디어는, 목걸이를 산 뒤에 모조품이라고 주장하는 것이다. 그 사람한테는 보증서가 없으니까. 고양이가 영수증을 떼줬을 리 없으니까. 나는 이 계획이 마음에 든 나머지 캐널스트리트에 사서함을 계약할 만큼 멀리 간다. 하지만 그건 계획의 절반일 뿐이다. 상대는 그냥 목걸이를 반송하라고 할 것이다. 그다음에는 어쩌지?

"그럼 죽은 쥐나 보내버려."

그 말을 한 사람은 잔인한 생각이 돈풍 솟구치는 남자 사람 친구였다. 대체로 나는 이 범죄가 여성 일반이 아니라 나라는 특정한 개인에게 일어난 것이라고 생각하지만, 이런 식의 대화를 하다 보면 젠더의 차이가 두드러진다. 여성인 친구들은 내가 사는 곳을 알 수도 있고 모를 수도 있는 범죄자를 자극하라는 조언 따위는 하지 않는다.

"죽은 쥐를 어디서 구해?" 내가 묻는다.

"여긴 뉴욕이잖아."

"그럼 네가 한 마리 구해 오든지."

또 다른 남자 사람 친구는 빈 상자만 보내고 ("귀네스 팰트로의 머리를 보내되 머리 없이 보내는 것처럼"이라고 그는 분명히 말한다) 그다음에는 페이팔과 아메리칸익스프레스를 상대로 법정 싸움을 벌여 돈을 돌려받으라고 한다. 또 다른 남자 사람 친구는 온라인으로 전쟁을 벌이라고 제안한다. 그가 아는 남자의 아는 남자가 있는데 (오, 여성 해결사들은 다들 어디로 간 거람?) 그 사람이 판매자의 계정을 동결시키고, 배심원 의무에 신청해서, 그의 인생을 악몽으로 만들 수 있다고 한다. 이 남자들은 영화를 너무 많이 본 걸까, 아니면 너무 적게 본 걸까?

결국 나는 회색 양복에게 전화를 걸어 내 불완전한 계획을 말한다. 내가 그 목걸이를 사서, 경찰서에 가서, 당신에게 넘겨주면 어떻겠느냐고. 장물을 구입하면 그 물건을 경찰서에 맡기고, 경찰은 정당한 소유자를 추적하는 거 아닌가? 오래 걸리지 않을 것이다.

"그럴 수는 없습니다."

"아, 진짜 왜 이래요."

그는 정말 형사 노릇이 지긋지긋한 모양이다. 분명 자기 명함을 보고도 오만상을 찌푸릴 거다.

"경찰이 책임질 수는 없습니다."

"당연히 그러시겠죠."

"또, 장물이라는 점을 증명할 수 없는 한……."

"하지만 증명할 수 **있는**걸요. 우리가 증명할 수 있잖아요. 사진도 있고, 경찰 신고 기록도 있잖아요."

"……그 물건은 영영 경찰서에 있게 될 겁니다. 일 처리가 끝나기까지 1년이 걸릴 수 있어요."

"도둑맞은 목걸이가 그렇게 많은가요?"

"저야 모르지요. 살펴보질 않아서요." 그가 말한다.

러셀이 이 자리에 있었으면 좋겠다. 러셀이라면 전부 잘 해결될 거라고 말해주었을 텐데. 그는 언제나 자기보다 어린 친구들을 고양이 바라보듯 대했고, 특히 어시스턴트의 경우, 자기 어시스턴트가 아닌 이들조차 자기 부하 직원처럼 입양했다. 누군가가 걱정하면, 러셀은 다 괜찮을 거라고 안심시켜주었다. 그러면 우리도 난관을 타개하고, 그러지 못한다 해도 누군가가 우리를 붙잡아줄 거라고, 왜냐하면 우리는 모두 너무나 사랑스럽기 그지없으니까. 그놈이 나쁜 놈이야. 그 여자가 지독하네. 널 고용하지 않은 그 사람들이 손해야. 더 나은 집이 나타날 거야. 왜냐고? 넌 너니까. 이런 칭찬들이 무시하는 말, 우리 중 누구도 고난에서 배운 게 없음을 짧게 함축한 말로 들리기 시작한 건 한참 뒤의 일이다. 뭘 걱정해? 그렇게 똑똑하고, 어리고, 다들 너희들을 원하는데. 그건 러셀이 더 이상 자기 자신에게는 해당하지 않는다고 여기는 말들이었다.

나쁜 소식: 다음번에 목걸이 링크를 클릭하자, 페이지가 열리지 않는다.

그 비루한 장면을 (관자놀이 문지르기, 고래고래 욕설하기, 죽어버린 쓸모없는 링크) 회상하기보다는, 우리가 "그를 되돌려줘"라 말하는 게 무슨 뜻인지 잠시 스스로에게 물어보자. 제정신으로 들리는 말은 아니지 않나. 그 목걸이의 위치를 **두 번째로** 찾아낼 수 있을지도 모른다는 가냘픈 기대를 품는 와중에도, 나는 호박 목걸이를 문지르면 중앙에서부터 빙글빙글 홀로그램으로 솟아 나오는 지니처럼 러셀이 나타날 거라고 생각지는 않는다. 그가 다시 스스로를 재구성해 그의 혼이 돌아와 세상을 누빌 거라고 생각지도 않는다. 그러나 만약 그런 것들을 상상했다고 한들, 영 낯선 일은 아닐 것이다.

여러 매장 의식이 사물을 제물이 아닌 통로로 취급한다. 어떤 아메리카 원주민 문화에서는 죽은 이의 소지품을 태우는데, 죽은 이의 영혼이 이를 매개로 되돌아올 수 있게 하기 위해서다. 이집트와 그리스 문화는 죽은 이의 팔 닿는 곳에 귀중품을 함께 매장한 것으로 악명 높다. 전반적으로, 이런 의식들은 죽은 이가 그 따위 물건들을 가지러 돌아올지도 모른다는 생각에서 비롯한다. 우리보다 훨씬 오래된 역사를 지닌 문명에서는 죽을 때 사물들을 가져갈 수 **있다**고 여긴다. 이런 식의 사고방식은 불가지론자의 입장에서는 상당히 진기한 것인데, 그 사고가 세속의 세기를 겪으며 희석되었다는 점에서 특히 그렇다. 우리는 돌아가신 할아버지가 시계를 보아야 한다고 생각하며 시계를 함께 묻지 않는다. 현대인의 시각에는 귀중품을 같이 묻는 관습 같은 건 없다.

문이 양방향으로 열린다는 사고방식은 그보다도 사회적으로 덜 용인된다. 그러나 나는 오늘날의 문명이 퍼뜨린 사상을 받아들였고, 일종의 거래가 성립됐다. 이토록 불균형한 죽음과 맞바꾼 건 보다 쉽게 스며드는 상실이다. 보다 논쟁할 만한 상실이다. 당연히 러셀을 죽인 범인은 러셀이지만, 이 살인범은 영영 잡히지 않는다. 잠깐, 아니면 잡혔음에도 재판받지 않았던 걸까? 살인 동기를 증명해낼 수 있을까? 우리는 살인manlaughtes이라는 단어의 의미를 분석해봐야 할까, 아니면 이 모든 게 전부 과한 생각일까? 심지어 **자살을 저질렀다**committed suicide라는 두 단어조차도 논쟁의 대상이 될 수 있다. 그것들은 명백한 이유로 불쾌한 표현이다. 2015년(그러니 그렇게까지 명백한 건 아닐지도), 『연합통신 문체 지침The Associated Press Stylebook』은 대체 표현으로 '자살로 죽었다died by suicide'를 권장했다. 그러나 나는 '저지르다committed'의 두 번째 의미* 역시 마찬가지로 문제적이라 본다. 이 말은 죽은 사람을 어둠에 밀려 선택받지 못하고 버림받은 신부로 만들어버린다.

러셀이 죽고 오래지 않아 시인이자 비평가 A. 앨버레즈가

* 'commit'에는 약속과 헌신을 나타내는 의미도 있다.

사망하자, 나는 자살을 다룬 그의 저명한 연구서『자살의 연구』를 꺼내 들었다. 몇 년간 읽겠다고 마음먹고 있었던 것은 이 책이 그와 실비아 플라스와의 관계에 초점을 두고 있다는 이유가 대부분이었지만, 이미 내가 가지고 있는 책이라서이기도 했다. 책이 시작하자마자 등장하는 잔혹한 장면이 잊히지 않는다. 앨버레즈는 19세기 런던에서 자기 목을 그어 자살하려 했던 한 남자의 이야기를 들려준다. 성공하지 못했기에 '그들은 그의 목을 매달아 자살시켰다'. 여기서 앨버레즈는 영국 역사학자 E. H. 카가 쓴 러시아 작가 알렉산드르 게르첸에 관한 책『낭만적 추방The Romantic Exiles』을 인용하는데, 이 책 역시 목매다는 광경을 실제로 보지는 못했으나 신문에서 읽은 게르첸의 친구가 경악해 보낸 편지를 인용하고 있다. 이야기의 맥락은 계속 달라지지만, 묘사만큼은 강력하게 남아 있다. 다른 누구에게 읽으라고 추천할 만한 글은 아니다. 그럼에도, 지금 내가 놓인 상태에서 뇌리를 떠나지 않는 건 그 역겨울 정도로 상세한 시각적 요소가 아니라, 그 사람이 **선택권**을 빼앗겼다는 사실이다.

'한 사람이 다른 방법이 아닌 특정 방법으로 죽기로 선택하는 데는 언제나 특별한 이유가 있다'고 앨버레즈는 쓴다. 나는 러셀의 죽음이 이루어진 특정한 방법, 그가 선택한 방법도 (그는 총을 손에 넣거나 사용하려는 생각은 하지 않았을 것이다) 마찬가지로 특정한 심리적 효과를 가진다고 본다.

가스나 약을 사용하는 경우에는 시간이 있는 셈이다. 살인자가 하나의 형태를 취하고 희생자가 다른 형태를 취해, 분명 이를 의도했을 리 없지만 같은 사람의 두 버전이 생겨날 시간이다. 아주 잠깐이라고 해도, 망각 속으로 가라앉기 전 잠깐 스스로에게 애도를 표할 만한 짧은 시간을 살 수 있었을 것이다. 우리 중 누구도 한 시간 전의 자신과 똑같은 사람은 없다. 애도에 취해 어질어질한 내 두뇌는 이 생각에 몰두해 '더 나은' 애도 과정을 낳을 수 있었을 다른 **종류의** 자살들을 생각하기 시작한다. 자신이 가진 이야기가 아니라면 그 어떤 이야기든 욕망하는 사람의 무신경한 생각이다. 그 사실을 안다고 이 생각을 멈출 수 있는 건 아니지만.

결심과 행위 사이, 행위와 그 결과 사이에 시간이 존재하지 않았기 때문에, 나는 잘못된 전선을 잘라버리는 기분을 느끼지 않고서는 러셀의 행복도 불행도 빌 수가 없어졌다. 플라스는 '죽음은 예술이다, 다른 모든 것과 마찬가지로'라고 썼고, 그가 한평생 죽음과 해온 줄다리기는 2월의 어느 운명적 아침, 너무 멀리 가버렸다. 그리고 예술이란 그저 주관적인 것에 다름 아니다. 같은 맥락에서 버지니아 울프를 생각하면, 나는 그저 이 두 작가를 에워싸며 발생한 병적인 매혹에 무력하게 참여한 사람을 떠올리는 것이 아니라, 그들의 죽음 사이에 놓인 시간이라는 창문을 생각하게 된다. 울프가 주머니에 돌을 채우는 데 걸린 시간. 그 돌을 고르는 과정. 자살이 시작하는 시점은 언제일까? 언제부터 시간을 재야 하나? 강둑에 서 있을 때부터, 아니면 강에 뛰어들었을 때부터? 전날 밤 또는 다음 날 아침 부엌에서부터? 릴케는 이런 말을 남겼다. '우리는 죽는 법을 배워야 한다. 그것이 삶의 전부다. 자랑스러우며 다시없는 죽음, 우연이 조금도 관여하지 않는 죽음, 성인聖人들이 빚어낼 법한, 잘 만들어진, 축복으로 넘치는, 열렬한 죽음을 서서히 준비하는 것.'

멋진 말이다. 그러나 그런 죽음을 마지막 순간에 황급히 만들기란 쉽지 않다.

자살은 애도를 얼마나 소름 끼치는 일로 만드는가! 때로 나는 비난과 행위를 하나로 합치고, 때로는 도덕의 원심분리기를 작동시키듯 분리하며, 때로는 어느 쪽이건 상관없다는 생각이 든다.

그 와중에 목걸이가 등장한다. 나는 이 혼란 속에 화석화된 수액 한 조각을 끼워 넣고 있다. 그것이 바퀴가 돌아가지 못하게 막을 것이다. 그밖에는 아무 논리도 없다. 그러면서, 나는 러셀이 이 목걸이가 내 소유물임을 알 것이라고 믿는다. 마치 내가 거울에 비친 내 모습을 믿는 것만큼 믿는다. 그러면 그다음에는? 이 망할 목걸이는 러셀의 것이 아니다. 심지어 러셀이 마음에 들어 하던 것도 아니다. 그러나 나의 뇌는 '어떻게'라든가 '왜' 같은 진부한 의문 따위 생각할 겨를이 없다. 나의 뇌가 아는 건 오로지 '반드시'뿐이다. 흐르는 피를 반드시 멈추어야 한다는 것만 안다. 목걸이가 집으로 돌아올 수 있다면, 모든 게 예전으로 돌아갈 것이다.

나는 인터넷을 뒤진다. 아침에 눈을 뜨고, 뒤진다. 점심을 먹고, 뒤진다. 잠자리에 든 뒤, 뒤진다. 샤워하면서는, 뒤지지 않는다. 나는 어느 슈퍼히어로 영화의 후속편 태그라인을 떠올린다. **이번에는, 사적이다.**[*] 언제는 사적이 아니었나? 이런 식으로 두 달이 훌쩍 지나간다. 그러니 나한테는 **실제로** 취미가 있었던 셈이다. 목걸이를 찾는 게 내가 즐기는 유일한 여가 활동이다. 아무것도 찾지 못하는 이 일이 생산적으로 느껴지기 시작한다. 세상에 얼마나 많은 호박 목걸이가 있건, 그 모든 목걸이를 보는 것만으로도 몇 번의 생애가 지나가건 상관없이, 하나하나 소거해나가는 과정이 만족감을 준다. 하루하루가 목걸이가 없는 곳을 확인할 기회다. 목걸이는 크레이그리스트[**]에 없다. 목걸이는 동네 식료품점에 없다. 목걸이는 시리얼 상자 안에 없다. 물건의 위치를 찾았다가 다시 잃어버린 일이 다음 기회는 영영 없으리라는 두려움으로 나를 채우기도 한다. 어떤 때는 찾을 수 있으리라는

---

[*] 영화 〈죠스: 더 리벤지〉(1987)에서 쓰인 뒤 인기를 얻어 계속해 패러디된 문구 'This time, it's personal'을 가리킨다.

[**] 중고 거래와 구인 공고 등이 활발하게 올라오는 미국의 웹사이트.

자신감으로 채우기도 한다. 이런 감정들이 서로를 지우고 지우다가 마침내 남은 것이라고는 환한 컴퓨터 화면뿐이다.

2019년 12월 27일, 도난 사건으로부터 정확히 6개월 뒤, 목걸이가 또 다른 판매자의 페이지에 나타났을 때 내가 충격도, 안심도 느끼지 않는 건 그 때문인지도 모른다. 내가 느끼는 건 오로지 결의뿐이다. **이렇게 다시 만났구나, 내 당근 색깔 친구야.** 이번에는 경찰의 도움을 청하지도, 이베이에 애처로운 이메일을 보내지도, 공무원의 힘을 빌리지도 않을 작정이다. 시스템의 자비에 매달리지 않을 작정이다. 이번에는 내가 바로 자경단이고, 지하의 여왕이다.

이번에는, 사적이다.

새로운 판매자는 맨해튼에 산다. 목걸이가 더 가까워지고 있다. 아쉬운 건, 지난 판매자에 비해 이번 판매자가 가진 물건들이 더욱 인상적이라는 점이다. 다이아몬드가 박힌 테니스 팔찌라든지, 꺼내는 과정이 만만치 않았음을 암시하는 약혼반지들이 있다. 그러나 사진들은 마치 한 범죄자가 다른 범죄자에게 넘겨준 것처럼 똑같다. 벽에 붙은 생물들처럼 부스럭거리는 도둑들의 네트워크를 느낄 수 있다. 목걸이를 다시 찾아냈다고 엄마에게 말하자 엄마는 한참 침묵한다. 그러다가 말한다. "우리가 내 어머니를 **좋아하지** 않았다는 사실을 한 번 더 상기해주어야 할 것 같구나."

나는 전화를 끊는다. 이런 식의 좁은 시각에 낭비할 시간이 없다.

형세를 살피고자 새로운 판매자의 판매 목록을 훑어보았더니 눈에 띄는 물건이 하나 있다. 빈티지 롤렉스 시계다. 사진을 클릭하고, 베젤을 찍은 사진 속 조그만 다이얼을 확대해본다. 그러면서 속삭인다. "목걸이 찾아오는 거 돕고 싶어?"

내가 부엌 설거지통에 반지를 두고 왔던 그 집에 사는 남자와 연락을 끊은 지는 오래였지만, 하나만큼은 기억난다. 그 남자는 빈티지 롤렉스를 수집했다. 극소수만 즐기는 고상한 취미일 수도 있지만, 때로는 이베이를 통해 할 수도 있는 일이다. 내가 여태 사귄 남자들 대부분은 의도한 것으로 보일 만한 디자인 감수성 같은 건 갖지 못했지만, 이 남자의 옷장은 대단했다. 그의 이베이 프로필에 들어가면 지금까지 구매한 값비싼 물건들의 역사를 확인할 수 있으니, 살 생각이 전혀 없는 물건에 입찰해 성공하더라도 수상해 보이지 않을 거라는 짐작이 든다. 판매자에게 대금을 송금하기 전 먼저 시계를 살펴보겠다고 요구하더라도, 그렇게 내 목걸이가 숨겨진 장소의 주소를 알아내더라도 수상해 보이지 않을 것이다. 나무랄 데 없는 계획이다.

"그냥 목걸이에 바로 입찰하면 안 돼?"

"**왜냐하면** 목걸이가 너무 비싸서." 나는 눈을 굴리며 대답한다.

"너 제정신 아니야."

"그래? 너도 쥐새끼나 잡으러 온 건 아니잖아."

전 남자친구는 도울 생각이 가득하다. 너그러운 성격이거니와, 도난 사건이 그의 영웅 콤플렉스에 불을 붙인다. 그래서 그는 좀 더 깊이 관여할 계획을 꾸민다. 주소를 받고, 시계를 살펴보는 약속을 잡은 다음에, 시계판에 난 흠집을 문제 삼을 거라고 했다. 이건 안 되겠군요. 하지만 기왕 온 김에 여자친구한테 줄 선물을 하나 살 수 있을까요? 그다음에는 목걸이를 낚아챈 뒤, 내 경찰 신고서 사본을 휘두르며 "소란 떨지 말고 조용히 넘어갑시다" 따위 대사를 하겠단다.

"그건 좀 아니지."

"5천 달러를 잃을 각오를 무릅쓰고 싶지는 않잖아?"

그건 그렇지. 너야말로 지하의 왕이다.

한동안 우리의 계획은 쓸모가 없어진다. 판매자는 오퍼가 확정된 뒤에도 이상하게 시계를 내놓지 않는다. 혹시 우리가 극히 최근에서야 하드보일드 펄프 픽션 등장인물이 된 사람들이 벌이는 함정수사 기운을 내뿜는 걸까? 판매자는 자꾸만 출타 중이라거나 바쁘다고 한다. 몇 주간 신중한 후속 연락이 이어진 뒤에야 상대는 시간(오후 3시), 날짜(내일), 그리고 주소를 내놓는다. 웨스트 47번가. 귀금속 거리 한가운데다.

첫 번째 판매자의 목걸이에 붙은 가격표를 보았을 때 내 분노에는 안도감이 깃들었다. 문외한의 눈에는 이 목걸이의 가치가 그리 높아 보이지 않았던 것이다. 그러나 첫 번째 판매자가 팔던 물건 중 가장 값나가던 그 목걸이를 산 사람은 최소한 이걸로 이를 쑤셔서는 안 된다는 정도는 알았을 것이다. 그리고 전 세계에서 가장 큰 다이아몬드 시장 한가운데로 온 지금, 목걸이의 운명은 영 불확실해졌다. 돋보일 만한 곳에 있으나 그렇다고 해서 누가 봐도 눈에 띄는 물건은 아니다. 목걸이가 또다시 다른 데로 가버릴 수도 있다. 어서 손에 넣어야 한다.

그래서 나는 전 남자친구의 계획에 동의한다.

시계를 보기로 약속한 시각이 가까워질 무렵, 그가 지금 건물로 가고 있다는 메시지를 보낸다. 나는 답장으로 네이비실이 빈 라덴의 자택을 습격하는 장면을 상황실에서 보고 있는 오바마 사진을 공유한다. 스툴에 발가락을 찧고서야 내가 집 안에서 서성거리고 있었음을 자각한다. 고양이는 방 안을 뛰어다닌다. 10분 뒤 전화벨이 울린다.

"중도 포기했어." 그가 말한다.

"무슨 일인데?!"

그는 거리로 나왔으면서도 아직 그 건물에 있는 것처럼 목소리를 낮춘다. 아무 일도 없었다. 그게 문제다. 약속 장소는 '수상한 정도가 아닌', 2층에 있는 벽장만 한 방이었고, 남자 하나, 여자 하나가 금고를 지키고 있었다고 한다.

"그래서 '금고 안에 뭐가 들었죠?'라고 물을 수가 없었어."

"그래, 알았어."

작가 데이비드 라코프가 말했듯, "삶에는 입 밖에 내는 순간 제 무덤 파는 거나 마찬가지인 몇 가지 질문이 있다. 제가 해고된 겁니까? 이거 데이트인가요? 우리 헤어지는 거야?" 나는 그 목록에 "금고 안에 뭐가 들었죠?"를 덧붙일 생각이다.

"그 사람들이 시계를 보여주지 않았어. 그래서 이베이 판매자와의 거래내역을 보여주었지. 그런데 무슨 소린지 전혀 모르겠대."

"정말? 뭐 입고 갔는데?"

"그게 무슨 상관이야?"

"폴로셔츠를 두 겹으로 입고 간 거 아니야?"

"꺼져, 낸시 드루*."

나는 힘없이 침실로 들어와 침대에 앉아 빈 양념 캐비닛을 바라본다. 나는 지금까지 타인으로부터 정말 많은 걸 받았다. 여기, 이 술, 이 수프, 이 위로의 카드, 이 책들, 이 우정. 과거에 알았던 사람들로부터 받은 도움. 주말에 묵을 수 있는, 업스테이트의 집에 있는 방 하나, 스탠딩 디너 파티 초

---

* 1930년대부터 책, 영화, 드라마 등으로 인기를 얻은 낸시 드루 시리즈의 주인공인 소녀 탐정.

대장, 묵직한 담요. 친구 딸이 털실 철사로 만들어준 이 반지. 경찰의 사건 번호, 의사의 처방전, 애도 지지 모임의 아이디. 세상은 그 누구를 위한 것도, 심지어 세지윅을 위한 것도 아니지만, 지금 이 순간만큼은 너 것이다. 그런데 왜 그중 무엇도 충분하지 않지?

왜냐하면 나는 뒤에 남겨졌으니까. 그게 이유다.

"내가 가볼게." 나는 전 남자친구에게 말한다.

"안 돼. 총이라도 맞으면 어쩌려고."

"날 쏠 사람은 아무도 없어." 나는 98.4 퍼센트의 확신을 갖고 그렇게 대답한다.

호박 펜던트는 지하철 좌석과 색이 똑같다. 맞은편에는 좀 먹은 코트를 걸치고 개 사료 용기를 이리저리 끌고 다니는 여자가 있다. 우리는 서로를 보고 미소 짓는다. 예상치 못한 일이다, 애도의 이 단계는. 마침내 감당할 수 있다는 생각이 드는 순간 쩍 갈라지며 광기가 틈입한다. 고통은 쌓이고 확장되다가 때때로 번개처럼 내리치는 날씨다. 이를 닦다가 허리를 삐끗해본 적 있는 사람이라면 익숙할 감각이다. 이런 부상을 입기까지 천 가지의 동작이 기여했지만, 따지고 보면? 치약 거품을 세면대에 뱉어내다가 허리를 삐끗한 거다.

역에서 나온 나는 47번가를 반대 방향으로 걷는다. 점점 커지는 번지수를 세면서도 거꾸로 움직인다. 너무 초조한 나머지 수를 세는 방법을 잊어버린 거다. 내 협상 기술에 있어서는 나쁜 징조다. 궁금하다. 내가 멍청한 짓을 하는 걸까, 아니면 어마어마하게 멍청한 짓을 하는 걸까? 과거의 한 조각을 구해내려는 욕망이 내가 가진 상식을 얼마만큼 흐리게 만드는지 알 수 없다. 돌아서고 싶다 한들, 제대로 된 방향으로 돌아설 수 있을지 나를 믿을 수가 없다.

건물 입구 양편으로 수족관을 연상시키는 두 개의 상점 외관이 보인다. 진열창 너머로 검은 개버딘 레인코트를 입은 남자들이 돌아다니는 모습이 보인다. 보석은 내가 지닌 것과 평행한 미의 관념을 불러낸다. 조명과 다이아몬드는 각각 서로를 염두에 두고 설계한 구조 속에서 완벽한 결혼을 이룬다. 이론적으로 볼 때 내 마음에 들어야 마땅하다. 나는 아파트 건물에 더 어울리는 플라스틱 버튼들이 달린 호출 패널을 한참 본다.

"그냥 손잡이를 미세요." 뉴욕 경찰국 패치가 붙어 있어 이마에 과녁이 표시된 것처럼 보이는 비니를 쓴 경비원이 말한다.

경비원은 이 수족관 상점 중 한 군데 소속이다. 상점 이름이 붙어 있지 않은 건물 문을 관리하는 건 그의 하루가 지정학적으로 남긴 부산물이다. 안심되는 목소리다. 경비원의 짜증을 유발할 만큼 이 문으로 들어간 다른 사람들이 있었다면, 그 사람들이 다시 나왔다는 뜻이니까.

안으로 들어가자마자 계단실에 걸린 '코셔 딜라이트*'라는 문구와 거대한 케밥 사진이 있는 포스터를 마주한다. 맨 꼭대기 층에 있는 식당을 홍보하는 포스터다. 양고기를 찾아가는 게임이라도 벌이는 듯, 한 층에 하나씩 포스터가 붙어 있다. 하지만 식당에서 풍길 법한 음식 냄새는 하나도 나지 않는다. 꼭대기 층에 올라가 고개를 디밀어 본다. 점심시간인데도 의자가 식탁 위에 뒤집혀 올라가 있다. 비닐 식탁보, 플라스틱 컵이 든 먼지투성이 상자, 그리고 자물쇠가 여러 개 달린 뒷문이 있는 뷔페식당이다. 진부한 범죄의 눈속임용 같은 식당이다. 이 사람들이 **무슨 짓**을 하는지는 모르겠지만, 청소용구함 속에서 가문에 내려오는 보석을 파는 건 아닌 모양이다.

내 목적지는 303호실이다. 누군가가 문에 종이부터 붙이고 나서 경쾌한 손 글씨로 303이라고 쓴 게 분명했다. 양면 거울 속 입구들이 여럿이다. 나는 호출벨 중 하나를 누른 뒤 내 모습이, 무해한 표정이, 빈손이 잘 보이도록 카메라 아래에 선다. 한 번 더 누른다. 아무 답이 없다. 다음 순간 내 오른편에 있던 문이 열리는 바람에 나는 그 안으로 얼른 들어간다. 턱수염 난 남자 둘이 나오는 중이다. 그들은 마치 내가 범주화되지 않은 인간 종인 것처럼 나를 쳐다본다.

---

* 유대교 율법을 따라 생산하고 조리한 식품.

방 안은 전 남자친구가 묘사한 그대로다. 렌터카 대여소처럼 위압적인 밝은 조명이 내리쬔다. 포마이카 바닥, 창문 없는 벽 네 개 중 한 군데에는 벽걸이 달력이 붙어 있는데 아직도 므노라* 사진이 있는 페이지에 멈춰 있다. 그런데 머릿수가 전 남자친구 말과 다르다. 방 안에 있는 사람은 둘이 아니다. 열 명의 남자가 있다. 네 명은 접이식 의자에 앉아 있고 두 명은 파티션 이쪽에, 또 다른 두 명이 칸막이벽 저쪽에 서 있으며, 키 큰 남자 한 명이 안쪽 금고에 기대 서 있고, 하시딕파** 유대인 노인은 방 안의 유일한 가구인, 가죽이 부슬부슬 벗겨져가는 레이지보이 리클라이너에 누워 자고 있다. 칸막이벽 너머에 있는 두 남자는 벨로어 트레이닝복 차림으로, 목에 찬 금목걸이가 언뜻 보인다. 등 뒤에서 문이 딸깍 닫히는 소리가 난다.

"누가 보낸 겁니까?" 칸막이벽 너머 남자 하나가 묻는다.

영화가 아닌 현실에서는 처음 듣는 질문이었다.

"아무도 안 보냈어요. 지배인과 이야기하고 싶은데요." 그렇게 대답하면서 나는 내 목소리가 제대로 나오는지 시험해본다.

---

* Menorah. 유대교 상징이자 제식에 사용되는, 가지가 7개 또는 9개 달린 촛대.

** Hasidic. 유대교 초정통파 하레딤의 한 분파로, 그중에서도 가장 보수적이다. 특히 옷차림으로 구분할 수 있는데, 남성의 경우 검은 양복에 전통 모자인 키파를 쓰며 수염과 옆머리를 길게 기른다.

"4층으로 가시죠." 남자는 내 눈을 마주치지도 않고 대답한다.

"식당 말고요. 이 가게에 대해 궁금한 게 있어서요." 나는 다 알고 있다는 듯 굴려고 애쓴다.

"여긴 가게 아닙니다."

남자는 웃음을 터뜨리더니, 나를 바보 취급하는 것처럼 주변을 향해 손시늉 한다. 내가 나가주길 바라는 게 너무나 분명했다. 내 전 남자친구에게 시계를 보여주지 않았던 남자가 바로 이 남자일 것이다. 나는 이곳에 혼자 와도 된다고, 우리가 길 잃은 어린 양의 힘을 과소평가한다고 우리 둘 모두를 설득했었다. 그러나 아무도 날 불쌍히 여기지 않는다면, 내 존재에 가해질 수 있는 반응이 상당히 많았다. 나는 폭력보다 조롱이 더 두렵다. 그러나 그 두 가지가 같은 것일까봐 두렵다.

나는 상황의 악화나 무력함 사이 그 어딘가를 의도하며 큭 웃음을 흘린다. 나는 막연하기만 한 목적으로 이 대화를 녹음하는 중이고, 내 몸 이곳저곳에 500달러의 현금이 숨겨져 있으며, 그중 일부는 내 신발 밑창에 들어가 뜨끈하게 데워지고 있다. 그러나 이 사람들은 신발에 돈을 넣어 다니는 사람들은 아닌 것 같다. 구석에 있는 평면 텔레비전에서는 PBS 다큐멘터리가 나오고 있다.

러셀이라면 어떻게 했을까? 벼룩시장에 갔다가 드물게 상인과의 흥정에 실패하는 경우, 러셀은 흥정을 그만두고 자리를 떠났다. 그러다가 돌아와서는 오늘 아침이 어땠다느니, 상인에게 오늘 아침이 어땠는지 물어보고, 그가 구입한 다른 물건들 이야기를 늘어놓으며 잡담했다. 그러다 보면 어느새 러셀은 그가 꿈에 그리던 아르데코 양식 램프에 전선을 돌돌 감고 있었다. 그래서 나는 러셀이라면 했을 것만 같은 일을 한다. 그 사람들에게 할 이야기가 있다고 한다. 5분쯤 걸릴 것이고, 모두가 들어도 좋다고 한다. 레이지보이에서 자던 노인이 깨어나서 방 안을 둘러보다가 내게서 눈길을 멈추고는 눈을 깜박인다. 나는 지금은 칸막이벽 너머로 몸을 기울인 채 팔을 꼿꼿이 펴고 어깨를 치켜올리고 있는 남자에게 사진 사본과 이베이 판매 목록을 건넨다.

"시각 자료인가요?" 그의 억양이 마치 '기묘하다'고 말하는 듯하다.

이번에는 다들 웃음을 터뜨린다. 나도 따라 웃으면서 이 웃음을 통해 생긴 작은 균열을 비틀어 열어보려 하지만 틈은 열릴 때만큼 금세 닫혀버린다. 남자는 무표정으로 사진을 바라본다. 꼼꼼히 볼 게 뭐가 있는가 싶지만, 그건 내가 공항에서 프로즌요거트 샘플을 맛볼 때와 똑같은 표정이다. 그럼 '민트 초콜릿 칩'이라는 이름을 붙인 이 조합은 대체 뭐죠? 그게 대체 어떤 건데요? 아마 그는 내가 사설탐정일 가능성을 재어보며 이 목걸이를 가지고 있다고 자백할 때 어떤 이점이 있을지 재는 일이리라. 나한테서 오줌과 게토레이 냄새가 풍기려나?

PBS 다큐멘터리는 아들을 데리고 이란에서 탈출한 한 여성의 이야기다. 내가 늘어놓는 상대적으로 사소한 고통에는 어울리지 않은 배경 소음이다. 나는 침대에 나 있던 부츠 발자국에서부터 이야기를 시작한다. 할머니로부터 물려받은, '전쟁 때 만들어진' 유대인 별 목걸이를 도둑맞았다고 말한다. (사실 내가 잃어버린 건 '90년대에 만들어진' 유대인 별 목걸이다.) 그다음에는 지금까지 그 목걸이를 되찾으려고 한 노력을, 달걀, 회색 양복, 전당포 주인, 죽은 쥐 이야기를 이어간다. 그리고 이제 그 여정은 끝에 이르렀다. 원한다면 이 목걸이를 한 번도 본 적 없는 척해도 좋다. 이런 일은 아예 일어나지 않은 것처럼 될 것이다. 내겐 남은 게 없으니까. 더 이상의 단서도 없으니까. 난 내 제정신을 과거에, 내 심장을 러셀에게 줘버렸고, 지렛대는 이 낯선 사람들에게 주고 말았다. 오늘 이후 일어난 일이 그들이 내 눈을 바라본 것이 전부라면, **다예누**[*].

그들은 서로에게 히브리어로 속삭인다. 과하다. 한 사람만 했어도 충분할 텐데.

---

* dayenu. 유대교 전통 명절인 유월절에 부르는 노래의 제목으로, 히브리어로 '그것만으로도 충분했을 텐데'라는 뜻이다.

금고에 기대 서 있던 키 큰 남자가 마침내 입을 연다.

"죽은 쥐를 어디서 구하려고 했습니까?"

"내 말이요."

"도둑이 집에 침입했다고?" 레이지보이에 누운 노인이 끼어든다.

이스트리버 수면 위로 물수제비를 뜨며 지나가는 돌처럼 질질 끄는 롱아일랜드 말투다.

"네."

"맨해튼에서?"

멘-햇-틴이라고 발음한다.

"네."

"무슨 그런 일이." 노인은 혀를 쯧쯧 찬다.

천 년간 이어진 종교적 박해 덕분에 이미 준비된 나쁜 일에 대한 반응이다. 분명 자살 앞에서도 비슷한 반응을 보이겠지. **숀다**[*], 그건 그렇고 오늘 점심으로 뭐 먹을까?

"이것 말입니다." 내가 준 사진을 든 남자가 목걸이 사진을 툭툭 친다. "이 물건은 압니다. 내일 다시 와서 이야기해봅시다."

나는 금고를 쳐다본다.

"그 이야기를 오늘 나누면 안 될까요?" 나는 목소리에 평

---

[*] shonda, 이디시어로 수치, 망신이라는 뜻.

정심을 담으려 애쓴다.

"지금은 여기 없습니다."

그 말이 진실일 수도 있다. 그러나 나는 그 물건을 상당히 잘 알고, 크기도 아주 작다. 저 금고가 아니라면 목걸이가 어디 있겠는가?

"내일." 그는 한 번 더 되풀이한다. "디미트리를 찾아요. 내가 디미트리입니다."

"알았어요. 고마워요."

나는 무방비한 상황에서 그를 건드린 거다. 아마 내일이면 그는 만반의 준비를 마치겠지. 나는 배짱 좋게 이곳으로 들어와 따져 묻는다. 그는 사업가다. 상대가 누구인지 제대로 알고 있나?

딱히 그렇지 않다, 전혀 아니다.

내가 다니는 주류판매점에는 코셔 와인 종류가 많지 않아서, 나는 전통적인 방법대로 두 번째로 저렴한 와인을 고른다. 화기를 조심하라는 경고 문구가 쓰인 리본으로 묶은 종이 가방을 들고 47번 스트리트를 걸어와 비니 쓴 경비원에게 까딱 인사한다. 어제보다 더 많은 현금을 챙겼다. 그중 얼마는 브라 안에 넣었는데, 실수인 것 같다. 하지만 어차피 나는 이런 협상이 어떻게 이루어지는지 모른다. 가져온 돈이 너무 적으면 목걸이를 찾는 노력이 전부 수포가 될 것이다. 가져온 돈이 너무 많으면 너무 많은 걸 내주는 셈이 될 거다. 내가 내 목걸이를 되산 일을 합리화하기 위해, 그 대신 내가 사지 않은 것들이 무엇무엇인지를 계산하며 앞으로 한 평생을 보내고 싶지는 않다.

어제, 계단참에 카메라가 있는 걸 봤다. 그래서 이번에도 혼자 왔다. 내게 뒷배가 있다는 인상을 주기 싫다. 하드보일 드이건 아니건 이렇게 생각하는 건, 어둠의 거래가 일어나는 장소, 유일한 법이란 피할 수 있는 법뿐인 이 땅을 편안하게 느끼자니 꽤 짜릿하다. 러셀도 세상의 이런 모습을 알았을까? 다수의 버전을? 다수의 비밀을? 자살은 다른 여러 죽음과는 다르게 앞에서부터가 아니라 뒤에서부터 풀어가는 수학이다. 그것만으로도 미쳐버리기 충분하다.

새로운 날의 할로겐 조명이 비친 303호는 어쩐지 어제보다 덜 사나워 보인다. 오늘의 등장인물은 디미트리, 그리고 프릴 달린 차르르한 블라우스를 입은 여자 한 명, 그리고 나처럼 이곳에 볼일이 있어 보이는 가죽 보머 재킷 차림의 남자 한 명뿐이다. 나는 디미트리와 그 남자가 봉투와 포옹을 주고받으며 거래를 마치는 동안 기다린다. 둘은 서로의 등을 툭툭 친다. 그 남자가 떠나자 디미트리가 히브리어로 여자에게 말을 걸지만, 여자는 그의 말을 막으며 나를 고갯짓으로 가리킨다.

"아, 절 위한 선물입니까?" 디미트리가 내 얼굴을 보더니 묻는다.

"맞아요." 가져온 와인이 순식간에 부끄러워진다.

나는 종이 가방을 와인병 폭보다 더 좁은 칸막이벽 위에 놓는다. 여자는 내가 아슬아슬한 균형을 잡는 모습을 지켜보기만 하고 끼어들지 않는다. 여전히 무감한 얼굴이다. 그 사이, 디미트리는 마치 어딘가 둔 안경을 찾는 것처럼 주머니를 툭툭 치다가 서류를 뒤진다. 한참을 그러다가 금고 맨 위 칸에서 물건 하나를 꺼낸다.

비닐 지퍼백이다.

지퍼백 안에서 목걸이가 나오는 소리를 듣고 나는 눈을 크게 뜬다. 돌아선 디미트리는 호박 목걸이의 체인을 손에 쥐고 있다. 펜던트를 감싼 은이 산화하기 시작했다. 매일 은 제품을 착용하면 세척할 필요가 없다. 삶의 기름기가 은에 윤기를 돌게 만들므로.

"손 내밀어요." 그의 지시에 나는 유순하게 따른다.

그가 내 손바닥에 목걸이를 떨어뜨리자, 펜던트 위로 체인이 쌓인다.

그러더니 그가 내 손가락을 나 대신 오므린다. "가져가요. 이런 일은 애초 안 일어났어야 하는 겁니다."

그럼 무슨 개 같은 일이 **일어났어야 한**다는 소리야? 라고 나는 생각하지만, 목걸이의 가벼움에 정신이 팔린다. 목걸이 사진을 볼 때마다, 그 목걸이는 1온스씩 구겨워졌다.

"당신에게 일어난 일은 옳지 않았어요. 그냥 가져가요."
디미트리가 다시 한번 말한다.

눈에 눈물이 핑 돈다.

"설마 우는 겁니까?"

나는 고개를 젓는다. 가장 친한 친구부터 멀게는 이베이 운영자까지 이 이야기를 '개 같은 일도 일어나는 법이다'라는 기본 구조를 가지고 접근했다. 자살의 경우도 마찬가지다. 끔찍한 일인가? 그렇다. 생전 처음 듣는 일인가? 아니다. 그것이 끔찍한 이유 중 하나다. 대부분의 나쁜 일들은 똑같은 잔혹한 현실 속에 존재한다. 그러나 디미트리의 현실은 조금 다르다. 도덕성 스펙트럼의 한쪽 끝을 차지한 진창 속에서 살아온 사람이다. 그렇기에 그에게는 범죄를 어떤 기분으로 느끼는 게 아니라 있는 그대로 평가할 자격이 있다. 삶이 불공평한 건 당연하다. 하지만 이런 식으로 불공평한 건 아니다. 나는 이 일이 그토록 불공평하다고 생각하며 돌아다녀서는 안 된다.

"다른 용건은 없어요?" 프릴 블라우스를 입은 여자가 양 허리에 손을 짚은 채 묻는다.

이 상황을 어떻게 해결할지를 두고 논쟁이 벌어졌고 이 여자가 진 것이 분명하다. 디미트리가 어제 내게 목걸이를 내놓을 수 없었던 건, 그래도 된다고 승인해줄 이 여자가 자리에 없어서였던 거다.

호박 목걸이를 쥔 손을 도저히 펼칠 수가 없다. 우린 곧 집에 도착할 테고, 난 안전한 곳에서 목걸이를 확인할 거다. 애석하게도, 내 계획은 소용없을 것이다. 모든 것이 예전처럼, 다시는 돌아갈 수 없을 것이다. 내가 시간을 거슬러 과거로 돌아가려고 협상했던 건, 만약 그럴 수 있다면, 적어도 우리 중 하나라도 그 일로 인해 변하지 않은 채 남아 있을 수 있다고 생각해서였다. 러셀이라면 그러길 원했을 것이다. 러셀이 살아 있었더라면 내가 영영 호박 속에 갇혀 머무르길 바랐을 것이다. **뭘 걱정해? 너한테 시간이 창창하게 많은데.** 나는 잘 싸웠다. 그러나 이제는 싸움을 멈출 때다. 나는 예전보다 나이를 먹었으며 러셀은 모든 죽은 사람들이 죽은 것과 마찬가지로 죽었다.

그럼에도 나는 믿음의 아주 작은 조각 하나를 기념물처럼 지켜냈다. 죽음의 윤곽이 어떻건 간에, 아마 그 죽음에는 작은 구멍들이 뚫려 있어서, 죽은 이들이 자기가 죽은 직후 무슨 일이 일어나는지 알 능력이 있을지도 모른다. 물론 그들에게 앎이 무슨 의미인지는 모를 노릇이지만. 또, 그들은 어떤 일이 일어난들 충격받지 않는데, 죽음 안에서는 모든 앎이 똑같기 때문이다. 알게 되는 모든 건 이미 아는 것들이고, 알고 있는 모든 것이 아직 알아가야 할 것이다. 어쩌면, 이 하나의 사물 속에, 과거는 현재와 이어지는 다리를, 러셀이 어디에 있건, 또 내가 어디에 있건, 우리를 이어놓아 아주 오랜 시간이 흐른 뒤 우리가 가운데서 만날 수 있을 다리를 놓은 건지도 모르겠다.

프릴 블라우스를 입은 여자가 헛기침한다. 그 여자의 브라가 드러나 보인다.

"다 됐죠?" 여자의 물음은 '공짜 보석 챙겨서 얼른 나가요'라는 뜻이다.

"네." 나는 콱 메인 목소리로 대답하고 몸을 돌린다.

"아참! 언제라도 그 물건 팔고 싶으면 날 찾아와요." 디미트리는 마치 말싸움을 하던 도중인 것처럼 지나치게 크다 싶은 소리로 외친다.

그러더니 그가 눈을 찡긋하고는 나를 바깥으로 내보낸다.

3장

온갖 나이대의 어린아이들

(분노)

샹그릴라

우리의 직업 생활과 사생활은 구분되지 않았고 우리는 그 것이 문제가 될 수 있음을 몰랐다. 코네티컷의 집은 버릇없는 문학청년들의 집으로 변신했다. 주말은 목가적 풍경이 되고, 포치에는 낱장으로 흩어진 신문지들, 넘쳐흐르는 재떨이, 옥수수수염, 반쯤 먹다 남은 토스트가 담긴 접시가 즐비했으며, 우리 부서 모든 구성원이 고리버들 소파에 앉아 잠들어버리면 허스키 두 마리가 돌아가며 우리 허벅지에 발톱을 박고는 했다. 낮에는 책 읽거나 수영하거나 잔디 위에서 게임을 하며 반칙을 일삼았다. 연못가에서는 오후 내내 개구리들이 짝짓기 했다. 해가 지면 줄줄이 매달린 종이 등이 켜지고, 나는 수영장 옆 별채에 사람들이 놓고 온 물건들을 가져오겠다고 자원했다. 돌아오는 길의 풍경, 불빛이 사그라졌다 다시 밝게 빛나는 모습을 보는 게 좋았다. 딱 하나 옥에 티는 바로 지붕에 구멍이 뚫려 아무도 쓰지 않는 헛간이었다. 나는 헛간에 한 번도 들어가본 적 없다. 헛간 안이 어떻게 생겼는지 떠올릴 수가 없다.

2002년에서 2010년까지, 우리는 메트로노스 노선을 타고 테런스 맥날리*의 희곡 속에 살았다. 러셀의 파트너가 준비한 토마토 브루스케타, 채소 테린, 연어구이, 크러스트로 둥글게 감싼 치즈케이크를 배불리 먹고 밤늦게까지 이야기를 나눴다. 마리화나를 피우고, 에타 제임스의 음악을 듣고, 〈보이즈 인 더 밴드〉를 보았다. 소문을 나누고, 제삼자의 잘못을 이야기하며 누군가의 편을 들었다. 러셀은 늘 그가 제일 좋아하는 문학의 하위 장르를 홍보했다. 바로 옛 할리우드를 다룬 책들이었다. 릴리언 로스의 『픽처』**, 버드 슐버그의 『무엇이 새미를 달리게 하는가What Makes Sammy Run』***, 존 그레고리 던의 『몬스터』****. 그는 헐리우드가 화려함의 극치를 지녔던, 스캔들에 그만한 가치가 있었던, 그레이스 켈리가 진주 목걸이로 치장하고 잠자리에 들던 시절을 갈망

---

* 영화, 티브이, 연극 등 다양한 분야에서 활동한 미국의 대표적인 극작가. 성소수자 사회를 비롯해 친밀한 공동체의 모습을 그려낸 작품을 여럿 남겼다.

** 스티븐 크레인의 『붉은 무공훈장The Red Badge of Courage』이 존 허스턴 감독 〈전사의 용기〉로 각색되는 과정을 『뉴욕타임스』 기자 릴리언 로스가 취재한 르포르타주(1952).

*** 뉴욕의 게토에서 태어난 소년 새미 글릭이 할리우드에서 성공하고 몰락하는 과정을 그려낸 장편소설(1941).

**** 영화 〈업 클로즈 앤드 퍼스널〉(1996)의 집필을 중심으로, 시나리오 작가 존 그레고리 던의 자전적 경험을 담은 논픽션(1997).

했다. 신들이 못되게 굴더라도 적어도 신이기는 했던 시절. 러셀은 제2차 세계대전의 참전용사였다가, 커밍아웃하지 않은 로스앤젤레스의 영화배우들을 상대로 성매매를 하고 알선하기도 한 인물인 스코티 보워스를 다룬 다큐멘터리를 보러 나를 데려가기도 했다. 그는 오래전부터 그 자리에 있던 사람들의 이야기를 좋아했다. 러셀 집 해먹에 누운 채 보워스의 회고록을 읽다가 수국 덤불 너머에서 곯아떨어지기도 했던 나는 이미 그 내용에 대해서는 잘 알고 있었다.

우리는 정말 멋대로 지냈다. 러셀과 그의 파트너는 아직은 탈출구가 필요 없는 나이였던 우리에게 뉴욕으로부터의 탈출구를 주었다. 자쿠지에서 나와 용감하게 수영장에 뛰어들기로 마음먹는 건 우리의 진짜 문제에 비할 만한 문제는 아니었는데, 우리에게는 진짜 문제라는 게 없어서였다. 아직은. 충돌은 아직 일어나지 않았다. 부모님은 아직 건강했다. 학자금대출이 쌓이기까지도 시간이 있었다. 룸메이트들은 꽤 제정신이었다. 서로에게 극심한 상처를 입혀본 적도 없었다. 코네티컷에서의 삶은 우리의 집단적인 불가피함을 맛보는 일이었다. 마치 우리가 언젠가는 반납해야 한다는 사실을 전혀 모른 채 미래를 체험해보는 것처럼. 아니면 오래전 동료의 말처럼, 중요한 건 우리가 코네티컷에서 보낸 세월이 아니라, 그 시절이다. 누군가 뼈 있는 농담을 해도, 접시를 깨도, 카드놀이를 못한다고 자리를 떠나라는 말을 들어도,

멍청하다고 해서 해고되는 일은 없었다. 기쁨은 쌍둥이 중 더 강한 쪽이었다. 기쁨이 모든 걸 흡수했다.

우리 또래 사람들은 토요일 밤이면 타르를 칠한 루프톱에 몰려가거나 값비싼 클럽을 찾았지만, 우리는 도시를 떠나 주사 자국 없는 손목으로 일요일 아침을 맞았다. 그 어린 나이에도, 다리 면도를 하지 않아도 된다는 사실에 안도할 수 있었다. 때로는 혼자 그 집을 찾아 글을 쓰고, 풀밭에 눕고, 아니면 내가 러셀의 표현대로 '쓰레기통에 들어왔을 때' 생각을 정돈하기도 했다.

내 방은 내가 없을 때조차 내 방이었다. 네 방에 새 서랍장을 들였어. 네 베개 근처에 무당벌레 두 마리가 돌아다니더라. 소음이 들리기에 내가 "슬론 방에서 나는 것 같은데"라고 했지. 큼지막한 얼룩 같은 꽃무늬가 있는 노란 벽지를 바른 방이었다. 그 위에는 연회장을 찍은 파노라마 사진 액자들이 못으로 걸려 있었는데 모두 러셀이 벼룩시장에서 산 것들이었다. 그 방은 작고, 환기가 안 되고, 안에서 잠을 자는 건 불가능하고, 특히 한 번에 둘이 들어가기엔 어려운 방이었다. 내가 초대한 남자 손님은 패배감에 젖어 방을 나서야 했고 결국 포치에서 눈을 뜨곤 했다. 아래층으로 내려갈 무렵이면 러셀이 이미 그 남자를 붙들고 경력을 캐묻고 손드하임의 노래 가사를 통해 그 사람의 가치를 평가하고 있었다. 그리고 시간이 지난 뒤, 유대인 어머니같이 열을 올리되

목소리를 죽인 채 그 남자가 '지켜봐야 할 녀석'인지, 아니면 프로테스탄트 어머니같이 위압적인 평결로 '흥미롭다'느니 말해주었다.

'코네티컷의 시골집'이라는 말에서 번득하며 연상되는 것들이 있다. 빳빳한 침구, 시트러스 센터피스, 나방 유충이 쏜 구멍이 하나도 없는 리넨 소파. 재택으로 일하며 점점 미니멀한 공간에 끌리고 있던 러셀의 파트너라면 현실과 머릿속 상상을 더욱 바짝 가깝게 하는 쪽을 선호했을 것이다. 그러나 두 사람이 살던 집은 페인트가 부슬부슬 벗겨지고 배관이 잘 상하는 소박한 농장 주택이었으며, 러셀의 수집품이 이 집을 잠식하지 못하게 막을 방법은 전혀 없었다. 약통, 접시, 손에 쥘 때마다 방향을 맞추어 뵈로 놓아야 했던 잡동사니들이 밀려 들어오는 걸 막을 수 없었다. 이곳은 유리세정제가 영영 잊고 간 집이었다. 밤이면 나는 베나드릴을 복용했고 머리 위 실링팬은 내 노력을 바라보며 고개를 설레설레 저었다. 결국에는 침대 옆 조명을 켠 뒤 우리 몰래 새끼라도 치는 것처럼 자꾸만 불어나는 『여기 뉴요커에서는Here at The New Yorker』을 읽었다. 아니면 연회장 사진 속 깃털 달린 모자를 쓴 숙녀를 쳐다보았다. 미소 지으라는 주문을 듣기 전에 저 여자는 무슨 이야기를 하고 있었을까? 러셀도 저 여자를 눈여겨보았을까? 물어볼 기회는 없었다.

러셀이 내게 사랑한다고 말한 적은 한 번도 없다. 나를 사랑한다는 말을 다른 사람들에게 했다. 그가 지나가는 말로, 술에 취한 채 회전문을 지나가며 했던 작별 인사로 그 말을 했는데도 내가 놓쳤을 가능성이 있다는 생각이 든다. 그러나 그가 그 단어를 쓴 기억은 없다. 심지어 친구가 **자신만의** 독특한 방식으로 행동할 때마다 하는 관용적인 방식으로조차 없다. 러셀은 슬픔을 견딜 수 없었지만, 진지함 또한 견딜 수 없었다.

세 번째 에세이집을 그에게 헌정했을 때, 나는 식당의 부스 자리에 그와 마주 앉을 때까지 교정쇄 보여주기를 미뤘다. 그가 도망치지 못하게 말이다. 내가 원한 건 뭐였나, 이미 아는 사실을 억지로 말하게 만드는 것? 책의 헌사가 된다는 게 애초 무슨 의미인가? 바버라 핌의 장편소설 『뛰어난 여성들Excellent Women』에 등장하는 한 인물은 청한 적 없는 사랑 고백이란 '상대가 품속에 커다란 흰토끼를 불쑥 안겨주어서 난처하게 만드는' 것이라고 했다. 러셀의 반응을 이보다 더 잘 묘사하는 표현은 내가 아는 한 없다. 그는 거의 화가 난 사람처럼 고맙다고 하더니 자기보다 나은 후보 명단을 줄줄 읊어댔다. 헌사를 바꾸기에는 아직 늦지 않았다고.

"왜 나야?"

"잘난 척하지 마세요. 그냥 에세이집인걸요." 나는 미소떤 얼굴로 그를 안심시켰다.

"하지만 난 아무것도 안 했잖아."

"러셀이 모든 걸 다 했어요."

"네가 이런 짓을 했다는 게 믿기지 않는군."

"음, 난 러셀을 사랑하니까요."

"좋은 일이지만 그래도 이러지 말지."

"**고맙다는** 말은 됐어요." 나는 김이 폴폴 나는 커피를 식히려고 내 커피잔에 우유를 부으며 대답했다.

마치 커피를 닥치게 하려는 듯이.

"참아주는 대상이 되는 일은 도저히 참을 수가 없어."〈리틀 나이트 뮤직〉에서 따온 가사다. 누군가 러셀에게 거슈윈을 들려주었더라면 좋았으련만.

우리는 내가 러셀을 편안하게 해주는 지점, 그의 반사적인 자기 지우기를 지혈하려 애쓰는 지점을 넘어 그가 나를 수치스럽게 하는 지점까지 와 있었다. 지금쯤이면 내게는 더 친한 친구가 있어야 했다. 아니면 더욱 문학적인 친구가. 느낄 수 있었다. 나는 저자였고, 한참 동안, 오로지 저자일 뿐이었다. 내 생각은 이런 무대 뒤에 존재하는 사람들, 말처럼 열심히 일하는 사람들과 아낌없이 주는 나무들과 함께 여서는 안 되었다. 현장에는 나를 위한 자리가 없었다. **쉬잇, 저리 가.** 러셀이 메신저백 속에 교정쇄를 집어넣었다.

들자 하니, 다음 날 아침, 러셀은 회사를 돌아다니며 만나는 사람마다 보여주었다고 한다. 표지를 펼치고는 이 사무실, 저 사무실 문간을 바삐 돌아다니다가 그 교정쇄가 영원히 머물 곳, 한때 그가 '재미없다'고 했던 여자가 보낸 쪽지 아래에 넣어두었다. 그는 똑같은 방식으로 그 사실을 지적했다. 그 증거. **바로 이 헌사 말이야.**

2018년 초, 내가 그에게 책을 주었던 시점은 내가 러셀의 집으로 초대받지 못한 지 10년이 다 된 때였다. 초대받지 못했을 뿐 아니라, 놀러 갈 핑계도 떨어지고 말았다. 처음에는 분명 언제든 환영한다고 했었다. 내 방은 여전히 내 방이라고. 하지만 내가 어느 주말에 가겠다고 할 때마다, 그 주말은 안 된다고 했다. 부엌 리모델링 중이라거나, 바닥 사포질 중이라거나, 수영장에 포장용 완충재가 그득하다거나. 아니면 그의 파트너가 손님 문제를 두고 '껄끄럽게 군다'거나. 닭장을 뜯어야 하는 주말이라는 이야기를 듣기도 했다. 마치 내가 그 닭장에서 자야 할 예정이기라도 한 것처럼 말이다. 그 시절에도 왜 그런지는 잘 몰랐지만, 지금은 더 모르겠다.

내가 아는 건 2005년 여름, 우리 중 한 명과 러셀의 파트너가 일종의 바람을 피우는 바람에 전원생활의 거품이 꺼지기 시작했다는 거다. 그 바람이 육체적 바람인지조차도 모르겠지만, 정신적인 측면은 나 역시도 목격한 바다. 러셀의 파트너가 쉰 살이 되자 그 친구가 빈 노트를 하나 펼쳐서 꼭 졸업앨범이라도 되는 듯이 모두에게 돌렸다. 그 친구는 작은 필기체로 세 페이지를 채웠던 데다가 둘만 아는 농담을 여백까지 가득 차게 써두었다. 나는 반 페이지 썼다. 러셀은 '생일 축하해!'라고 썼고.

그 친구는 완성되지 않은 롭 로쳐럼 생긴 매력 넘치는 남부 출신 청년이었다. 러셀의 파트너는 무시무시한 가족사를 지닌 친절하고 내향적인 남성이었고. 1980년대에는 샌디에이고와 로스앤젤레스에서 살면서 친구 중 절반이 에이즈로 죽는 모습을 목도하기도 했다. 트라우마가 그의 사랑의 언어가 되었다. 그는 사람들의 상처를 찾아내고, 파헤치고, 끄집어내 환한 빛에 비추어 보며 마치 러셀이 내 돔 모양 반지를 볼 때처럼 신중한 주의를 기울여 살펴보았다. 러셀이라면 으깨버릴지도 모르는 약한 것들을 그의 파트너는 다독였다. 내가 그 집에 내 손님을 초대할 떠면 기차역에 도착하는 순간, 아니면 그 집 진입로로 들어가는 순간 빠른 경고의 말을 하고는 했다. **그건 그렇고, 이번 주말엔 엄마 이야기를 하며 울게 될 거야, 각오됐지?**

이제 와 돌아보면 러셀이 그토록 닮은 우리를 그토록 자주 불러 모았던 그 시절에는, 어딘가 모르게 은근한 목적이 느껴지는 기류가 있었다. 그는 지금이라면 있을 수 없을 이런 식의 체계 없는 회사 야유회를 부주의하게 부추기고는 했다(나는 발가벗은 채 하는 풀 누들* 싸움을, 러셀이 새벽에 내 방문을 열어젖히고는 왜 아직도 옷을 입지 않았느냐고 따지고는 했던 것을 기억한다). 러셀은 병적으로 사교적이고, 거슬릴 정도로 후했으나—손님이 수건을 더 달라고 하지 않고 사흘이나 보낸 것을 그가 알게 되면 무슨 일이 벌어질지—한편으로는 사람들을 모으기를 바랐다. 그저 그 시도가 지나치게 성공했을 뿐이었다.

내가 깃털 모자 쓴 숙녀들을 보느라 바쁜 동안 내 눈앞에서 수없이 수작질이 오갔다. 우리 젊은 직원 중 한 친구가 러셀의 파트너에 대한 소유욕을 느끼게 되어 자신이 그와 가까운 사이임을 내세우고 나섰다. 그들 사이에 유대감이 생겼음을 우리는 이해할 수밖에 없었다. 그 친구는 미국의 진짜 잃어버린 세대에 속하는 누군가의 관심을 성유처럼 기쁘게 받아들였으며, 그 대가로 끝없는 관심을 공급했다. 문제는, 정말로 끝없는 건 아니었다는 점이다. 러셀은 그저 그 두 사람 사이에 일어난 일이 결혼 생활을 완전히 망쳐버릴 뻔했다고, 그건 그가 배신감을 느껴서가 아니라(러셀 역시도 딴짓을 하고 돌아다녔다. 벼룩시장에 개 장난감이 스무 개나 있는데 왜 하나만 사고 떠나야 하는지 이해할 수 없는 사람이니 당연하다), 우리 친구가 자신을 '역겨울 정도로 잘못 해석했

---

* 물에 뜨는 폴리에틸렌 소재로 만든 길쭉한 원통형의 수영 용품.

기'때문이다. 상황이 틀어지자 그 친구는 사라져버렸고, 나중에 뿅 나타나서는 러셀 커플을 통해 알게 된 다른 게이 커플들과의 우정을 '공격적으로 추구'했다. 그 사람은 '악마 그 자체'였으며, 나는 영원히 그의 이름을 말해서는 안 된다. 러셀은 닭장에 여우를 초대한 셈이었다. 그에게서 죄책감이 번져 나왔다.

또, 러셀은 양심을 중환자실에 누운 아기들처럼 보살피는 것으로 악명 높았다.

이제 나는 내가 전적으로 개입하지도, 전적으로 정리해 듣지도 못한 사건들을 부분적으로 평가해야 할 운명이다. 하지만 '악마 그 자체'가 스물다섯 살짜리 홍보팀 어시스턴트가 아니라고 말하는 정도는 괜찮겠지. 아마도. 내가 할 수 있는 가장 후한 평가는 우리 친구에게 다른 이의 남편과 장거리 관계를 유지할 능력은 없었다는 것, 그리고 원하던 것, 자신의 개인사에 존재하는 애매모호한 부분을 주입하는 일을 끝내자마자 그가 우아하게 퇴장하지는 않았다는 것이다. 하지만 누가 알겠는가? 우린 어린애들이었는걸. 그 친구는 웨어미아웃이라는 브랜드의 남성복을 즐겨 입었을 수도 있고 아닐 수도 있다. 삼중, 어쩌면 사중의 의미*를 지닌 이름

---

* 'wear me out'에는 옷을 입는다라는 의미 외에도 닳고 해지게 만든다, 심신을 지치게 한다. 나아가 성적으로 탈진하게 만든다는 의미가 있다.

의 브랜드 말이다.

한편, 마찬가지로 앙심의 중환자실의 공인 간호사였던 러셀의 파트너는 헤어진 뒤 누구나 하고 **싶어 하지만** 극소수만이 **실제로** 실천하는 한 가지 일을 했다. 바로 증거 불사르기다. 실연 생존자라면 모든 걸 없는 일인 척하고 싶다는 판타지에 익숙할 것이다. 없는 일인 척은 복수가 아니다. 그저 잘못한 사람이 사라져버리기를, 친구들이 그 사람을 만나지도, 언급하지도 않기를, 그 사람이 살던 동네가 지도에서 지워져버리기를 바라는 일일 뿐이다. 러셀의 파트너는 자신이 원할 때만 이 도시에 왔기에, 그럴 수 있는 선택지가 있었다. 그 일은 아주 느리게 벌어졌으므로, 우리 모두가 그 사실을 알아채기까지는, 다른 여름 계획들을 세우기까지는 시간이 한참 걸렸다. 하지만 러셀도 영원히 나를 피할 수는 없었다. 결국 그는 사실은 아무도 그 집에 올 수 없게 되었다고 인정했다. 앞으로는. 그 일과 연관된 그 누구도.

시골 별장을 빼앗기고 징징거린들 조그만 바이올린 하나도 슬퍼해주지 않을 거다. 문제는 그것이 아니었다. 문제는, 규칙이 나날이 확장되었다는 것이다. 처음에는 두 사람의 친구들 중 수영장에서 놀고 싶어 하는 아이가 있는 이들만 그 집을 찾을 수 있었다. 그다음에는 오래된 친구들만 갈 수 있었다. 그다음에는 혈연관계만 가능했다. 그러다가, 적어도 러셀의 말대로라면, 여름 내내 딱 두 번만 가능했다. 이제 러셀이 인스타그램에 올리는 건 개들이 꼬리를 수면에 둥실둥실 떠운 채로 수영장 안에서 몸을 식히는 영상들뿐이었다. 이제 닭장이 **정말로** 개조되고 있었지만, 그 닭장에 사는 닭들 말고 그 누가 새로 개조된 모습을 보겠는가? 이곳을 〈그레이 가든스〉*처럼 보이게 만든 책임은 러셀에게 있는지 몰라도, 그 재연을 연출한 사람은 그가 아니었다.

적어도, 우리가 들은 버전대로라면 그랬다. 내가 들은 버전 말이다. 그러나 모든 이야기에는 하나 이상의 입구가 있다. 리치필드 카운티의 거리를 장식한 가장 거침없는 성격의 소유자인 러셀이 정말로 원했는데도 그 일을 막을 수 없었다거나, 그의 사교적 산소를 차단하게 내버려두었으리라는 생각은 왠지 믿기 힘들다. 그러나 이유가 무엇이건, 마지막 몇 년간 그 누구도 두 사람의 집 대문 안으로 침범할 수 없었다.

브룩마저도.

우리가 쫓겨났을 때쯤 러셀과 그 파트너는 근처에 사는 브룩 헤이워드와 친해졌다. 1960년대 로스앤젤레스를 주름잡던 유명한 여성 배우이자 예술계 원로였으며, 데니스 호퍼의 전처이기도 했던 브룩은 러셀에게 인간 형태를 한 캣닙이나 마찬가지였다. 내가 브룩의 이력에 대해 무슨 말을 하건,

* 케네디의 먼 친척인 모녀가 퇴락한 대저택에 고립된 채 살아가는 모습을 그린 1975년 다큐멘터리. 기이하고 아름다운 분위기로 인기를 끌어 이후 영화, 뮤지컬로 각색되었다.

말도 안 되는 평가절하가 되어버리고 말 것이다. 진짜 할리우드 귀족이 스톱 앤드 숍에 주차한 셈이랄까. 그리고 브룩은 러셀을 **엄청나게 귀여워했다.** 심지어 러셀은 빈티지북스를 설득해 브룩이 1977년 출간한 회고록 『헤이와이어』를 복간하기도 했다. 출판계에서 흔한 일은 아니었지만 (**친애하는 대표님, 제 이웃이 한때 워런 비티와 사귀었는데, 어떻게 할까요?**) 러셀의 주장은 탄탄했고 그는 결국 복간을 이뤄냈다. 『헤이와이어』는 『뉴욕타임스』 베스트셀러 1위를 차지한 적 있었고 지금은 그저 황금시대를 일별하는 완전히 잊힌 눈길일 뿐이다. 또, 『에디』와 마찬가지로 이 책 역시 고아한 삶이 몹시 나쁘게 풀리는 과정을 그렸다.

브룩은 자기 집 물건들을 자꾸만 러셀에게 선물했다. 테이블보, 호두까기, 차곡차곡 정리할 수 있는 대접 세트, 촛대. 녹이 슨 칵테일 셰이커. 브룩은 과거를 부려놓았고 러셀은 그것들을 그러모았다. 천생연분이었다. 나는 『헤이와이어』를 읽으면서 러셀이 그토록 홀딱 반해버린 여든 살 여성에게 기묘한 질투심을 느꼈다. 젊은 시절의 제인 폰다, 지미 스튜어트, 그레타 가르보, 또 브룩의 아버지가 어머니와 이혼한 뒤 재혼한 슬림 키스에 대한 일인칭 서술과 나는 도저히 맞수가 되지 않았다. 브룩은 내 존재를 어렴풋이 아는 게 고작이었으나, 나는 내 질투심을 브룩도 알았으리라고 짐작한다. 딱 한 번 러셀을 따라 브룩의 집에 갔을 때, 떠나는 길에 굿

월에 보낼 상자에 있던 여기저기 이가 나간 개구리 모양 질 그릇을 선물받았다.

브룩은 뉴욕시 바깥에서 러셀과 그 파트너의 유일한 사교 상대가 되었다. 그 점에 대해서는 그맙게 느껴진다. 그러나 한편으로는 서로 모르는 사이에 자살이라는 유령이 그들을 하나로 묶어준 건 아닌가 싶기도 하다. 브룩의 남매는 둘 다 자살했다. 여동생은 약물 과용으로, 남동생은 권총으로. 어머니는 우울증과의 기나긴 싸움 끝에 바르비투르산 과용으로 사망했다. 러셀은 브룩이 본 것을 알았다. 어쩌면 브룩은 **모르는 사이** 러셀이 보고 싶어하는 것을 알았을지도 모른다. 어쩌면 러셀에게서 이름은 없지만 익숙한 무엇을 보았을지도 모른다. 어떤 면에서, 우리 모두 그러지 않았나?

과거에 대한 이 모든 미화는 우리의 아르카디아적 천국의 일부처럼 보였다. 적어도 우리가 블루베리 코블러를 절반이나 먹어치운 뒤 낮잠 자는 것만을 원하는 사람들처럼 이야기하기는 했지만, 그 주말들은 슬쩍 훔쳐 들은 예술, 문학, 영화 수업이었다. 이렇게 가까운 곳에 있는 문학과 영화의 모방적 요소는 무엇인가? 과거의 그 누가 이 일을 더 잘 해냈거나, 더욱 진정성 있게 이루었나? **예전 할리우드 영화는 끝나면 끝이었고 관객한테 모든 걸 알려주지 않았다고.** 우리는 속물이었을까? 러셀은 자신이 스스로를 포함한 세상 모든 것에 있어 분에 넘치게 뛰어나다고 생각하기 시작한 걸까, 하는 질문을 스스로에게 수차례 했다. 어쩌면 그의 가치 기준이 너무나 길어진 바람에, 자기 자신을 목록에서 떨구어낸 것인지도 모른다. 그러나 빈손으로 시작한 러셀, 그리고 로리 무어가 전화할 때마다 부활절 토끼를 만난 것보다 더 들뜨는 바람에 그를 기다리게 만들었던 내가 진정한 속물이 되는 것은 불가능해 보인다.

죽은 이들에 대한 러셀의 매혹은 겉으로는 쉽게 드러나 보이지 않는다. 페이퍼백 홍보 캠페인을 관리하던 그는 문학계의 큰 이름들을 되살리고 그들의 책이 계속 살아남게 하는 임무를 맡았다. 즉 출판계에서 골동품 상인이었다. 적어도 러셀은 그런 식으로 이야기했다. 그는 옛 작가들의 편에 서지 않으면 사람들은 그들을 쉽게 잊고 만다든지, 죽은 작가는 죽었기 때문에 더 완벽하다든지 하는 이야기를 하길 좋아했다. 니힐리즘은 좋은 취향으로 위장하고 있다면 그 누구도 싫어하지 않는다. 러셀이 죽은 지금에야, 죽은 사람을 살아 있는 사람보다 더 생생하게 살아 있게 만드는 사람, 그들의 세계로 들어갈 크나큰 위험에 놓여 있는 사람에게 이런 집착이 얼마나 해로운지 알겠다. 햇빛 속 어두운 그늘들이 이제야 보인다. 연못가에서 썩어가는 병든 나무들, 퉁퉁 불어 수영장 물에 떠 있는 포섬, 깜빡이다가 꺼져버린 등.

러셀과 그의 파트너는 2019년 7월 27일 저녁, 브룩과 외식을 했다. 매주 토요일마다 여러 의미에서 갑갑해져버린 집

바깥에서 치르는 의식이었다. 식사가 끝난 뒤 브룩은 집에 갔다. 그 뒤에는 두 사람도 귀가했다.

다음 날 잠에서 깬 건 셋 중 둘뿐이었다.

요즘에는 러셀이 꿈에 나오면 우리 둘은 무척 좋은 시간을 보낸다. 몸을 반으로 접을 만큼 웃고, 젖은 수영복으로 의자 쿠션을 적시기도 한다. 아니면 내가 누워 있는 해먹을 러셀이 뒤집어 나를 수영장에 떨어뜨리기도 한다. 아니면, 우리는 뉴욕 미드타운에서 위스키를 마시고 오페라를 보러 가서 샹들리에가 올라가는 모습을 본다. 그가 천장을 가리킨다. **네 할머니 반지처럼 생겼네. 그렇지 않아?** 객석의 불이 어두워지자 그는 키득거리는 웃음을 삼킨다. 그는 '하!'라는 글자 그대로 들리는 웃음소리를 가지고 있다. 마찬가지 이유로, 좀처럼 잠들 수 없을 때면 나는 내가 한 시간 이상 잠들어본 적이 한 번도 없었던 코네티컷의 그 갑갑한 방에 누워 있는 나를 상상한다. 그곳을 생각하기만 해도 나는 곧바로 곯아떨어진다. 다시는 볼 수 없으리란 걸 아는 장소에 담긴 매력은 묵직하다.

2막

연옥

조앤 디디온은 『그 모든 것들에 안녕Goodbye to All that』에서 이렇게 쓴다. '어떤 일이 어디서 시작하는지는 알아보기 쉽고, 어디서 끝나는지는 알아보기 어렵다.' 우리의 사적인 삶에도 맞아떨어지는 말이다. 내가 코네티컷에서 보낸 첫 주말은 세세한 것들까지 기억나지만, 마지막 주말은 그것이 마지막이 되리라는 것을 몰랐기에 기억나지 않는다. 그러나 러셀의 직업적인 행복이 언제 일그러지기 시작했고, 언제 분노로 변하기 시작했는지를 생각해보면, 그 또한 보이지 않는다. 아마 그것은 내가 시작한 지점이 시작이 아니기 때문일 것이다. 내 뒤의 세대는 나로서는 거의 생각하기 어려운 그 모든 체계적인 흠결에도 불구하고, 기술의 파괴적인 개입으로부터 안전했던 제도적 편안함을 그리워했다. 나는 로봇과 공룡이 진심을 다해 서로에게 덤비기 시작한 배틀 로열이 시작하기 직전, 그 시대의 꽁무니를 목격했다. 나는 모든 산업이 그와 마찬가지라고 상상한다. 우리 이전의 세대는 더 나았을지도, 더 힘들었을지도 모르지만, 언제나 그들은 무슨 일이 일어나는지 알았던 것처럼 보인다.

내가 뉴욕 이야기를 전반적으로 미심쩍어하는 이유가 바로 그것이다. 독자의 입장에서는 퍼레이드처럼 이어지는 고유명사들이 노래에 나오는 자기 이름을 듣는 것처럼 즐겁다. 그러나 자신의 이야기가 그 이야기의 무대 덕분에 이야기할 가치가 있다는 가정에는 위태로운 모험이 담겨 있다. 온갖 바와 골목길(우리는 그 시절에 들랜시에 살았는데……)은 독자를 초대하는 만큼 내쫓기도 쉽다. 독자가 쫓겨나지 않는 유일한 이유는 작가가 별 볼 일 없는 이야기를 대단해 보이게 만들고자 이 도시를 이용했기 때문이다. 그럼에도 다른 사람이 쓴 뉴욕 이야기에는 내가 변함없이 감탄하는 한 가지 지점이 있는데, 그것은 그들이 변화를 정밀하게 묘사하는 자신감이다. 삶이 단단한 고체에서 액체로 변하는 한 지점이 늘 존재한다. 어느 날에는 지하철을 탈 때 토큰이 필요했는데, 다음날은 아니었다. 어느 날에는 이곳에 타워가 있었는데, 다음날에는 없어졌다. 어느 날 불이 꺼지더니 물이 불어 홍수가 났다.

우리의 직업적 삶이 시작한 시점을 간결하게 꼽는다면 그건 러셀이 나를 면접한 날이리라. **갈색 긴 머리, 네모 반지.** 하지만 어쩌면 우리의 이야기는 훨씬 더 이전, 내가 이 이야기 속으로 들어오기 전, 20대이던 러셀이 두 남성 사형수의 영적 자문가였던 어느 가톨릭 수녀에게 온 세상이 그의 회고록*을 읽을 때까지 쉼 없이 애쓰겠다고 장담했던 때에 시작한 건지도 모른다. 아니다, 너무 멀리 갔다. 어쩌면 그 이야기는 **그가** 이 이야기 속으로 들어오기 전에 시작하는 건지도 모른다. 내가 빈티지북스로 출근하기 전날 밤, 나는 레드훅에서 열리는 파티에 갔고, 호스트는 욕조를 맥주로 가득 채웠다. 맥주병이 아니라, 부서진 케그에서 새어 나온 생맥주. 그들은 욕조 구멍을 개 사료 덮개로 한 번 더 막았다. 거실에서, 나는 내 미래의 직장 로고가 책등에 새겨진 『인콜드 블러드』 한 권을 집어 들었다. 그 책을 가져가라는 말을 들었다. 하지만 집에 어떻게 갔더라? 택시는 없었다. 그 밤에, 또는 그 시절에, 내가 지하철을 탔을 리는 없었다.

때로 나는 내가 아직도 그곳에 있다고 생각한다.

뉴욕을 다룬 이야기가 그토록 예리한 묘사를 담는 것은 바로 이 때문이다. 이 이야기들은 과거를 과장하려 들지도, 이 나라의 나머지를 호령하게 두지도 않는다. 그들은 과거를 벽에 붙여두고 해체될 때까지 두려 한다. **이거 보여? 이게 바로 디스코였어.** 그런 경우, 나는 하나를 골라야 할 것이

---

* 동명의 영화로 각색되어 큰 인기를 끌기도 한 헬렌 프레진 수녀의 회고록 『데드 맨 워킹』(1995)을 가리킨다.

다. 그저 불이 꺼지고 홍수로 물이 불어난 하루를 고르기만 하면 된다. 그날의 이야기는 이렇게 흘러간다.

2006년 1월 8일, 사무실로 들어간 나는 정오까지 외투를 그대로 입고 있었다. 평소 도서 홍보 담당자 사무실에서는 발신 전용이나 마찬가지인 전화기가 스위치보드처럼 번쩍번쩍 빛을 냈다. 모니터에는 〈스모킹 건〉이라는 웹사이트에 실린, '백만 개의 작은 거짓말들'이라는 제목의 1만8천 단어짜리 폭로문이 떠 있었다.

따지자면 이 문제는 1년 전, 오프라가 『백만 개의 작은 조각들A Million Little Pieces』을 북클럽 도서로 선정했을 때 시작했다.* 작가 제임스 프레이는 수년간 포크너라든지 톨스토이의 책을 읽어온 오프라 북클럽에서 처음으로 선택한 동시대 작가였고, 『뉴욕타임스』는 우리에게 심층 기사를 써주기로 약속했다. 이미 하드커버를 입고 세상에 나와 있는 책의 경우 이것만으로도 커다란 성취였다. 기사가 실린 날, 나는 내가 사는 아파트 문을 벌컥 열고 예술 면을 펼친 다음 미친 듯이 찾아댔다. 그러나 아무리 페이지를 넘겨도 기사가 나오

---

* 마약과 알코올중독을 고백한 『백만 개의 작은 조각들』은 2005년 오프라 윈프리의 극찬으로 인해 베스트셀러에 올랐지만, 2006년 〈스모킹 건〉이 대부분의 내용이 허구임을 밝혔다. 이로 인해 출판사는 큰 논란에 휘말렸으며, 논픽션과 픽션의 경계에 대한 논란이 촉발되었다.

지 않았다. 나는 성을 내면서 러셀에게 전화했지만, 이웃한 건물 계단을 지나치다가 알게 됐다. 예술 면에 기사가 없었던 건, 그 기사가 『뉴욕타임스』 표지에 실려서였다는 것을.

"신경 쓰지 마세요." 나는 그렇게 말하고 전화를 끊었다.

달을 향해 쏘는 것으로도 모자라 그것을 맞추어야 하는 직업을 가진 우리에게도 예상치 못한 일이었다. 『뉴욕타임스』에는 오프라와 제임스가 시카고의 무대에 함께 오른 사진이 실렸다. 나도 객석에 있다. 그 출장에 대해서 기억나는 것은 광고 시간에 메이크업 아티스트가 나타나 오프라의 다리에 컨실러를 바르는 장면뿐이지만 말이다. 촬영이 끝난 뒤에는 기념으로 이탈리아 음식점에 가서 축하했다. 우리는 짜릿했다. 짜릿함은 기억하기 참 어렵다.

뉴욕으로 돌아오자마자, 이 책을 더 많은 언론에 홍보하라는 압박이 우리를 짓누르기 시작했다. 이미 이 책은 인류에게 알려진 모든 목록에서 1위에 올라와 있는데, 이 책을 미국의 목구멍 속에 쑤셔 넣을 새로운 방법을 어떻게 찾지? 평범한 상황이었다면 이는 러셀이 늘 살아왔던 그런 종류의 도전이다. 그는 내가 아는 홍보 담당자 중 가장 창의적이었다. 하드커버 출간 이후에 남은 관심의 부스러기 하나하나까지 찾는 것, 아니면 표지에 먼지가 두텁게 쌓인 책들에 주목하는 기사를 확보하는 것이 러셀의 특기였다. 그러나 문제의 책은 여태까지 세상의 빛을 본 적이 거의 없었다. 오프라가 그 책을 손에 넣은 순간을 설명할 때, 그는 티브이를 향해 이렇게 맞받아쳤다. "우리가 페덱스로 보낸 책 열 권 중 한 권인가? 정말 수수께끼가 따로 없군!"

이 선택은 하필이면 언론계에 밀어닥친 대량 해고의 쓰나미와 맞물렸고, 트위터의 설립과 맞물린 것은 말할 필요도 없다. 우리는 언론계의 동료들이 마스트헤드*에서 사라지는 모습을 공포에 사로잡혀 지켜보았고, 나아가 마스트헤드까지 사라지는 모습은 체념에 젖어 지켜보았다. 매일 러셀은 똑같은 크기의 공을 계속해서 작아지는 골문에 차 넣고 있었고, 그것은 잠시 후면 향초를 리부할 인플루언서들의 비위를 맞추며 보내게 될 미래를 언뜻 맛보는 것과 같았다. 책 한 권이 내부의 지표가 되었다. 우리가 이 잘나가는 책도 밀어주지 못한다면, 그 다음엔 어떻게 되는 거지? 우리는 권력에 접근할 수 있다는 점에서 우리보다 훨씬 유능해 보이는 오프라의 제작자들에게 존경의 다음을 품었지만, 줄 끝을 쥔 건 우리였다. 방송사 하나를 치리지 않고서 우주에서 어떻게 하면 또 한 줌의 관심을 짜낼 수 있을지 논의하던 또 한 번의 회의에서 나는 이렇게 말하고 말았다.

"있잖아요, 〈투데이 쇼〉도 남들이 쓰다 버린 건 갖기 싫을 걸요."

* 신문과 잡지에서 편집자의 이름이 실리는 난.

누군가가 말하고 있을 때, 오프라가 방에 있는지를 계속 공지받는 것이 규칙이었다.

"넌 해고야." 러셀이 입 모양으로 말했다.

"**러셀이나** 해고되세요." 나도 입 모양으로 응수했다.

마침내 우리는 너무나 단순한, 좌절감에서 태어난 나머지 우아하기까지 한 계획을 꾸몄다. 『백만 개의 작은 조각들』은 오프라가 처음으로 입문한 숨 쉬는 마치스모*, '사내 문학dude lit'이라고. 『뉴욕타임스』는 인터뷰를 또 한 번 해달라는 우리의 요청을 받아들였다. 그런데 그즈음, 유명한 재활 시설 헤이즐던의 한 상담사가 이 이야기의 진실성에 의문을 제기하고 나섰다. 나는 제임스에게 기자를 적대해서는 안 된다고 경고했다. 내 경고가 재미있었던 그는 인터뷰를 마친 뒤 내가 자랑스러워할 것이라며 이렇게 전화로 알려주었다. 기자에게 녹음기를 끄라는 말을 딱 두 번만 했다고.

그 시점에 내가 제임스를 좋게 생각했는지 나쁘게 생각했는지는 기억나지 않는다. 다만 갓 번역된 아이슬란드 단편소설집보다는 성적 매력이 넘치는 책을 담당하게 된 것이 나름대로 기분 좋은 속도 변화였다는 것만 기억난다(물론, 취향은 존중한다). 나는 젊었고, 비록 제임스에게 매력을 느끼지는 못했지만, 무언가 **중요한** 일의 일부가 된다는 사실에 짜

---

* machismo. 특히 라틴아메리카 문화에서 온 극단적이고 과장된 남성성.

릿함을 느낄 만큼의 야심은 있었다. 러셀은 달랐다. 출판편집자는 아마추어 심리상담사로 이름나 있지만, 탁월한 도서 홍보 담당자는 한 번에 열두 사람을 대상으로 같은 일을 하면서, 편집자는 보지 못하는 것을 목격한다. 저자의 최악의 모습 말이다. 예술이 끝나면 남아 있는 건 오로지 에고뿐이다. 러셀은 앙심을 품은 어린아이들과 문제 많은 천재들로 이루어진 연못에서 번성했다. 그는 패자에게 이끌렸다. 그라면 이렇게 감상적인 말로 표현하지 않았겠지만, 그는 진정한 문학은 사랑과 마찬가지로 자신을 알리고자 하는 욕망에서 나온다는 것을 이해했다.

이 시점에서 내가 러셀에게 일자리 추천서를 써준들 아무 의미 없다. 그러나 그가 재능 있는 도서 홍보 담당자였다는 건 그가 어떤 책을 언급하려고 고려 중인 지면을 설득해 이 책에 바탕을 둔 강연 시리즈를 주최하게 만들 수 있었다는 뜻이다. 『모든 것이 산산이 부서지다』 출간 50주년이 다가온다는 사실을 러셀이 알게 되면 한 달 뒤, 치마만다 응고지 아디치에, 에드위지 당티카, 토니 모리슨, 치누아 아체베를 에스코트해 타운홀 무대 위에 올려놓을 수 있었다는 뜻이다. 그에게 25센트 동전을 넣고 애매한 책을 하나 가리키면 출근도 빼먹고 읽고 싶을 정도로 흥미진진한 도서 설명이 톡 튀어나왔다는 뜻이다. 그러나 그뿐만은 아니었다. 그의 신경은 맹렬히 내달렸다. 어느 저자가 문학상을 받는다면, 마치 러셀은 그 작가의 어린 시절 전부를, 보답받지 못한 짝사랑을, 엉망으로 돌아가던 가정을, 이 미래의 대문호와 함께 스쿨버스에 올랐던 학교폭력 가해자들을 전부 느끼는 것만 같았다. 러셀이 그 자리에 있었더라면, 그는 알아보았을 것이다. 이 뛰어난 작가를 알아보았을 것이다. 우리의 직업에 담긴 남모를 진실은, 우리는 존경하는 작가들의 이름으로 우리의 개성을 휘두르기도 하고 승화하기도 했다는 것이다. 그 대가로 이 직업은 우리가, 그가 평범해지지 않게 지켜준다. 비록 **좋아하지** 않는 작가라 해도, 러셀은 가치 있는 적과 싸울 기회를 만끽했다. 러셀이 가진 '악당' 개념은 『에덴의 동쪽』에서, 『돈키호테』에서, 『이브의 모든 것』에서 배운 것들이었으므로.

그러나 제임스는 그런 종류의 악당이 아니었다. 그에게는 그만한 독창성이 없었다. 제임스를 보면 대학 동창이 팔뚝에 타투로 새긴 오스카 와일드의 명언이 떠올랐다. '좋은 글을 읽고 싶다면, 내가 그 글을 쓰겠다.'

러셀은 허세를 방어기제로 받아들이길 거부했다. 특히 허세 부리는 그 사람이 회복의 과정을 버텨온 것에 예술적 가치가 있다고 우겨대는 우악스러운 인물이라면 말이다. 러셀은 한평생 그런 우악스러운 인물을 몹시 경계하며 살았다. '아무데도 아닌 곳 출신인' 러셀은 고상한 출판사에 안착했으며, 이곳이 지닌 위계를 몹시 기뻐했다. 이 모든 신성한 사원이 너무나 좋았던 것이다. 예를 들면 직원들이 어느 학교를 나왔는지에 집착했다. 예일대학교 졸업생이 한심한 짓을 한다면 "요즘은 아무나 예일대에 들어가는 모양이지". 쇼니 주립대학교 졸업생이 똑같은 짓을 한다면 "뭐, 놀랍지도 않군". 아니면 아무 일이 없는데도 "이젠 캘리포니아 출신은 그만 뽑아야겠어". 러셀이 **실제로** 직원들의 배경에 신경 쓰는 건 아니다. 러셀이 뭐라고 그런 걸 판단하겠는가? 그가 하려는 말은 그가 상대의 모든 세세한 것들까지도 기억하고 있다는 것이었다. 상대 역시도 이 사원에 자리를 잡았기에, 알 만한 가치가 있다는 뜻이었다.

애석하게도, 제임스는 자신에게 먹이를 주는 손을 물지 않으려 애를 쓰기는 했지만, 결국은 그 손을 잘근잘근 씹었다. 제임스는 홍보 담당자가 고객에게 직접 보수를 받는 업계 출신이었기에, 우리를 마치 돈 주고 부리는 전투견처럼 다루는 버릇이 들었다. ("홍보 담당자가 연락할 거라고 말해두었습니다.") "잘했어요"라는 말은 애초부터 추접한 표현은 아니지만, 그건 그가 성공하건 실패하건 당장의 영향을 받지 않을 사람들에게 권력을 확고히 하려는 시도로 번역되었다. 정확한 숫자는 말하기 어렵지만, 홍보 담당자는 연속으로 다섯 권의 책을 성공시키거나 묻어버리면 승진하거나 해고된다. 러셀은 단 한 명의 저자, 어쩌다 보니 얼마 없는 지면까지도 모조리 징발하게 된 저자이자, 세상에 내보이는 모든 모습이 러셀이 추구하는 가치와 정반대인 저자에게 온 에너지를 써야 하는 일에 질색했다. 역설적이게도, 출판계에 제임스가 형광펜을 들고 자기 원고를 다시 보게 만들고자 하는 욕망이 없는 단 한 사람이 있다면 바로 러셀이었을 것이다. 그는 신뢰하지 않는 사람의 고백을 듣고 싶지 않았다.

물론, 그의 삶에는 (삶이 거의 끝나갈 무렵) 러셀의 직업적 실패로, 회사생활에 대한 환멸로, 미래를 향해 헤치고 나가기에는 위험천만할 정도의 무능력으로 이어진 다른 문제와 사고들도 생겼다. 분노가 무엇인지를 굳이 이야기하자면, 그저 내가 이토록 많은 글자를 제임스에게 바치는 모습을 어깨 너머에서 보고 있는 러셀을 상상하기만 하면 된다. 그러나 상하기 시작하는 건 이 지점이다. 적어도, 구멍 하나하나가 보일 만큼 내가 바짝 다가간 지점이다.

크리스마스 휴가를 떠나기 전날, 러셀을 제외하면 모두 퇴근했고, 러셀이 복도 저쪽에서 성이 난 듯 키보드를 두들겨대는 소리가 들렸다. 그는 일터에서 스트레스를 받고 있을 뿐만 아니라 지난여름에 있었던 드라마틱한 사건들 이후로 아슬아슬한 상태다. 그의 내면에서 무언가 바뀌기 시작했다. 전설적인 출판편집자들이 그의 신경을 거슬리게 하는 중이다. 고객에게 왜 더 많은 언론이 따라붙지 않는지를 궁금해하는 에이전트의 전화들은 평소답지 않게 간결하다. 저자가 실수로 북투어 스케줄을 삭제해버리면 러셀은 무척 화가 나서 설득해야만 다시 보내주고는 했다. 우리의 역할이 저자들을 **보호하는** 것이라는 관념은 어느새 사라지고 있다. 저자 중 너무 많은 이들이 지긋지긋한 배은망덕의 구덩이 같았다.

내 책상 위에는 제임스의 의료기록이 든 마닐라 봉투가 하나 놓여 있었다. 미니애폴리스 『스타트리뷴』이 본 것을 보아야 했다. 제임스가 그저 정직하지 못한 것 이상일지도 모른다는 생각을 처음으로 공공연하지 퍼뜨린 게 바로 『스타트리뷴』이었다. 폴더 속에는 제임스가 책에서 묘사했던, 마취제 없이 시술했다고 주장했던 치아 신경 치료 엑스레이 사진이 들어 있었다. 제임스에게 전화가 왔을 때 나는 그 사진들을 보고 있었다. 알겠어? 이제 다들 그가 진실을 말하고 있다는 것을 알겠지.

"어떤 사람들은 치아 치료를 했다면 아무도 의문을 품지 않을 거라고 말할지도 몰라요." 나는 봉투에 달린 금속 쬠쇠를 끄르면서 말했다.

"무슨 의문 말이지요?"

"마취제를 투여하지 않았다는 기록은 전혀 없네요."

"그날 제가 무슨 옷을 입었는지에 대한 기록도 없는 건 마찬가지일걸요."

이런 확고한 지점에 힘입어서인지, 지임스는 이제 자기가 질문을 던질 때라고 결정했다. 나더러 코카인을 해본 적 있느냐고 물었다. 나는 해본 적 있지만, 당신과 내가 대결한다면 내가 이기진 못할 거라고 대답했다. 음, 그때 나는 노보카인이 잇몸에 코카인이 주는 감각을 모방한다는 걸 상상할 수 있었다. 나는 사무실 창문에 비친, 시커먼 허드슨강을 배경으로 뚜렷한 선을 그리는 내 모습을 쳐다보았다. 내게도 약물, 알코올, 지나치게 적은 양의 식사, 지나치게 많은 섹스 때문에 회복 과정을 거친 친구들이 있었지만, 그와 동시에 치아에 드릴로 구멍을 뚫은 친구는 없었다. 전화를 끊은 뒤 나는 구글에 '치아 시술'과 '재활시설'을 검색했지만, 전부 치아 시술을 받고 회복할 때를 위한 도움말뿐이었다.

나는 머리카락을 질겅질겅 물어뜯으며 러셀의 사무실로 갔다.

"문제가 생긴 것 같아요."

"이번엔 그 친구가 뭐 했는데?"

"모르겠어요."

"뭐, 무슨 문제건 간에 그놈이 벌인 판이지."

"맞아요, 근데 이번에는 우리가 그 판에 눕게 생겼어요."

그러자 러셀은 키보드를 두드리던 손을 멈추더니 내게 삿대질했다.

"분명히 말해두는데, 난 제임스 프레이와 난교를 벌일 생각은 추호도 **없어**."

〈스모킹 건〉이 파헤친 (그중에서도 제일 큰 것은 제임스가 87일이 아닌 두 시간 동안 감옥에 있었다는 것이다) 서사의 온갖 불일치에도 불구하고 (훗날 오프라가 일반적으로 연쇄 살인범에게나 쓰일 법한 어조로 말한 대로라면 '그 속에 담긴 거짓말') 노보카인이 가진 재발을 유발하는 특성은 다시 언급된 적 없었다. 안타까운 일이다. 나는 무엇이 진실이고 무엇이 거짓인지 알고 싶었으니까. 오스카 와일드의 명언이 멋있게 들리는 건 맞지만, 실제로 오스카 와일드가 한 말은 아니었으니까.

러셀이 세상을 떠나기 약 1년 전 즈음, 로스앤젤레스 시내의 한 호텔 로비에서 우연히 제임스와 마주쳤다. 체크인한 시간이 겹쳤던 우리는 한잔하기로 했다(제임스는 탄산음료를 마셨다). 결국 우리는 독특한 경험으로 이어진 사이였으니까.

2008년 내가 첫 책을 출간했을 때, 이 책에 법적 책임 부인 문구가 필요하다는 말을 들었다. "달겠지만, 제임스 프레이 이야기 때문에요." 그렇다, 나도 알았다. 얼마 안 되는 사람 외에, 실제로 무슨 일이 일어났는지 이해할 이들이 누가 있을까? 팝콘을 챙겨 각 회사의 회의실에 모여 제임스가 오프라에게 탈탈 털리기를 기다리던 동료 홍보 담당자들은 이해 못 한다. 자기 책이 서커스에 자리를 내주느라 그늘로 밀려버린 다른 작가들도 이해 못 한다. 언젠가 어느 파티에서 러셀과 나는 JT 르로이*의 홍보 담당자를 소개받았다. 우리는 그 대화를 나누게 될지도 모른다는 전망에 잔뜩 신이 났지만 JT 르로이는 거짓말이었지 스캔들이 아니었다. 심장마비 환자와 뇌종양 환자는 심리학적으로 유사한 악영향을 받았을지 몰라도 그 뒤에 두 사람의 의료 기록을 비교하는 게 무슨 소용이 있겠는가.

러셀과 나는 우리가 담당한 저자들이 공원에서 발가벗고 달리거나 비행을 저지르기를 빌었지만, 우리의 오리엔테이션 자료집에 관심을 **굴절시키는** 것은 포함되어 있지 않았다. 어느 시점에 나는 키드 록의 홍보 담당자이던 친구에게도 조언을 구했다. 답은 "노 코멘트"였다. 자신에게 세기의 두통을 선물한, 한 저자의 성격을 옹호해야 하는 입장에 처하게 만든 제임스에게 러셀이 아무리 화가 난들, 그의 공식적인 죄명을 꼬집어 말할 수 있는 사람은 없었다. 일급 기망죄? 하지만 이 점만은 확실히 안다. 우리가 그의 작품에 담긴 '정서적 진실'을 옹호하라며 마틴 에이미스를 〈래리 킹 라이브〉에 내보내야 할 일은 없었다는 것.

---

* 1990년대 여러 권의 소설을 발표한 작가로 가난, 약물 사용, 학대 등의 경험을 지닌 소년의 자전적인 작품을 썼으며 르로이라는 이름으로 대외적 활동을 펼치며 큰 인기를 끌었으나, 실제로는 작가 로러 앨버트가 만든 가상의 존재였으며, 대중 앞에 나선 것은 대역 배우 서배너 크누프였던 사건.

제임스는 마치 이 세계가 영원히 그의 빈백이라는 듯 호텔 바에 느긋하고 사람 좋게 앉아 있었다. 러셀처럼 그는 옛 출판계가 뿜어내는 오라로부터 필요한 것을 얻어갔으며 그것을 통해 스스로를 확언했다. 러셀과는 달리, 그는 탈주가 훨씬 **나은** 시나리오라는 사실을 스스로에게 말할 수 있었던 모양이다. 탈주하는 것은 두 번 생각에 남는다는 것이다. 우리는 목에 걸린 목걸이를 그대로 떼어낼 수 있지만, 그는 거푸집을 부숴버렸다. 예를 들면 그는 언제나 친밀감과 의심이 뒤섞인 표정으로 나를 바라보았는데, 둘 다 억압적 체제의 전형인 동시에, 거의 끝났지만 **완전히는** 세뇌가 풀리지 않은 광신도처럼. 우리 사이에는 어떤 버전의 우정이 존재했다. 그가 마녀사냥의 대상인 동시에 마녀였다는 사실 때문에 내가 허용하는 우정이자, 그가 시대적 이유로 표적이 되었다고 느끼는 반면 나는 그가 시대적 이유 덕분에 관대한 처분을 받았다고 느끼는 방식의 우정이었다. 그 스캔들이 오늘날 일어났더라면 그 시절에는 없었을 인종적, 계급적 선을 넘은 것으로 치부되었으리라.

오프라의 무대 위에 운명적으로 두 번째 올라가기 전, 오프라는 그에게 자신이 '거칠게' 굴 것기지만 '구원'이 있을 것이라고 경고했다. 그것은 세속의 언어가 아니다. 그 말이 두 사람이 자신을 어떻게 보는지를 상당히 많이 보여준다. 그럼에도 불구하고 구원은 일어나지 않았다. 백스테이지에 있던 러셀이 뇌졸중이라도 일으킬 듯 노발대발하며 내게 전화했다. "저들이 나한테 마이크를 갖다 대려고 했어! 마치 내가 이 일에 무슨 관련이라도 있다는 것처럼 말이야!"

나는 그 방송을 보기 전 먼저 들었다. 한 프로듀서가 내가 그 쇼를 라이브로 들을 수 있도록 휴대폰으로 들려주었다. 오프라는 이 책을 출판한 낸 테일리스에게 정면으로 맞서는 내가 쓴 보도자료를 읽었다. 이 거짓말투성이 책을 묘사하면서 어떻게 그렇게 야단스러운 말들을 쓸 수가 있는가? 낸 테일리스는 걸어 다니는 출판 기업이나 마찬가지인 여성이다. 그가 담당한 저자로는 마거릿 애트우드, 팻 콘로이, 그리고 이언 매큐언을 꼽을 수 있다. 테일리스에게는 자기 이름을 딴 임프린트가 있고, 듣기 좋은 동부 해안 말투를 쓰며, 고상한 취향이 돋보이는 브로치를 어마어마하게 많이 가지고 있다. 뿐만 아니라 현대 역사상 가장 잘 알려진 문학 커플의 반쪽이었다.[*] 만약 내가 보도자료를 검토받으려고 낸 테일리스의 사무실에 들어갔다면, 아마도 그는 나를 부드럽게 문밖으로 쫓아냈을 테지.

우리에게 그 경험은 사람들이 책 출판에 대해 얼마만큼 모르는가, 또 알 바 아니라고 여기는가를 보여준 일이었다.

---

[*] 낸 테일리스의 배우자였던 게이 테일리스는 1960년대 『뉴욕타임스』와 『에스콰이어』 기자로 현대문학 저널리즘의 선구자로 꼽혔다.

애초부터 우리는 극도로 무심하리라 짐작했는데 말이다. 이번 세기 최악의 문학적 망신살에서 얻은 것치고는 하잘것없는 깨달음처럼 보일 수도 있지만, 하잘것없음이야말로 곧 우리의 만나였다. 출판계에서 판매량과 맞바꾸는 건 선의가 존재한다는 전제다. 우리에게는 열아홉 개로 쪼개진 로열티도, 갤러리 벽에 강력테이프로 붙인 바나나도 없다. 그런 전제가 음모론으로 대체되다니 불쾌한 일이다. 더 심한 건, 음모론이 불가능하다고 설명하기 위해서는 출판계가 얼마나 힘이 없는지 토로하고, 다른 누군가의 도덕극에 끌려 들어갔음을 인정해야 한다는 점이다.

방송이 끝났을 때 사무실 바깥으로 나가고 싶지 않았던 게 기억났다. 세 시간 뒤면 방금 내가 들은 이야기가 2천만 명의 시청자들에게 밝혀질 터였다. 나는 러셀에게 문자메시지를 보냈다.

그 사람은 어쩌고 있어요?

사람들한테 전화해서, 자기가 뭐, 완전히 탈탈 털렸다고 떠벌리고 있어.

러셀은 어때요?

세상 사람들 전부 미워.

그 뒤, 러셀과 나는 편지를 열었다. 편지가 정말 많았다. 그 당시는 여전히 21세기 초기의 탄저병 소동 속이었고, 흰색 가루가 든 봉투가 몇 개 나왔는데 알고 보니 베이비파우

더였다. 그럼에도 러셀이 봉투를 엄지와 검지로 집어 몸에서 멀찍이 떨어뜨린 채로 내 사무실 밖을 지나가던 모습이 눈에 선하다. 피투성이 치아가 도착했을 때는 티슈로 그것을 집어 내 책상 위에 팽이처럼 툭 떨어뜨리더니 진짜 같으냐고 물었다. **삶에는 입 밖에 내는 순간 제 무덤 파는 거나 마찬가지인 몇 가지 질문이 있다.** 나에게는 뒤틀린 페이퍼백 한 권과, 내 손에 있는 이 책에다가 제임스가 자신이 감옥에 있었다고 주장한 날짜만큼의 횟수로 오줌을 갈겼다고 쓰인 쪽지를 받았다. 처방전에 쓰인 쪽지였다. 처방전을 살펴보았다. 항정신성 약물 처방전이었다.

훗날 제임스는 『가디언』에 자신이 받은 수천 통의 편지 중 혐오를 담은 것은 단 50통이었다고 말했다. 그건 확실히 진실이다.

무슨 이유로건, 자신이 거짓말하고 있다고 믿지 않는 사람을 거짓말쟁이라고 부르면 무슨 일이 일어나나? 그런 사람에게 수치심은 역효과를 낸다. 손에 쥔 것이 악마이기를 바라지 않는다면, 희생양이 순결한 처녀라는 것을 확인해야 한다. 제임스는 몇 주간 회사에 전화를 걸어서 아직도 사람들이 자기 이야기를 하느냐고 확인했다. 그를 탓할 수 있는 사람이 누가 있을까? 얼마 전 『Us 위클리』가 그의 악행을 다룬 기사를 2면에 걸쳐 내보낸 참이었다. 러셀은 자신은 전혀 신경 쓰지 않는다는 입장을 고수했다. 신은 인세 수표에 구원을 집어넣는 자본주의자다.

2011년 오프라는 마지막 에피소드 중 하나에 제임스를 다시 한 번 초대했다. 오프라 기준으로도 제임스의 스캔들은 큰일이었다. 오프라는 5년 전 자신이 공감하지 못했음을 사과했다. 한편 제임스는 아티스트 에드 러샤에게 〈대중의 돌팔매질〉이라는 제목의 그림을 의뢰했다. 러셀이 방송을 보지 않겠다고 뻗댔기에, 나는 그에게 그 그림 이야기를 해주었고, 오프라가 그 그림의 의미를 물었던 것도 전해주었다. 제임스는 그것은 자신이 겪은 호된 시련을 떠올리게 하는 것이라고, 그러나 자신은 희생자가 아니라고 말했다. 그 말에 러셀은 코웃음을 쳤다.

"대체 뭣 하러 거실에 그딴 걸 걸어놨느냐고 물었어야지."

러셀과 나는 그 뒤로 5년을 더 함께 일했고, 그동안 전화가 울리는 빈도는 줄어들었고, 낭패 역시 지난 일이 되어 사라져버렸다. 여전히 러셀은 담당한 책들을 들뜬 마음으로 맞이했고, 그런 책들로부터 알게 된 것들을 우리에게 말해주었다. 복제양 돌리의 이름을 돌리 파튼에게서 따온 거 알고 있었어? 요즘 애들이 우리보다 엄지손가락 가동성이 높다는 거 알고 있었어? 그는 여전히 누가 풍선에 나비넥타이를 붙여놓은 것 같은 몰골이 될 때까지 웃었다. 그러나 사람들이 얼마나 쉽게 자신에게 책임을 돌리는지, 또, 또 다른 제임스가 나타나 그의 관심을 요구한다면 관심을 주는 것이 자신의 할 일이 되리라는 걸 알게 된 러셀은 전보다 더 뾰족해졌다. 관심을 덜 받는 이들을 향해 북을 둥둥 울리며 한세월을 보내고 나니, 이 주목받지 못하는 이들은 그가 할 진정한 일이 아니었다. 그가 해야 할 진정한 역할은 에이전 트들을 입 다물게 하는 것, 편집자가 그럴싸해 보이게 하는 것, 작가들이 전구 소켓에 손가락을 집어넣지 못하게 막는 것이었다.

오래지 않아 과거에는 예리하던 그의 안목이 한껏 펼쳐진 짜증으로 변하고, 그의 재담은 삶의 다른 영역에서 이식되 어 왔다. 오랫동안 그는 출판계의 가혹한 현실로부터 동떨어 진 듯 보였으나 이제 그의 이야기는 그를 둘러싼 환경의 이 야기가 되고 있었다. 좌절되고, 겁먹고, 자기검열을 당하고, 의미를 찾으려 고군분투하는 이야기였다. 우리 세계의 조각 들이 천장에서 허물어지고 있다는 걸 몰랐던 이유는 러셀이 나를 그 잔해로부터 지켜주고 있어서였다. 그리고 그 사실 을 눈치챘을 때, 우리 세계는 이미 사라지고 없었다.

나도 이미 사라지고 없었다.

출판사를 그만둔 뒤 몇 달간, 끔찍한 향수병에 시달렸다. 재택으로 일하는 건 무법 상태 같았다. 게다가 고요했다. 러 셀이 놀자며 내 곁을 얼쩡거리지 않는 상태로는 그 무엇도 할 수가 없는 것 같았다. 또, 모호함으로 지성을 암시하던 사무실 벽 바깥의 문학적 지형 속을 부유하는 기분이었다. 전설적인 작가들의 궤도 속에 있을 때 자연히 따라오던 고요를 나는 당연한 것으로 받아들였다. 빈티지북스에서의 마지막 날에는 앨리스 먼로를 수행하며 뉴욕을 돌아다녔고, 대화가 소강상태에 접어들었을 무렵 나는 먼로에게 사람들이 길에서 당신을 알아보느냐고 물었다. 먼로는 잠시 생각한 끝에 이렇게 대답했다. "기분 좋은 날에는, 그렇다고 생각해요. 기분 나쁜 날에는, 사람들이 이렇게 생각한다는 생각이 들어요. '저 귀여운 할머니 좀 보라지, 내 눈앞에서 고꾸라져 죽지만 않았으면 좋겠는데.'"

러셀은 건물 자물쇠를 바꿔버렸다. 내가 직원 전용 출입구를 통해서조차 이곳에 다시 와서는 안 된다는 걸 온갖 수단으로 재차 확인시켰다. 회사 내에서 도는 소문에 내가 관심 가질 이유가 뭐가 있나? 점심을 먹으러 미드타운에 올 이유가 뭐가 있나? 진짜로, 사무실에서 쓰던 것과 똑같은 책상 의자를 샀다고? **저리 가, 저리 가라고.**

러셀은 우스꽝스러운 방식으로 나의 할머니를 연상시켰다. 발사체 같던 진주 팔찌 외에 그분이 (살아 계실 때) 내게 준 또 다른 선물은 오닉스 팔찌였다. 엄마가 그분께 내가 고등학교 문예지 편집장이 되었다고 알린 뒤에 받은 것이었다. 검은 구슬로 이루어진 둥근 팔찌가 우편으로 도착했다. 편지는 없었다. 두 개의 선물 둘 다 학업적 성취를 이루었을 때

주어진 건 우연이 아니었다. 또, 그것들이 내가 회색지대에서 벗어나라고, 중간 지대에서 탈출하라고, 평범한 것들로부터 나 자신을 지키라고 상징적으로 응원하는 검은색과 회색이었던 것도 우연이 아닐지도 모른다. **특별해지라고** 말이다. 그러나 그것은 그들, 할머니와 러셀이 가장 중시하는 것이었다. 그 반대에 대해 그들이 품은 치명적인 두려움이었다.

내가 러셀에게 결코 하지 않았던 말은, 그의 특별함이 위대한 작가나 무생물 속에서 자리를 찾은 것과 마찬가지 방식으로 내 특별함 역시 러셀 안에서 자리를 찾았다는 것이다. 러셀이 아직 살아 있지만 내 보석은 사라졌던 그 귀중한 몇 주간, 나는 그것들이 내 것이기에 돌려받고 싶었다. 그러나 러셀과 보석 모두 사라졌을 때는? 나는 그것이 러셀이기에 돌려받고 싶었다. 이제는 그가 그 물건을 들고 있는 모습을 상상하지 않고는, 그의 인정과 결부시키지 않고는 도저히 그것들을 상상할 수 없었기 때문이다. 나는 내가 나에게서 가장 좋아하는 모든 것을 러셀 속에 보관했다. 그런데 이제 그는 나를 그것들에게 다가가지 못하게 한다. 그가 자리에서 일어나 책을 통째로 태워버리기로 마음먹었을 때 어떤 기분이 들지의 예고편이었다.

3막

하강

분노는 지성의 사촌이다. 어떤 것들에 반발하지 않는 사람은 선이 없는 사람이다. 선이 없는 사람은 자신을 모르는 사람이다. 자기 자신을 모르는 사람은 취향이 없는 사람이다. 만약 취향이 없다면, 대체 왜 존재하는가? 러셀은 내게 그것을 가르쳐주었다. 내가 누구를 위해 뛰어오를지, 얼마나 높이 뛰어오를지에 선별적이어야 한다고 가르쳐주었다. 성취가 아첨과 흡사해 보이기 쉬운 직업에서는 필수적인 기술이다. 불만을 품은 저자가 보낸 이메일에 침착한 답장을 쓰면서 동료 열 명을 참조로 걸어 내가 얼마나 아둔한지 보여주고 있기 십상이다. 유사한 직업을 가진 사람은 결코 헤쳐나갈 필요가 없는 방식으로 자기 일을 헤쳐나가는 법을 배운다. 영화 어시스턴트라면 영화의 운명을 걸 필요 없이 게스트 명단에서 이름 하나쯤 지울 수 있다. 도서 홍보 담당자가 이메일에 살짝 느린 속도로 답하는 것 말고 의지할 수 있는

데가 있겠는가?

빈티지북스에서의 시간이 끝나갈 무렵, 한 번은 어느 저자가 발이 부러졌다며 북투어를 취소했다. 그러면서 투어 외에 내가 부탁하는 그 무엇이건 하겠다고 나를 안심시켰다. 그러나 제일 좋아하는 영화 목록이라거나 기억에 남는 식사를 묘사하라는 식의 원고 의뢰들이 들어오자, 저자는 이의를 제기했다. 그것도 대문자로 이의를 제기했다. **빌어먹을 발이 부러졌다고 그 사람들에게 전하라고요.**

나는 이렇게 썼다. **글 쓰는 발인가요?**

그러나 러셀의 성마른 성미가 어시스턴트들에게도 옮아가기 시작했다. 어시스턴트들은 나쁜 태도를 휘두를 만큼, 기자들의 직설적인 요구에 눈을 데굴데굴 굴려도 될 만큼 이 일을 오래 한 사람들이 아니었다. 참을성을 잃기에는 너무 어렸다. 하지만 러셀 덕분일까? 그들에게는 참을성이 애초에 없었다. 그런데, 저자의 입장에서는? 글쎄. 그들의 재능이 얼마나 비천하건 간에, 그들은 여러 명 중 하나일 뿐이었다. 이 책이 잘되어야만 하는, 하나의 대학 도시에 있는 한 사람일 뿐이었다. 경제를 파괴하는 혜성이 그들의 경력을 후려쳤지만 그들의 자녀 등록금은 여전히 제때 납부되어야 하고, 그들의 보일러는 여전히 고장 난다. 러셀은 그들의 얄팍하게 가려진 간절함 때문에 겁에 질린 것 같았다. 마치, 그들이 가련하게 구는 바람에 러셀까지 가련한 꼴이 되기라도 하는 것처럼. 그들이 그나마 남아 있는 환상마저도 산산이 부서뜨릴까 두려워했다.

러셀이 다가오는 소리가 들리고는 했다. 그는 복도를 쿵쾅쿵쾅 걸어와 내 책상 앞을 서성이다가 내가 그에게 전달한 이메일 때문에 나를 **관통해** 고함을 지르고는 했다. 예전이었다면 대화는 물론 언급조차 할 필요 없었을 그런 이메일이었다. 한때는 대단한 문제들을 위해 아껴두었을 폭발이 이제는, 말하자면, 갈라 기념품 가방에 넣겠다며 콜슨 화이트헤드의 신간 몇 권을 요청하는 댈러스의 어느 비영리단체를 향해 쏟아졌다. 다른 출판사들은 전부 기부에 응했다. 설마 우리 저자가 부끄러움을 느끼게 만들고 싶은 건 아니겠지요?

"당연히 부끄러움을 느끼게 만들고 싶다고 답해. 이 책을 자선품으로 보낼 일은 없다고. 이 책들은 책을 살 여유가 되는 사람들에게 갈 거라고! 저들은 우리가 저자한테서 로열티를 빼앗는 일에 공모하기를 원해. 사교계 명사들은 남들이 자기들한테 무슨 빚이라도 진 줄 알지. 대량 주문을 상의하고 싶은 거라면 나한테 연락하라고 해. 그게 아니면 연락한 데가 어디랬지?"

"아동 병원이요."

"꺼지라고 해. 점심은 중국 음식으로 할까? 질렸어?"

첫 번째 불만 사항은 내가 퇴사하고 48시간 뒤에 접수되었다. 이성애자 여성이 동성애자 남성에게 제기한 '기본적으로 성추행'이라는 혐의는 가장 자주 주문하는 요리는 아닐지 몰라도 재료는 늘 마련되어 있었다.

"그럴싸한 속임수네요." 러셀이 마침내 내게 그 이야기를 털어놓았을 때 나는 그렇게 대답했다.

러셀은 그 이야기를 내게 하고 싶어하지 않았다. 내가 집에 찾아가겠다고 협박하며 괴롭힌 끝에 얻어낸 이야기다. 에티켓에 집착하는 ("디너파티에 꽃을 가져올 건 아니지?") 러셀은 세상에서 제대로 기능하지 못했다는 혐의로 기소되는 것을 부끄러워했다. 상황을 더 나쁘게 만든 건, 그의 행동은 꾸준히 나빴기 때문에, 사측에 명확히 보고할 필요가 있었다. 하지만 누가 보고하나? 하고 나는 궁금해했다. 저 사람은 저자들이 감사의 의미로 보낸 초콜릿 상자를 잔뜩 가져와서는 말없이 큐비클 벽 안으로 팔을 뻗어 종이컵에 넣은 초콜릿을 흔들어 보이던 그 남자와 같은 사람이 아닌가? 매주 월요일마다 신선한 달걀을 몇 팩이나 가져오던 그 남자가 아닌가? 한편으로는 용의자를 가려낼 수 없었다. 다른 한 편으로는 '말 그대로 누구나' 그럴싸한 추측이 될 수 있었다.

러셀이 어느 편집자가 "프로빈스타운 항공사 승무원처럼 옷을 입었다"고 말한 적 있었다. 또 내 어시스턴트가 당장이라도 떨어져 나갈 것 같은 단추들로 여민 카디건을 입고 출근했을 때 러셀이 이렇게 외친 적 있었다. "꼭 탤벗에 가서 '여기 있는 옷 중에 가장 헤퍼 보이는 것으로 주세요!'라고 한 것 같군." 그가 나에게 혹시 "깜깜한 방에서 옷을 골라 입었느냐"고 말한 적은 백 번이나 있었다.

고발한 사람을 한 번도 본 적 없지만, 그 사람은 사원증 사진을 찍던 순간부터 자기가 승진할 시점이 지났다고 확신한, 갓 대학을 졸업한 사원이었다. 내가 퇴사하기 전 반년을 같이 일했다. 러셀이 그 사람의 아이비리그 졸업장에 혹했던 건 내가 휴가 중이었을 때였다. 그 여성의 목소리는 환심을 사려는 듯 나긋나긋했는데, 과제 기간을 연장해달라고 교수에게 음성메시지를 남기던 몇 년간 단련된 것일 터였다. 나 역시도 비상 상황에 긴급 상황을 꾸며내고는 했다. 그 사람은 내 삶이 난장판이라고 생각했던 게 분명하다. 러셀이 그 사람에게 **섹스**를 무기 삼아 으스댄다니, 성적 지향이 바뀌는 걸 넘어 성격 자체가 바뀌어야 가능한 일일 터였다. 그 사람이 문제를 일으키기 시작하자, 러셀은 그를 불러 앉히고 개선점을 이야기했다. 예를 들면, 보도자료의 철자를 확인한다든지. 그 사람이 근면하게 일하지 않았을 때, 러셀은 그 사람을 해고할 정도의 인정머리조차 없었다. 그 대신 그 사람을 무시했다. 그리고, 러셀의 빛의 경계 바깥은 상당히 쌀쌀한 곳이 될 수도 있다.

"하지만 분명한 건 불만족스러운 일터와 적대적인 일터

사이에는 차이가 있다는 거예요.” 나는 말했다.

“아, 있지. 그래서 그 고발이 정확히는 그 사람에 관한 건 아니었던 거야. 그건 너에 관한 것이었어.”

“뭐라고요?”

러셀이 헛기침을 하더니 읽기 시작했다. 네 번째 단락, 네 번째 항목에 내 완전한 성명, 예전의 직위, 그리고 내가 커피를 마시자는 러셀의 제안을 거절하자 그가 나를 “이 빠진 창녀”라고 불렀던 날짜가 쓰여 있었다.

“그러니까, 러셀이 실제로 그런 말을 하긴 했죠.”

그 뒤로 몇 년간, 러셀은 유사한 고발을 여러 번 받게 된다. 모호한 법적 사유 때문에 자세히 알지는 못했지만, 사실 논할 것이 없어서이기도 했다. 우리는 만났다. **이번 일은 완전히 스핀오프를 하나 만들 만하겠네요.** 그가 마스코트이던 나날은 끝났다. 그에게 내리쬐던 회사의 스포트라이트는 적외선 등으로 바뀌었다. 그는 부적절한 행동을 하지 않는지, 변호사와 수표로 끝날 그 어떤 행동이건 하지 않는지 감시당하고 있었다(그보다는 표적이 되었다는 데 가까울 것이다). 다른 층에서 일하는 어느 어시스턴트가 있었는데, 러셀이 어쩌다가 영화 스크리너라든지 재미로 나누어주던 증정품을 건네지 않은 적이 있었다. 그러자 그 어시스턴트는 러셀이 자신에게 ‘비열하게’ 군다고 고발했다. 그래서 러셀은 어쩔 수 없이 그 사람과 점심을 같이 먹었다. 더는 그를 비열하다고 생각지 않도록 말이다.

세상을 떠날 무렵, 러셀은 직원들 중 그 누구도 자기 집에 접근하지 못하는 데 동의한 모양이었다. 고립되어 살아가는 게 두려워하며 사는 것보다 나았다. 누군가의 와인잔을 채워주다가 거슬리는 말이라도 하면 어쩌나? "이번 여름에는 겨울잠을 자는 거지." 그는 기분 좋게 와인잔을 빙그르르 돌리며 말할 것이다. 그는 겁에 질려 어쩔 줄 몰랐다. 하지만 한편으로는 잔뜩 성이 났다. 치어리더가 직업이나 마찬가지인 사람에게 어느 쪽이 더 괴로운 것인지는 모르지만, 간신히 견딜 수 있는 삶을 만들어냈는데, 결국 그 삶을 망가뜨리는 사람들이 들러붙는 것은, 그리고 이 삶을 만든 그 성격이 이제는 결점으로 취급받는 노여운 일이다.

나는 내가 떠나온 세계를 그리워하느라 바빴던 나머지 그를 그곳에 남겨두고 왔다는 데 생각이 미칠 겨를이 없었다. 그가 죽은 뒤, 나는 옛 동료들을 다그쳐 정보를 얻어냈다. 어쩌다 상황이 그렇게 나빠진 거야? 그중 한 동료가 내게 문자메시지를 보냈다. 러셀은 사랑받았지만 일터에서는 우리에 갇힌 야생동물이기도 했어. 밀봉해서 사무실 안에 보관하기에는 너무 큰일이었지.

말 된다. 나 역시 선이 흐려지는 모습을, 일이 주는 좌절감을, 유독한 지루함을 목격했다. 예리한 손톱이 달린 게으른 손.

심지어 『그레이의 50가지 그림자』라는, 평생 한 번 있을까 말까 한 언론의 주목을 받은 책을 담당하는 일조차 러셀을 안정시키기에 충분치 않았고, 주장하건대 그 책은 상황을 더 나쁘게 만들었다. 책상 아래 놓인 홍보용 수갑 상자야말로 러셀이 가장 원하지 않는 것이었으므로. 도서 홍보란 우리의 행성이 죽어가고 있기에 다른 행성을 식민화하는 일이 되어버렸고, 러셀은 이에 적응하려 애썼다. 영화 파생 에디션을 담당했고, 소셜미디어 이벤트를 계획했으며, 코믹콘에도 참석했다(그러면서 새롭게 코스프레를 존경의 눈으로 바라보게 되었다). 함께 전국을 돌아다니고 호텔 연회장에서 사인 행사를 하고 대형 광고판 아래서 함께 셀피를 찍으면서 E. L. 제임스와도 친해졌다. 그는 제임스가 파는 것을 잘 아는 것 같았다. 또, 제임스는 러셀이 과거 영광의 가느다란 한 조각이라도 갈구하던 시점에 나타났다. 한때 댄 브라운을 향해 콧방귀를 뀌던 그 사람, 외계인이 인간성의 핵심 표본을 보고 싶어 한다면 빈티지북스의 도서실을 보여주면 된다고 농담하던 그 사람이 맞을까? 『그레이의 50가지 그림자』가 종이 품귀 현상을 낳았을 때 신경 썼던 그 사람이? 또, 그는 E. L. 제임스를 이해했다. 그 역시 러셀과 마찬가지로 아웃사이더로서 시작한 사람이었다. 약자로서 말이다. 온 세상의 에디들과 더불어 러셀이 가장 좋아하는 인간 유형이었다.

그럼에도 러셀이 전날 밤에 있었던 섹스토이 콘퍼런스를 끝내고 비행기를 타고 마케팅 회의에 참석한 모습을 떠올리면 몸이 부르르 떨린다. 한번은 그가 홍보용 섹스토이로 편집 어시스턴트에게 채찍질을 하겠다고 위협했지만 '진짜로는' 아니었다고 말한 적 있었다.

"진짜로는 아니었다는 게 그 말을 안 했다는 거예요, 아니면 말했지만 진심은 아니었다는 거여요?"

"후자."

러셀의 농담은 역사상 가장 잘못된 시점, 사소한 잘못도 큰 죄와 똑같은 취급을 받던 그 시기에 달콤함을 잃었고, 무한정이던 그의 에너지는 공격성으로 읽혔다.

그런데도 그 결과는 그에게 도저히 뜻밖의 것이었다. 실제로 그는 어리둥절해졌다. 그는 평생 지나치게 예민한 사람 취급을 받았는데 하룻밤 사이에 냉담한 사람들의 부류로 취급되게 된 것이다. 그는 여성혐오자들과 과대망상자들을 반면교사 삼았다. 타인의 성공을 통해 인정받는 데는 아무런 흥미도 없었다. 남는 시간이 있다면 그 사람들의 임금을 인상하기 위해 싸우는 데 썼다. 그런데 이제는 그 모든 것이 아무 의미도 없어졌다.

아마 러셀은 21세기를 살아가는 사회 초년생에게 게임의 규칙이란 게임을 하지 않는 것임을 조금도 이해하지 못했으리라. 기득권층으로 가는 학습 곡선은 너무나 가파른 것으로 밝혀졌고, 동료들은 현대사회를 해석하고 와이파이를 켜는 데 차출되었다. 그들의 목표는 테이블 한 자리를 차지하고자 하는 것이 아니다. 그들의 목표는 테이블 자체다. 도서 출판의 핵심은, 비록 세상에서 사람들을 가장 잘 들끓게 만드는 산물을 만들어내는 업종임에도, 여전히 무척이나 고루한 것으로 남아 있다는 점이다. 그것은 선임 직원들이 복도에서 모욕을 참아냈으니, 당신도 그래야 하기 때문이 아니다. 그것은 이 모든 작동 원리가 생산하고, 출간하고, 소비하고, 이익을 내기에 가장 오랜 기간이 걸리는 하나의 예술 형식으로 움직이기 때문이다. 스스로를 **이토록** 하잘것없는 업계라 여기는 산업이라면, 자신이 스스로를 다치게 할 수 있는 힘을 가졌다는 사실을 받아들이기까지 고통스러울 만큼 오래 걸리게 마련이다.

불법에 가까울 만큼 푼돈을 받고 일하는 어시스턴트에게 이 모든 것이 어떻게 느껴졌을까? 병약자들에게 둘러싸야 사는 것 같은 기분이었겠지. 그러다가, 보도자료를 소화하느라 눈이 멀 것 같은 상황에서, 큐비클 벽 너머에 프레리독처럼 불쑥 나타난 러셀이 왜 이틀 연속 똑같은 옷을 입고 왔느냐고 묻는 거다.

아마 나보다 어린 세대들은 이쯤에서 내가 내 줄기에 새겨진 나이테를 드러내고 있다고 말할 것이다. 내가 생각이 모자라다고. 보호가 필요한 건 상호 존중, 공정함, 감수성에 기반을 둔 사회의 일원인 우리 모두다. 세대 간의 법정에서 나는 내가 그들의 편에 서기가 훨씬 더 쉬웠을 거라고 느낀다. 우선, 나는 더 어려 보이고 싶기는 하지만, 그러려면 대화에서 특정한 희생을 치러야 하는 나이, 내 경력을 인정받는 나이, 그리고 화석 취급을 받지 않으려면 내 경력을 없는 셈 쳐야 하는 나이 사이의 전환기에 있었다. 또 한 가지는, 권력을 가진 대부분의 사람이 뉘앙스라는 말의 정의를 오용할 때, 뉘앙스를 옹호하기는 어렵다는 점이다.

내 세대(엑스세대, 다가오는 밀레니얼세대)는 우울증을 발명했지만 혁명이 심각하게 결여되어 있다. 우리는 미국인들 중 사회적 의식을 가지면서 아무것도 하지 않은 마지막 집단이다. 지구의 날을 흐릿하게 의식하고, 체계적 인종주의에 대한 분노를 2년에 한 번꼴로 느끼고, 먼 곳에서 일어나 우리에게 아무런 영향도 미치지 않은 건 곳에서 일어난 지진을 슬퍼하는 우리. 우리는 세계를 약속받지 않았다. 그럼에도 우리 성장기에는 경제 비슷한 것도 함께 성장했다. 적어도 우리에겐 길이 있었다. 그러다가 우리는 바람이 우리의 불만이 떨어뜨린 빵부스러기를 쓸어가게 내버려두었다. 그렇기에 나보다 어리다면 이렇게 물을 것이다. 우리가 물려받은 나쁜 습관들 때문에 얼마나 많은 미래 세대가 벌받게 될까요? 빌어먹을 일이지만 우리는 엄지손가락 가동성조차 그리 좋지 않다. 우리보다 더 어린 사람이라견 또 이렇게 묻겠지. 당신들의 얼빠진 생각으로야 **가장** 큰 문제인 줄 알았을 오존층 일은 안타깝게 됐지만, 정신 차려요. 우리한테는 그럴 시간이 없다고요.

지구를 구하는 것과 불평등을 뿌리 뽑는 것은 영문학 전공자에게는 과도한 요구다. 그래도 자기 집 뒷마당에서부터 시작할 수는 있겠지. 나비넥타이를 맨, 현실과는 동떨어진 미친 남자가 한 **말**을 참지 않는 것에서 시작할 수 있겠지. 이렇게 말해보라고. 대체 그 남자가 다른 사람들이랑 뭐가 다른데?

창립 40주년을 축하하는 관습을 가진 업계라면 그 어디건 사망률이 심각하게 높을 수밖에 없다. 그러나 러셀이 죽고 난 뒤 죽음은 기이할 정도로 빈번히 찾아왔다. 이미 나에게는 사소한 것처럼 느껴지게 된 그의 죽음은 당구공처럼 다른 죽음들을 불러왔다. 러셀이 자살하고 몇 달 사이 출판계의 거인들이 사라졌다. 랜덤하우스의 사랑받던 편집자 수전 카밀이 죽었다. 크노프의 전설적인 편집장 소니 메타도 죽었다. 사이먼 앤드 슈스터를 오랫동안 이끌던 캐롤린 라이디도 죽었다. 멘토들의 한 세대가 지도에서 지워졌다. 이 시기, 집으로 가서 룸메이트에게 상사들이 자꾸만 쓰러진다고 설명하던 어시스턴트들은 얼마나 이상한 기분이었을까?

꼬리에 꼬리를 무는 상실은 내게 도널드 바셀미의 신랄한 단편소설 「학교」를 떠올리게 했다. 점점 더 심각해지는 죽음들을 설명해야 할 과업을 맡은 초등학교 선생의 이야기다.

하루는 수업 시간에 토론했다. 아이들은 그들이 어디로 가느냐고 물었다. 나무는, 불도마뱀은, 열대어는, 에드거는, 아빠들과 엄마들은, 매슈와 토니는 어디로 갔느냐고. 그래서 나는 대답했다, 모른다고. 그러자 아이들은, 그걸 아는 사람은 누구냐고 물었다. 그래서 나는 말했다, 아무도 모른단다. 그러자 아이들이 물었다, 삶에 의미를 주는 것은 죽음인가요? 그래서 나는 대답했다, 아니, 삶에 의미를 주는 건 삶이란다.

나는 이 말을 끊임없이 되뇌었다. 러셀과 수전과 소니는 어디로 갔을까? 모른다, 모른다. 아무도 모른다.

소니를 마지막으로 본 건 2019년 10월 러셀의 추모식에서였다. 소니는 두 달 뒤, 2019년 12월 30일에 죽었다. 나는 뻔뻔하리만치 그를 애도하기가 힘들었다. 이 사람은 러셀의 죽음에 대한 일종의 코다coda가 아니었다. 그의 죽음은 전 세계 사람들의 가슴을 아프게 했다. 또, 하필이면 그는 내가 일하며 만난 사람 중 가장 심한 술꾼으로, 한번은 점심시간에 나를 데려가 마티니 석 잔이 나오는 식사를 하기도 했다. 내가 러셀과 몸 씨름을 하다가 그를 바닥에 메친 날 그 자리에 온 사람은 소니였다. 우리 위에서 **"애들이군"**이라고 한 사람도 소니였다. 그러나 슬픔을 느끼기엔 너무 질투가 났다.

그의 삶을 추모하는 말들이, 그 모든 이들의 위대한 삶에 관한 말들이 내 눈을 찌르는 것만 같았다.

러셀에게는 부고 기사가 없었다. 그는 편집자가 아니었고 유명하지도 않았다. 도서 홍보란 마지막 순간까지도 참 생색 안 나는 일이다. 러셀의 파트너는 슬픔에 휩싸인 나머지 신문사에 연락할 수 없었고, 나머지 우리가 러셀이 얼마나 중요한 사람인가 주장하며 부고 기사를 내야 한다고 주장했을 무렵에는 너무 늦었다. 창이 닫혔다. 아니면 우리가 충분히 노력하지 않은 건지도 모른다. 과거와 현재의 홍보 담당자들이 대여섯 명이나 있는데 이 기사를 어디에도 실을 수가 없다고? 그러나 우리는 자살이라는 괴물의 특성에 짓밟힌 상태였다. 자살이란 그 자체로 소외된 죽음이기에 애도 역시 고독하기를 바란다. 자살은 남은 사람들이 흩어지고 움츠러들기를, 모두가 외따로 웅크리기를 바란다. 그것과 싸우기는 힘들었다. 그 모든 편집자들이 사망한 뒤에는 (러셀이라면 '죽었다'라고 내 말을 고쳐주었을 것이다. "세련된 사람이라면 '죽었다'는 표현을 쓴다고.") 마치 러셀이 무언가를 도둑맞은 기분이 들었다. 그리고 잘 대처하지 못했다.

장례식 히스테리라는 것도 있나? 옛 동료들이 추모 행사가 열릴 장소를 예약했을 때, 나는 그들이 내게 상의한 걸 후회하고도 남을 정도의 태도를 보였다. 나는 모든 것에 반대했다. 나는 소규모 행사를 원했다. 비싼 식당에서의 저녁 식사. 그 자리에는 러셀이 가장 좋아하는 음식만이 나오도록. 빌어먹을 딜은 빼고. 또, 몇몇 사람만 추모 연설을 할 수 있고, 장황하게 말을 늘어놓아서도 안 된다고. 내게 "그 모임에 러셀이 **참석하는** 건 아닌 거 알고 있는 거지?"라고 말할 배짱이 있는 사람은 아무도 없었다. 좋다, 그렇다면, 만약 더 큰 모임을 해야 한다면 아주 거창한 모임이어야 한다. 식순을 쓴 종이는 스테이플러로 철하는 대신 리본으로 묶어야 하고. 사실, 아예 아무 모임도 안 해야 하는 건지도 모른다. 이 모든 사람이 헌법 강의라도 듣는 것처럼 의자에 꼼짝하지 않고 앉아 있어야 한다니. 야외에서 해야 할지도 모른다. 한 시간 동안 5번 애비뉴를 통제하는 방법은 없나?

러셀이 가장 아끼던 다섯 사람만이 아닌 다른 사람들 역시 추모가 필요하다는 생각을 내 머릿속에 집어넣기까지는 작은 군대만큼은 되는 사람들의 노력이 필요했다. 그보다 몇 명은 더 있어야 한다고. 그 사람들은 강당에 앉아 연설과 시에 귀를 기울이고, 그 시들 중 몇 편은 오든의 시일 거라고. 이 모임은 따지자면 러셀을 위한 것이 아니라고. 더 중요한 건, 나를 위한 것이 아니라고. 나는 그의 단 하나뿐인 보호자가 아니다. 그가 이 자리에 있었더라면 초대 손님 목록을 관리했겠지만, 이제 그는 없다. 살아 있는 자의 욕구가 죽은 자의 소망보다 더 중요하다. 이해가 안 되느냐고? 그만큼 중요한 게 아니라, 더 중요하다는 것이.

결국 내가 내린 유일한 결정은 내가 좋아하지만 러셀은 싫어하던 드레스를 입고, 러셀이 좋아했지만 내가 싫어하는 구두를 신는 거였다. 따지자면 그게 공정한 타협 같았다. 추도사를 썼다. 다른 이들도 썼다. 우리들의 이야기에는 복제된 것처럼 반복되는 내용이 무척 많았다. 그러나 그들은 러셀에게 화를 내는 데 아무 문제가 없었다. 상심(**그리워요**)이 분노(**죽여버리고 싶어요**)와 마구 뒤엉켜 있었다. 당연히, 그들도 고통스러웠다. 차오르는 만조가 배를 들어올리면, 소용돌이가 일어나 모두를 바닥으로 끌어내리니까. 내가 집에서 나설 때마다 그를 마지막으로 만난 식당을 지나쳐야 하는 것처럼, 그들 역시 화장실에 가려면 그의 텅 빈 사무실을 지나쳐 가야 했다.

무대 뒤에서 나는 아무 말도 하지 않는, 아무 말도 할 수 없는 러셀의 파트너를 보았다. 우리는 서로를 끌어안았다. 그날 코네티컷의 주차장에서 본 게 마지막이었다. 그전에는? 몇 년간 안 보았다. 그에게서는 모닥불과 마늘 냄새가 풍겼다. 러셀의 마늘이었다. 업다이크는 이렇게 썼다. '모든 결혼은 귀족과 평민으로 이루어지게 마련이다.' 나는 그들의 역할이 안에서 볼 때 완벽하게 명백하다고 확신하지만, 우리가 팬에 든 코블러를 그릇에 옮기지 않고 먹어치울 때면 누가 누구인지 알 수 없었다. 아니면 개들이 수영장 언저리를 서성이며 걱정된다는 뜻으로 짖어대는 가운데 러셀이 수영장 물속으로 다이빙할 때도.

내가 그곳에서 일하던 시절, 한번은 동료가 '빈티지북스 빈칸채우기 놀이'라는 걸 만들어서 우리에게 보냈다.

복도에서 슬론을 우연히 만났지. 난 물었어.

"러셀은 좀 어때?"

"아, 그는 ____(형용사). 하지만 그는 자기가 ____(형용사)하다고 생각해."

"러셀의 파트너 참 불쌍하다."

"참 불쌍하지. 안된 일이야. 그 사람 참 ____(형용사) 한데." 슬론도 맞장구쳤다.

"그런데 러셀은 완전 ____(명사)잖아."

러셀의 파트너가 그 일을 어떻게 이겨냈는지, 얼마나 힘겹게 노력했는지 나는 영영 알 수 없을 것이다. 내가 노란 방에서 보낸 수년 사이에도, 바깥에서 보낸 수년 사이에도, 그 집에서 정확히 무슨 일이 일어났는지 영영 모를 것이다. 그리고 그건 내가 알아야 하는 이야기가 아니다. 그건 다른 사람의 사랑 이야기니까.

"정말 안타까워." 나는 그의 어깨에 턱을 괴고 속삭였다.

그가 나를 밀어내더니 아래를 바라보았다.

그러더니 내 뺨에 손바닥을 대고 이렇게 말했다. "자기야,

그 신발 정말 멋지다."

　결국 세상은 폭발음이 아니라 낑낑거리는 소리로 끝난다, 그렇지? 추모식 뒤에 빵 폭발해도 상관없었을 것이다. 아마 칵테일파티 동안 누군가의 뺨을 때릴 수도 있었을 것이다. 아니면 비명을 지르며 거리를 달렸을 수도. 어쩌면 해 질 녘 다리 위에서 입을 쩍 벌리고 딱 한 번 고함을 질렀을지도. 뭉크의 명화 제목은 노르웨이어로 번역해도 '절규'다. 어쩌면 노르웨이어로도 뜻은 같을지 모르나, 영어의 경우 다르다. 절규는 더 불수의적이다. 내게서 발산되는 고통이 아니라 내게 틈입하는 고통이다. 부엌에서 쥐를 볼 때다. 러셀의 경우, 나는 절규에는 더 이상 흥미가 없었다.

　그러나 분노는 앞으로 나가는 것도, 불러 세우는 것도 아니기에, 나는 분노가 찾아와도 그것이 러셀 때문임을 알 수 없을 것이다. 러셀이 내게 잘 알려주었으니까. 노여움outrage과 울분indignation에는 지성적인 느낌이 있지만 분노는 내장에서 나오는 것이다. 세상의 어떤 요소는 협상 약속을 지키지 않고, 분노는 그 빚을 받아내러 오는 추심자다. **누군가와** 잘 지내고, 그 사람과 함께 분노해도 될 것 같았다. 아마도 그의 파트너와, 나 자신과, 그리고 러셀. 우리의 기울어진 영지는 의리, 꾸준함, 겸손함 그 모든 것을 명령하고 보답으로 우리에게 서로만을 남겨주었다. 그러다 그마저도 빼앗아 갔다. 우리, 모든 걸 제대로 해내지 않았나? 우리는 눈을 감고 팔을 펼친 채로 사원의 문을 걸어 나갔다. 사람들 말로는 모두가 무언가를 판다고 한다. 러셀이 원한 건 오로지 세상이 그 자신을 파는 것, 한 번에 좋은 이야기 하나씩을 파는 것뿐이었다.

나는 딱 한 번 비명을 질렀다, 그저 어떤 기분인지 알고 싶어서.

그건 그의 첫 번째 기일인 2020년 7월 27일이었다. 자살 기념일의 묘한 점은, 미리 생각했을 가능성이 늘어난다는 것이다. 그날은 사랑하는 사람이 죽은 날일 뿐 아니라, 그들이 죽을 줄 알았던 날이기도 하다. 그날 아침에 깨어나 생각한다. 어쩌면 어제나 그저께는 몰랐을지 몰라도 오늘은 알았을 거야. 오늘 밤에는 알았을 거야. 묘한 위안이 된다. 한순간 한순간이 흐를 때마다 지난 1년 중 그 어느 때보다도 러셀과 가까워진 기분이 들었다. 우리는 해가 뜨는 것을 보았다. 만두를 먹었다. 제임스 볼드윈의 『산에 가서 말하라Go Tell It on the Mountain』를 읽었다. 그러다가 허드슨강을 따라 산책해 피어 34, 목적지인 양 행세하는 기색이라고는 전혀 없는 콘크리트로 지은 길쭉한 구조물인 피어 34로 갔다. 그저 거기까지 갔다가 걸어온 게 다였다.

그즈음에 뉴욕은 사람이 줄었다. 전염병이 돌아 바깥세상을 밀어냈다. 사람들은 자기 집에서 나오지 않거나 다른 지

역으로 달아났고 뉴욕의 따뜻한 날씨는 부재한 관객들을
위해 으스대고 있었다. 나는 강을 내려다보았고, 요즈음은
너무나 외로워 보이는 자유의 여신상을 바라보았고, 그러다
가 러셀을 바라보며 물었다. **러셀은 살아남았을까요? 모든
것이 이미 이렇게 잘못되었는데, 당신이라면 이다음에 일어
난 일에서도 살아남았을까요?**

그 뒤에 나는 비명을 지르려고 마스크를 내렸지만, 아무
소리도 나오지 않았다.

4장

원숭이들은 우리를 그리워할까?

(우울)

천장이 내려앉기 시작한 지 오래되었다. 물과 담배가 양편에서 천장을 오염시켰다. 석면이 기다란 자국을 남기며 흘려내려, 혜성이 없던 자리에 혜성들이 생겨났다. 그러나 자세히 보면, 그랜드센트럴 천장에는 더 큰 문제가 있음을 분명 알 수 있을 거다. 하늘 전체가 반대로 뒤집혀 그려진 것이다. 서쪽이 동쪽이고 동쪽이 서쪽이다. 이 건물이 대중에게 공개된 직후인 1913년에 어느 터미널 이용객이 이 실수를 발견했다. 그 당시 시 당국에서는 이 천장화가 인간이 고개를 들 때가 아니라 신이 아래를 굽어볼 때 보이는 광경을 모사한 것이라는 입장을 내놓았다. 하지만 소용 없었다. 그러다가 1997년, 수선을 거친 천장이 애초의 청록빛을 되찾고, 때를 깨끗이 청소하고, 별자리도 반짝이게 되자, 인간들이 신을 올려다보는 것인지 아니면 신이 인간들을 굽어보는 것인지 그 누구도 신경 쓰지 않게 되었다.

또는, 신이 인간들을 굽어보기는 하는가에 대해서도.

뉴욕 시내에서 내가 어린 시절을 보낸 화이트플레인스의 그랜드센트럴역까지는 열차로 30분 걸린다. 그러니까 리모델링 이전의 이 건물에 수도 없이 드나들었으리라는 뜻이다. 하지만 그때의 기억은 전혀 없다. 기억나는 것 같다고 생각할 때마다, 내가 상상하는 광경은 〈북북서로 진로를 돌려라〉 속에서 도망치는 캐리 그랜트, 아니면 군중들이 왈츠를 추게 만드는 〈피셔 킹〉 속 로빈 윌리엄스라는 것을 알아차린다. 그랜드센트럴은 북부 교외에서 자란 우리들이 이 도시에 태어난 방식이고, 탄생과 마찬가지로, 나는 그 장소에 대한 그 어떤 기억도 없다. 내가 기억하는 건 도시 그 자체다. 그라피티. 포트홀. 빵집에서 술술 피어오르는 마지팬 냄새. 아버지가 어린 시절을 보낸 브라이턴 해변으로 가는 50센트짜리 여행. **이 바닷물에서 해마를 잡곤 했단다!** 록펠러센터에서 키티 두카키스[*]는 소독용 알코올을 마셨으니 알코올중독자라고 고함지르던 노숙인. 오랫동안 나는 소독용 알코올을 마시지 **않는 한** 알코올중독자가 아니라고 생각했다.

그랜드센트럴이 기억 속에 들어온 건 20대가 되어서였다. 스물한 살: 집으로 가는 막차를 타려고, 해머스타인 볼룸에

---

[*] 미국의 활동가이자 작가. 남편이자 매사추세츠 주지사를 역임한 마이클 두카키스가 1988년 미국 대선에서 조지 H.W. 부시에게 패한 뒤로 극심한 우울증과 알코올의존증을 겪었다.

서부터 전속력으로 뛰어 우리 집으로 가는 열차가 들어오는 철로를 향해 몸을 던지던 것. 스물두 살: 캐널진스 탈의실에서 차표를 잃어버리는 바람에 열차 안에서 더 비싼 푯값을 지불해야 했던 것(그건 내 고향에서는 넝마주이나 저지르는 비극적인 일이었다). 스물세 살: 어느 바텐더가 내 옷을 꺼림칙한 방식으로 칭찬한 바람에 얼굴을 붉히고는 집으로 가는 내내 인간 부리토처럼 코트로 은몸을 꽁꽁 감쌌던 일.

중앙홀 안 안내 부스에는 자주 언급되지는 않지만 뉴욕의 삶에 뺄 수 없는 요소를 아직까지도 만날 수 있었다. 종이에 인쇄된 열차 시간표다. 화이트플레인스는 파란색 노선인 할렘 라인에 있다. 미국의 값비싼 동네들로 곧바로 이어지는 노선이지만, 나는 늘 그 노선이 평범한 사람들의 푸른색, 관공서의 푸른색, 도서관 카드에서 볼 수 있는 그런 푸른색을 띠고 있다고 생각했다. 내가 알기로 초록색 노선인 허드슨 라인은 승객들을 비앤드비B&B에 곧바로 떨궈준다. 이 노선은 멀리 떠나고 싶은 이들을 위한 것이다. 빨간색 노선인 뉴헤이븐 라인은? 그곳보다는 리오로 도망칠 때 내 마음이 더 편할 것 같다. 코네티컷 교외에도 택시가 있나? 버스는? 간판은? 눈 맞춤은? 이 노선은 뮤추얼펀드의, 독 사과의 붉은색을 띠고 있다.

그러나 가난한 이든 부자든, 재능 있는 이든 재능 없는 이든, 이 모든 사람이 나와 같은 수단으로 뉴욕에 입성했다.

어쩌면 오래전부터 뉴욕에 사는 것을 꿈꿨을지도 모른다. 아니면 외부인에게는 너무나 어려울 수 있는 그 선택이 그들에게는 가장 쉬웠을지도 모른다. 뉴욕에 입성한 뒤, 우리는 우리한테 진짜 이야기가 없다는 것을, 아주 먼 곳에서 온 사람들, 자신들의 뿌리를 무언가 심오한 일에 활용하는 이들과는 달리 각자의 텅 빈 공간을 무한정 스쳐 지나갈 수밖에 없다는 사실을 단단히 이해한 채 구슬처럼 흩어진다. 그러나 교외의 언어는 **존재한다**. 우리 중 투지라거나 광채로 잘 알려진 고장 출신은 아무도 없으므로, 이 언어는 쉽게 희미해진다. 마치 무언가를 빌리기라도 하는 것처럼 뉴욕의 코트 뒷자락을 붙잡고 매달리면서, 우리 역시 그 언어를 잠재운다. 우리는 그 무엇도 빌리고 있지 않다. 우리의 이야기는 우리가 무엇을 보는가에 따라 정해진다는 점에서, 우리는 센트럴파크의 말들과 비슷하다.

그러니까 뉴욕의 주인은 누구인가? 뉴욕이 다칠 때, 누가 가장 깊은 상처를 받는가? 비극이 닥치면, 폭발한 맨홀 뚜껑과 자신의 집 거리는 이야기할 때마다 점점 줄어들고, 그러면서 교묘한 경쟁이 절로 펼쳐진다. 만약 뉴욕이 죽어서 천국에 간다면, 어쩌면 그때는 절반은 토박이고 절반은 여행자로, 뉴욕의 품에 안긴 기분과 퇴짜맞은 기분을 둘 다 느껴본, 이곳의 진짜 모습과 욕망을 아는 우리야말로 이 도시의 기본 상태와 욕망을 알고, 이곳을 가장 선명하게 본 사람들임이 밝혀질지도 모르지. 그러나 그런 일이 일어날 것 같지는 않다.

2001년 9월. 다운타운 9번 열차. 철로 위 장애물. 지하철이 흔들리더니, 내가 처음 경험하고 이후로도 경험한 적 없는 후진을 해서 타임스스퀘어에 우리를 내려주었다. 대학을 같이 다녔던 어떤 여자애가 세계무역센터에서 기간제로 일하고 있었다. 그 애는 그날 아침 눈을 뜬 뒤 출근하지 않고 시디플레이어로 음악을 들으며 선트럴파크에 앉아 있기로 마음먹고 정오쯤 나섰다. 때로 나는 그 애가 슬쩍 챙긴, 새로운 세계를 향하는 여분의 시간을 생각한다. 2003년 8월. 도시가 정전됐다. 컴퓨터 모니터가 까맣게 죽어버렸고 우리는 무릎이 아플 때까지 기나긴 계단을 내려갔다. 그날 밤, 남편이 세계무역센터 북北타워 104층에 있었던 내 이웃은 손전등을 켜고 하는 저녁 식사 모임을 열었다. 이유는 모르겠지만 죽은 남편의 부모가 캐나다 다큐멘터리 제작진에게 내 이웃이 상실의 경험에 대해 인터뷰할 수 있게 허락했었다. 이웃은 창문을 열고는 그 사람들이 떠날 때까지 꺼지라고 고함을 질렀다. 그 뒤에는 촛불도 조인트*에 불을 붙이더니 말했다. "링컨터널에 갇혀버리라지." 2012년 10월. 창문을 테이프로 막고, 에어컨에서는 휙휙 소리가 나고, 남자친구는 캘리포니아에 있었다. 전화 끊어야겠어, 라고 나는 말

* 궐련 형태로 만 마리화나.

했다. 너 때문에 그러는 게 아니야. 문득, 끔찍한 소리. 기준치를 충족하지 못한 근처 건물이 철거되며 전면부 외벽 전체가 돌무더기로 무너져 내렸다. 외벽이 무너지는 건, 알고 보니 미치도록 시끄러운 일이었다. 남자친구는 집에서 나가는 게 어떠냐고 말한다. 나는 코르크 따개를 찾아 주변을 손으로 더듬는다.

"대체 갈 데가 어디 있어?"

2020년 4월. 손가락을 딱 튕기기라도 한 것처럼, 고요해졌다. 미래에 이 일을 교과과정에 집어넣을지는 영리한 중학교 교사들에게 달려 있으리라. 우리는 어린 시절에 이 일의 한 버전을 겪었다. **18세기 뉴욕에서 가장 처음 알 수 있는 특징은 냄새다.** 팬데믹 시기 뉴욕에서 가장 처음 느껴지는 특징은 이미 천 명쯤 되는 작가들이 서술했고 앞으로도 천 명은 더 서술할 테지만 그 누구도 온전히 담아내지 못할 정지다. 물론 더는 그것을 쓰고 싶지 않을 테지만. 다시금 소음이 돌아왔을 때, 그 누구도 시끄럽다고 생각하지 않았다. 소음이야말로 제정신이다. 이따금 앰뷸런스의 요란한 사이렌 소리가 끼어들던 침묵. 9·11에는 간호사들이 세인트빈센트 병원 앞에 줄지어 선 채 고개를 푹 숙이고 오지 않은 부상자들을 기다렸다. 그러나 부상자들은 도착했다. 그저 늦었을 뿐이다.

우리는 그토록 많은 것들을 너무 빠르게 잊어버렸다. 그

플롯을 정말 잊었다. 몇 주 사이, 전 세계 사람들의 상상 속에서는 볼썽사나울 정도로 자유의 본보기이던 뉴욕은 화이트칼라의 감옥이 되었다. 그 언제라도, 그토록 잘못된 무언가가 있었나? 아니다. 모든 것이 순전한 재난이었나? 그렇다. 우리는 참치, 술, 마늘, 파, 렌틸콩, 얼려둘 베이글, 데친 채소, 세모꼴 파르메산치즈 덩어리를 사러 갔다. 유칼립투스차. 폐 기능에 도움이 될 것들. 약용 아연사탕. 목구멍이 세균 배양 접시가 되지 않게 막아주는. 산소농도계. 쓸 일이 없길 바랄 뿐. 손으로 돌려서 전원을 켜는 라디오. 좀비가 나타날 수도 있으므로. 어떤 사람들은 화장실 휴지를 대용량으로 사다 날랐다. 아마 각자가 원하는 질병을 위한 대비를 하는 거겠지. 수많은 사람들이 콜레라를 대비했던 모양이다.

나 같은 프리랜서들은 이미 재택근무를 하느라 상류사회로의 진입이 막혔기에 봉쇄 조치라는 임박한 시험에 특별히 잘 맞을 거라고들 했다. 그 작가는 **맨해튼에 살면서 자신의 시간을 주방과 거실로 분배한다.** 맞다, 우리는 자기 구조self-structure가 낯설지 않다. 그러나 그건 우리가 감당할 수 있는 불확실성이 어느 정도인지를 우리가 정확히 안다는 뜻이고, 우리는 이미 우리가 감당할 수 있는 최대치에 이르렀다. 우리는, 우리 중 단 한 명도 예외 없이, 제임스 조이스의 「죽은 사람들」 마지막 단락에 들어가 있다. 우리 자신을 위한, 서로를 위한, 우리의 도시를 위한 애도는 눈처럼, '어둑한 중앙

평원의 구석구석에, 나무 하나 없는 언덕에 내려앉고, 부드럽게 보그 오브 앨런* 위로 내려앉고, 어둑하고 반항적인 섀넌의 파도 위로 부드러이 내려앉았다. 마이클 퓨리**가 묻힌 언덕의 외로운 교회 묘지 구석구석에도 내려앉았다.'

러셀이 나의 마이클 퓨리였다.

죽은 자가 한 명 있다. 이제 나머지가 따른다.

3월에 나는 12일 동안 줄곧 침대에 누워 하늘이 서서히 밝아지며 부드럽게, 그러나 불가피하게 새날을 여는 모습을 바라보았다. 이런 불면증은 익숙했다. 애도를 품고 살아가는 이들은 애도로 인한 특수한 불면을 안다. 좀처럼 타협해주지 않으며, 따뜻한 우유나 안정제로도 끄떡하지 않는 것. 통상적인 불면증은 자신도 나처럼 이곳에 있고 싶지 않기라도 한 것처럼 미안해하는 느낌이다. 마치 불면증 역시 나의 내일이 중요한 걸 알지만 어쩔 수가 없다는 것처럼 말이다. 애도의 불면증에는 입이 달렸다. 시간이 모든 상처를 치유해주는 건 아니야. 시간은 그 어떤 상처도 치유하지 못해. 누가 그럴 거라고 장담하던? 돈을 돌려달라고 해. 시간은 오로지 상처를 한쪽으로 치워둘 뿐이다. 평범한 삶이 끈질기

* Bog of Allen. 아일랜드 중부에 위치한 광대한 이탄습지 지대.
** 「죽은 사람들」의 등장인물로, 이미 죽은 존재이지만 기억 속에서 되살아나며 삶과 죽음의 경계를 상징한다.

게 찾아와 상실을 몰아내버린다. 보통은 좋은 일이다. 치유의 큰 부분은 그 사고로 모든 조직이 훼손된 것이 아니라는 깨달음이니까. 그러나 때로는, 평범한 삶 같은 건 존재하지 않는다. 때로는, 삶이 더 많은 상실로 상실을 몰아낸다.

공포에 대한 우리의 집단적 갈증은 영영 채워지지 않았고, 그렇다고 재난을 기대하는 기분을 느낀 건 아니었다. 오히려 출석을 확인하는 기분에 가까웠다. 택시 운전사는? 비가 한 방울만 떨어져도 우산부터 펼치는 사람들은? 극장은? 원 우먼one-woman 관객 같은 건 존재하지 않는다. 동물원은? 원숭이들은 우리를 그리워할까? 알다시피, 동물들은 그런 것들을 감지한다. 내 뇌는 자꾸만 마음을 불편하게 하는 그림을 보여주는 기묘한 어린아이 같았다. **어떻게 하면 더 수월해지는지 알아? 휴대폰을 봐. 그러고 싶잖아.** 작가이자 신학자 토머스 머턴이 썼듯, '고통을 피하고자 애쓰면 애쓸수록 고통은 커진다. 아픔을 향한 두려움의 크기에 비례해 더 작고 사소한 것들에 시달리기 때문이다. 결국 고통을 피하려 가장 애쓰는 사람이 가장 많이 고통받는 사람이다.' 그래서 나는 휴대폰을 확인했다.

이론적으로라면 나는 잃어버린 것들이라는 판타스마고리아*를 마주할 채비를 마쳤어야 마땅했다. 잃어버린 사물들.

---

* Phantasmagoria. 환영이나 유령, 기괴한 이미지들이 연속적으로 펼쳐지는 장면.

잃어버린 사람들. 잃어버린 세계들. 모두 사라진다. 때로는 뜯겨 나간다. 그러나 적어도 맨 처음에는, 그 무엇도 실제로 사라진 것은 아니라는 것이 핵심이다. 아직은. 누군가는 도둑맞은 도시를 보고하는 모습을 상상한다. **선생님, 무언가가 행방불명으로 판명되면 알려주시지요.**

　러셀이 죽은 뒤 몇 달간 상실에 미리 대비한다는 것이 얼마나 **호사스러운** 일인가 하는 백일몽을 꾸며 엄청난 시간을 보냈다. 알고 보니 미리 대비한 비전은 그렇게 근사한 것이 아니었다. 아마 그것이야말로 불안을 가장 재미없게 정의한 것이리라. 아직 사라지지 않은 것에 대한 애도. 불안은 영원한 애도 단계이자, 더 악명 높은 다른 단계들의 발뒤꿈치에 매달린 그림자다. 그 어떤 가족사진이라 해도 자세히 들여다보면 그것이 보일 것이다. 그러나 보이지 않는 위협을 달리 어떻게 감당할 수 있나? 1980년대 미국 아동들은 '무無'라는 사악한 힘이 등장하는 영화 〈네버엔딩 스토리〉를 보면서 이 존재론적 딜레마를 접했다. '무'는 판타지아를 향해 천둥처럼 밀려와 이 세계에 담긴 이야기를 모조리 흡수해 무너뜨린다. 마찬가지로, 의학적 등급의 불안이 일으킨 구름이 도시 위를 뒤덮어 우울한 감정이입을 자아냈다. 뉴욕이라는 곳이 흔히 겪지 않는 상태다. 이곳에서는 타인이 무슨 생각을 하는지 도저히 알 수 없어야 마땅하니까.

사랑하는 사람이, 자신의 의견을 내세우곤 하던 사람이, 전 지구적 재난이 일어나기 전 죽어버린 건 참 이상한 일이다. 노라 에프론이 도널드 트럼프가 대선 후보로 출마한다고 발표하기 3년 전에 사망했다는 사실을 나는 아직도 생각한다. 죽은 사람이 그 소식을 듣지 못해 다행이라 안도하는 동시에, 그 사람의 반응을 보지 못한다는 사실이 답답해지기도 한다. 그 소식을 전해주는 사람이 되는 상상에 빠지기도 한다. **절대 못 믿을 일이 일어났어요.** 이 시절을 러셀이 어떻게 받아들였을지, 우리가 어떤 이야기를 나누었을지 알 수 없다. 얼마나 자주 이야기했을지도. 20년간 단 2주도 연속으로 머무른 적 없는 코네티컷의 집에 틀어박히는 건 러셀에게 힘든 도전이었을 것이다. 또, 그는 자기 파트너를 본받는 경향이 있어서 스트레스를 받으면 잠적하고는 했다. 직업이 홍보 담당자인 것치고는 전화를 그리 좋아하지 않는 사람이었다.

그럼에도 나는 그 낡디낡은 질문을 던져볼 수는 있었으리라. 러셀은 어떻게 했을까? 벼룩시장은 무기한 휴업에 들어갈 것이다. 주말이면 러셀은 물고기 밥이 담긴 양동이를 들고 이쪽으로 고개를 기울인 개들에게서 멀리 떨어진 연못으로 걸어 들어갔을 것이다. 그 다음에는 밥을 쏟아 붓자 번쩍번쩍 빛을 내며 이리저리 뒤집어대는 빛나는 물고기들의 몸을 볼 것이다. 밤이면 아마 옛날 영화라든지 〈판사 주디〉를 보았을 테고, 아침이면 연못가에서 책을 읽었을 것이다. 슈퍼마켓에 갔던 파트너가 집에 돌아오면 그는 여전히 그 자리에 있었을 것이다.

"확실한 건, 다들 똑바로 행동하는 법을 모른다는 거야." 그의 파트너는 이렇게 말했을지도 모른다.

그러면 러셀은 읽던 책에서 고개조차 들지 않고 대답했을 것이다. "원래 그런 적 없었잖아."

그리고 그는 사진을 찍었을 것이다. **엄청나게** 많은 사진을. 러셀은 정원 사진을 끊임없이 찍어 올렸기에, 나 역시 그라면 했을 법한 행동을 했다. 가지에 벚꽃이 묵직하게 피어난 워싱턴스퀘어파크의 나무들 사진을 올리는 것. 아니면 우리 집이 있는 블록에서 하품을 하듯 피어나는 튤립 사진(봄은 우리 모두를 조롱했다. 마스크를 뚫고 라일락 향기가 들어왔으므로). 시카고에 사는 어느 지인이 '집 안으로 들어가요!' 하고 잔소리하자 나는 '마당에서 시간 보내는 건 내 자유야, 쌍년아'라고 썼다가 지웠다. 일주일 뒤, 톰킨스스퀘어파크 앞에서 미스터 소프티 아이스크림 직원이 내 몫의 아이스크림콘에 스프링클을 뿌려주는 영상을 올리자 그 지인은 이렇게 댓글을 달았다. '저 남자 마스크 올려야 하지 않아요?'

뉴욕이 아닌 곳에 사는 사람의 의견을 들을 만한 가치가 있을까? 코비드 이전에 이 질문은 이 도시가 여전히 빙빙 도는 지구의 중심이라고 여기는 미친 뉴욕 사람들의 좁은 시야를 보여주는 것이었다. 심지어 그들조차 진지하게 던지는 질문이 아니었다. 그러나 지금은 진짜로 생각해볼 문제가 되었다. 최근 내게 빈발했던 상실에서 배운 점이 있다면, 다른 사람들이 같은 트라우마를 경험했다고 해서 그 사람들과 이 이야기를 나누어야 한다는 뜻이 아니라는 것이다. 그 지인이 보고 싶은 도시 생활의 사진 기록은 대체 무엇이었을까? 우리 블록에는 한때 월마트 트럭이던 배달 트럭이 주차해 있었다. 밤이면 가로등 불빛으로 예전에 로고가 붙어 있던 자리를 알아볼 수 있었다. 그 트럭에는 시신이 가득 들어 있었다. 우리가 하나의 재난적인 음조에 무너지기를 바라는 사람들에게 얼마만큼 커다란 비극을 제공해야 하나?

아니, 우리가 늘 우울한 것만은 아니었다. 때로는 술에 취했다. 우리의 그물에서 기쁨이 뛰놀도록 내버려두는 때도 있었다. 나는 길 하나를 가운데 두고 마주 보는 광고판 사이를 지나갔다. 하나는 은행 앱 광고로 '아무 데도 가지 않을 수 있도록'이라는 문구였다. 다른 하나는 치약 광고로 '여기저기 흩뿌리세요'. 우리 집에서 일곱 층 위에 사는 친구에게서 담배를 얻어 피운 적도 있었다. 그는 알루미늄포일에 라이터 하나와 담배 한 개비를 싸서 열쇠를 던지듯이 창밖으로 던졌다. 흡연자이던 또 다른 친구의 생일에, 나는 그 친구가 피우는 브랜드의 담배를 사서는 새 갑에서 한 개비를 빼고 그 자리에 초를 집어넣었다. 함께 걸으면서 나는 초에 불을 붙이고 우리 둘 사이에 내미는 기묘하게 로맨틱한 동작을 취했다. 친구는 마스크를 내리고 소원을 빈 뒤 내 얼굴을 향해 입김을 불어 촛불을 껐다.

웃긴다니까?

심지어 그런 사진을 찍고 싶다고 한들, 혼자 죽는 일, 또는 죽음 자체에 대한 공포를 담아낸 사진을 찍기는 쉽지 않다. 결말이 없는 디스토피아에 필터를 들이대는 건 어렵다. 가장 친한 친구가 정말로 죽어버렸다는 깨달음, 굉장히 불편한 시기에 도착한 애도의 단계를 사진으로 남기는 건 더더욱 어렵다.

밤이면 내 심장에 뚫린 구멍은 날이 밝을 때까지 바람이 함부로 통과하는 터널 같았다. 밤이 깊어지면 나는 천장을 바라보며 러셀의 모습들을 떠올렸고, 그의 기억과 뉴욕의 기억을 뒤섞어 떠올리며 웃음을 터뜨렸다. 우리가 지하철에서 우연히 앤서니 위너*를 만났을 때. 러셀은 그에게 항의하는 의미로 발을 쾅쾅 구르며 열차에서 내렸지만, 하필이면 문에 가방이 끼는 바람에 앤서니 위너가 밀어서 빼주었다. 리키스의 계산원이 러셀이 우리 아빠냐고 물었을 때. 러시안 사모바르에서 열린 내 송별회 날, 러셀이 자기가 우는

---

* 1999~2011년 뉴욕주 하원의원.

건 겨자무가 들어간 보드카 때문이라고 우겼던 것. 인도 영사관에서 열린 파티에 갔을 때 러셀이 실수로 화장실에 갇힌 것. 내 마흔 살 생일날 저녁 모임에서 러셀이 처음으로 환각버섯을 먹고 친구 집 테이블보로 온몸을 감싼 다음 그대로 집 밖으로 나가버린 것. 시상식 만찬에 갔을 때, 만약 특정한 화제의 대화가 시작되면 나를 그 자리에서 빼내달라고 내가 러셀에게 부탁했던 것. 실제로 그런 대화가 시작되자, 러셀이 저쪽에서 나를 향해 다가오더니 이렇게 말했다. "끼어들어서 죄송한데요, 제가 여기로 와서 이 친구를 데려가야 하는 묘한 핑곗거리를 지어내야 하거든요. 이 친구 내일 미용 수술이 있어서 아침 일찍 일어나야 합니다. 이 나이에도 부끄러울 일은 아니죠—술을 마시면 안 되지 않아?"

그렇게 하룻밤 치의 기억을 다 떠올리고 나면, 나는 침묵 속에 가만히 누워서 이 침묵을 붙잡아다가 나와 러셀이 공원 옆길을 따라 집까지 걸어오면서 서로 더 이야기하려고 경쟁하다시피 하던 그때로 가져다줄 수 있다면 얼마나 좋을까 생각했다. 그러면 이 침묵을 어떤 말들이 채울 수 있었을까?

조앤 디디온은 『상실』에서 이렇게 썼다. '나한테서 단 한 사람이 사라졌는데, 온 세상이 텅 비어버렸다.'

온 세상이 텅 비었는데, 나한테서 한 사람이 사라졌다, 이 말 역시 사실이다.

더는 러셀의 존재가 느껴지지 않고, 더는 건물 계단에 앉아 그에게 말 걸지 않는다. 우리가 마지막 저녁 식사를 함께한 식당은 문을 닫았고 창문은 안쪽에서 신문지로 막아두었다. 그러나 나는 그가 이 동네를 떠난 걸 감지했다. 세포막이 굳어져서 어디를 누르면 되는지 안다 해도 더는 의미가 없어졌다. 나는 너무나 오랫동안 단 한 사람의 관객을 위해서만 나의 이야기를 만들어왔다. 러셀이 내 리트머스 시험지였다. 이 이야기를 듣고 러셀이 재미있어 할까? 아니면 한심하다고 생각할까? 그가 없던 시절, 그를 모르던 시절, 나는 그 어떤 글도 발표한 적이 없었다. 격리 기간이 온 힘을 다해 모두의 단기 기억을 지워버리려 애쓰고 있었지만 (오늘이 수요일이 맞는지 증명해봐), 내 목격자가 되어줄 러셀이 없는 지금 나는 격리가 내 장기기억에까지 마수를 뻗친다는 사실을 느낄 수 있었다. 내 이야기는 '무엇'이었나? 나는 사실들을 찾아 머릿속을 뒤지다가 나온 것들을 보고 인상을 찌푸렸다. 여성. 유대인. 피칸 알레르기. 자잘한 사실들의 집합. 그걸로 한 사람을 이룰 수 있나?

팬데믹 직전, 옛 직장 동료가 러셀의 책상에서 찾았다며 봉투 하나를 보내왔다. 내가 수년간 호텔에 비치된 편지지에 써 보냈던 편지들이었다. 어떤 것들은 고급이었고 어떤 것은 접착제가 아까운 품질이었다. 나는 북투어 도중 야심한 밤에 온갖 호텔의 프론트데스크에 그 편지들을 맡겨두고는 했는데, 그 편지들에는 생명력이 있었다. 지금보다 더 확고하게 느끼는 사람이, 말 그대로, 훨씬 확고한 사람에게 쓴 편지. 메리어트호텔 주차장 사진을 상세하게 그린 스케치에 그저 '오늘 진짜 그 옷을 입겠다그요?'라고만 적힌 편지들. 이제 그 편지들은 내가 결코 떠나지 않는 아파트의 내 책상 서랍 안에서 살아간다.

나는 그를 잃고 있었지만, 여전히 그에게서 떠나갈 수 없었다.

팬데믹이 고조되면서, 우리는 가장 괴로워하는 사람이 되는 경쟁을 하지 않으려 애썼다. 알고 보니 에고는 우울의 동반질환이었다. 우리는 숙연함을 지키려고, 다른 이야기들의 역장 속에서 우리 개인의 이야기들이 이리저리 튀게 하지 않으려고 애썼다. 그거야말로 MTA*가 평생에 걸쳐 우리를 훈련시켜온, 우리에게 주어진 집단적 시험 아니었나? 우리는 뉴욕식으로 강하다. 우리는 뉴욕식으로 터프하다.

하지만 그렇다면 약한 건 누구란 말인가? 피츠버그?

우리는 계속 몸을 움직이면서 아무도 없는 다리를 건너는 동안 바람으로부터 침례받는 기분을 느끼고, 호텔 내부를, 공짜 세면용품들이 수장된 카트를 상상했다. 러셀은 샴푸

* Metropolitan Transportation Authority. 뉴욕을 중심으로 한 대중교통 시스템.

를 사지 않고 얼마나 버틸 수 있는지를 알아보는 장기적인 검약 프로젝트를 했었다. 코네티컷 집의 욕실에는 귀여운 샴 푸 병들이 몇 바구니씩 끝도 없이 쌓여 있었다. 지금쯤이면 그가 그저 칼라일호텔의 세면용품을 챙기려고 뉴욕에 몰래 잠입했을 수도 있었겠다. 하지만 그가 공원 벤치에 앉았을 까? 우리 중에는 벤치에 앉지 않는 사람도 있다. **벤치** 때문 에 죽기도 하나? 뉴욕이라는 도시의 예측 불가능함을 감당 못 하는 그 누구보다 우월한 기분으로 평생을 살아온 우리 는 이제 이곳에서 가장 조심스러운 사람만큼 불편하다.

나는 수영하는 사람들이 수영장 벽을 발로 차며 나아가 는 것처럼 이곳저곳을 돌아다녔다. 때로는 가야 한다는 생 각만으로도 지쳐버렸다. 트라이베카에 있는 어느 놀이터는 일부러 지나가지 않는데, 시소에 스텐실로 새겨져 있는 'S. S. 편'이라는 문구가 너무 과하다고 느껴서였다. 어쩌면 이 도시는 특정한 나이를 지난 뒤에는 사진도 찍지 않던 베티 페이지와 같았는지도 모르겠다. 존중의 의미로 시선을 피해 야만 하는. 어느 날 저녁, 동네를 걷는데 어떤 여자가 맨발 로 고함을 지르며 나를 따라왔다. "저기요! 저기요! 저를 그 냥 보통 사람처럼 대해주면 안 되나요?" 내가 그 여자를 무 시할수록, 그 여자는 더 크게 고함질렀다. "그냥 보통 사람 처럼 대해주면 안 되냐고요?! 보통 사람한테 할 법한 그런 태도로 말이에요?!" 대로변에 도달했을 때, 나는 몸을 돌려

소리쳤다. "지금 그러고 있잖아요!"

온 세상이 낯선 형태를 띠었다. 빛의 도시의 모든 빛이 꺼졌고, 신 시티는 게임오버였다 그럼에도 우리는 감시받고 있었다. 어쩌면 그건 이 세기의 전반부 내내, 세계의 나머지 부분이 우리를 지켜보게 강요해서인지도 모르겠다. 사람들은 다들 디스토피아 영화를 본 적 있다. 우선, 뉴욕 사람들이 맨해튼 밖으로 벗어나지 못한다. 다음으로, 그들은 라디오시티 뮤직홀에 침입해서 무대 위에서 섹스한다. 그다음에는 서로를 잡아먹는다. 그러니까, 제발 그렇게 하라고. 우리는 외부인들이 탈출할 수 없는 어려움 속에서 폐쇄된 격리 상태로 살아가는 것이 얼마나 힘든지 알리고 싶었다. 여태까지 뉴욕 생활의 기적 같은 점은 생존이 아닌 경험, 개인의 이야기가 모여 집단의 이야기가 되는 것이었다. 우리는 타인들이 우리의 본질이 이렇게 훼손된 걸 보면서 충격받기를, 자전거도로에 불쑥불쑥 자리 잡은 텐트들을, 영화 〈바닐라 스카이〉에 등장할 법한 수준으로 텅 빈 타임스스퀘어를, 심장박동처럼 (또는 SOS 신호처럼) 빨간 빛을 깜빡이는 엠파이어스테이트 빌딩을 보면서 안절부절못하기를 **원하는** 동시에 **안 돼!** 오로지 **우리만** 두려워할 자격이 있다고 전보 치고 싶었다. 무사한 날씨 속에 사는 친구들이여, 뉴욕은 '끝장난' 게 아니다. 다른 사람들의 텔레비전 속에나 들어가서 드라마퀸 노릇을 해라. 그만 쳐다봐라. 꽃이나 보내라.

적어도 나는 우울이 내 옆에 몸을 웅크리고 잠들게 내버려두도록 허락할 수 있는 자격은 받았다. 상실과 협상하느라 너무 노력한 나머지, 건강 지도사들이라면 '적극적 회복'이라고 부를 만한 것을 위해 이용한다고 다들 이해해줄 시간이 있었다. 적어도 나는 이제 도시의 분위기와 엇나간다는 기분이 들지 않았다. 그렇다, 모두가 내 수준까지 떨어진 것이다. 모두가 경멸의 눈으로 샤워기 헤드를 쳐다본다. 러셀이 홍보를 담당했던 케이 레드필드 재미슨의 명저 『자살의 이해』에는 이런 구절이 나온다. '깊은 우울이 주는 두려움과 대체로 이에 따라오는 절망감은 경험해보지 못한 사람들로서는 상상하기 힘들다. 절망은 개인적인 것이며 명확하고 설득력 있게 설명하기 어렵기 때문이다.' 우울은 언제나 그려내기 힘들게 될 것이다. 비통할 정도로 줄거리가 없으므로. 윌리엄 스타이런*의 표현을 빌리자면 '암울한 폭풍', 그러나 집단적 우울을 발생시키는 사건은 이 진실보다 우위에 있다.

우리는 맨해튼에서 피가 빠져나가는 걸 특별석에서 지켜보았다. 재나두Xanadu의 남아 있는 벽은 우리의 뒷마당에 있었다. 사람 없는 스트로베리필드, UN 본부 앞에 이중 주차된 경찰차들의 열(테러리스트가 공격하기 알맞은 때였나?),

---

* 풀리처상을 받은 미국 소설가로 우울증 경험을 담은 『보이는 어둠』을 썼다.

철창 사이로 새어 나오는 지하철 안내방송. 지하철역 자체도 가짜처럼, 동네의 모형처럼 보이기 시작했다. 처음으로, 맨해튼이 섬이라는 생각이 들었다. 언제나 알고 있었는데도. 이곳의 지정학적 위상은 비밀이 아니었다. 내가 어떻게 여기에 왔겠는가? 그러나 이 섬의 가장자리를 걷다보면 물속에 뛰어들어 헤엄쳐 떠나버릴 수 없다는 사실이 날카로운 안도감으로 다가왔다. 유명한 건물들은 거의 유기체처럼 보였다. 아무것도 없는 섬에 있는 큰 바위가 크라이슬러빌딩 같은 위엄을 가지는 것처럼, 이 건물들은 땅에서 불쑥 솟아나와 있을 뿐 아무런 기능도 하지 못했다. 누군가가 크라이슬러빌딩을 **세웠다**. 뉴욕의 스카이라인을 장식하는 발레리나이자, 우리의 좋은 취향을 보여주는 증거. 얼마나 미친 짓인가. 누군가 이 빌딩을 설계하고, 자재를 모으고, 이 빌딩을 이곳에 만들겠다고 결정했다는 사실이. 사람들이 이곳에 들어가게 할 거라고 말이다. 이제는 대체 왜, 무엇을 위해라는 의문이 든다.

오래전, 나는 자각몽에 대한 글을 써야겠다는 생각에 사로잡혔다. 비록 나는 자각몽을 꾸지 못했지만, 누군가 악몽 속에 레모네이드 가판대를 나타나게 할 수 있다는 개념이 마음에 들었다. 내 제안서는 모두 거절당했다. 그러니까 '사람이 꿈을 꾼다'는 것은 매력적인 뉴스거리가 아니었던 모양이다. 그러나 어떤 관점에서 글을 쓸지 조사하는 동안, 나는 이 문제에 대한 세계 최고 전문가인 스탠퍼드대학교 교수에게 연락해 그의 조교에게 몇 가지 사전 질문을 던졌다. 기자들은 대부분 자각몽이 유사 과학이라고 생각했고, 이 조교는 나 같은 회의론자들의 전화를 받는 일에 이골이 나 있었다. 나는 결국 그 조교의 관문을 통과하지 못했다. 그러나 그 조교가 현실을 '깨어 있는 삶'이라고 아무렇지도 않게 표현했던 것을 영영 잊지는 못하리라. '의식'이라든지 '낮'이라든지 그저 '삶'이 아니라, 꿈과 동등한 하나의 상태라고. 나는 내 삶이 삶이라고 부를 만한 유일한 이유는 그 삶을 위해 깨어 있는 것뿐이던 봄의 첫 몇 주간 그 대화를 아주 많이 생각했다.

러셀과 나는 도시를 향한 충성의 제단에서 희생된 우리 출신지에 대한 애착이 따분하다는 데 생각이 같았다. 러셀은 이 도시를 찾아온 퀴어 난민 중 하나로서 뉴욕에 오면서 의도적으로 고향을 끊어냈다. 내가 고향을 끊어낸 것은 내가 교외의 아이로서 훈련받은 바가 뉴욕을 바라보기, 뉴욕을 꿈꾸기, 뉴욕에 의해 정의되고, 뉴욕보다 열등한 것으로 느끼기였기 때문이다. 풀이 과정이 다르더라도 답은 똑같았다. 뉴욕으로 오는 데 틀린 이유가 존재한다는 뜻은 아니지만 (비록 의문스러운 이탈 논쟁은 수없이 존재하지만) 리얼리티쇼의 용어로 말하자면? 러셀은 올바른 이유로 이곳에

왔다. 그는 카니발을 위해, 책 옆에 착착 모아둔 〈플레이빌〉을 위해 이곳에 왔다. 그것은 그가 죽기 전 몇 달간 그가 받아들인 문화적 수혜를 보여주는 표본이다. 두 번의 무용 공연, 네 편의 영화, 그리고 퍼블릭 시어터에서 본 뮤지컬 〈포기와 베스〉, 〈메릴리 위 롤 어롱〉, 〈라 트라비아타〉, 〈에인트 투 프라우드: 템테이션즈의 삶과 시대〉, 〈하이 버튼 슈즈〉, 〈하데스타운〉, 〈번 디스〉, 〈레이디 인 더 다크〉, 〈화이트노이즈〉, 카네기홀에서 열린 헨델의 〈메시아〉 공연, 그리고 시티 센터에의 〈콜 미 마담〉 ("상당히 좋았어, 에셀 머맨이 없었는데도.") 그는 20년간 일주일에 한 번 책 행사에 참석한 사람이다.

'우리는 살기 위해 스스로에게 이야기를 한다……' 디디온이 쓴 『화이트 앨범』의 숨 막힐 만큼 사랑받는 도입부는 이렇게 시작한다. 그다음은 이렇게 이어진다. '우리는 자살에서 설교를 찾아 헤맨다.' 만약 러셀에게 일어난 일에서 설교를 찾을 수 있다면, 그건 그가 살아가기 위해 이야기를 **들어야** 했다는 사실이다. 그는 픽션의 렌즈를 통해 자기 삶에 다가갔다. 그렇게 그는 세상을 악당과 피해자로 나누고, 가까운 이들을 진단하고, 스스로를 진단했다. 뉴욕에 사는 게 이 중 공연 애호가가 그가 최초는 아니지만, 그의 공연 중독은 그저 삶의 부록이 아니라, 많은 순간, 자기 이야기의 대체물이 되어주었다. 모든 것을 〈카르멘〉 아니면 〈토스카〉

의 틀에 넣고 해석하는 건 자기 안의 회색 지대를 인식한다는 고된 과업을 회피할 수단이 되어주었다. 더 정확히 말하자면, 그는 미술관에 전혀 흥미가 없었다. 인간성만 있고, 인간은 없으므로. 그는 그림들이 서로 섹스하기 시작할 때나 흥미로워했을 것이다.

한 번은 포트오소리티 버스터미널 근처의 허름한 바에 그를 데려간 적 있었다. 그곳에는 아주 조금 덜 허름한 바로 연결되는 비밀 통로가 있었다. 바닥에 떨어진 빈 코카인 병을 본 그가 내 손을 쥐더니 내 반지를 빙글 돌렸다. 나는 우스꽝스러운 짓 하지 말라고 했다.

"내가 뭐?" 그가 되물었다.

그러나 통로를 지나 두 번째 바에 도착한 순간 러셀의 얼굴에 화색이 돌았다. 그날은 '포효하는 20년대'의 밤이었으니까.

"여긴 꼭 〈더 스킨 오브 아워 티스〉* 같군!" 그가 외쳤다.

내가 처음 오페라를 본 건 스물여섯 살 때 러셀이 데려가준 〈라보엠〉이었다. 〈라보엠〉은 따라가기 쉬운 '애틋한 생존꾼' 설정이다. 네 명의 쪼들리는 예술가가 밀린 월세를 내지 못한 걸 회피하려고 집주인을 다른 동네로 보낸다. 그러나

---

* 〈The Skin of Our Teeth〉. 손턴 와일더의 희곡. 대재난 속에서도 인류가 간신히 살아남는 모습을 풍자적으로 그린다.

한 명은 남는다. 문득, 누군가 문을 두드린다. 아, 복도 끝에 사는 귀여운 재봉사가 초에 불을 붙일 라이터를 빌리러 왔군. 그렇게 그들의 불운한 로맨스가 시작된다. (재봉사가 폐결핵에 걸리고, 예술가는 재봉사를 버리고, 둘은 다시 만나지만, 결국 재봉사는 죽어버린다.)

공연 내내 나는 눈앞 패널에 뜨는 자막을 집착하듯이 보았다. 〈라보엠〉이 직설적일지 몰라도, 여기엔 부자가 키우는 앵무새를 위해 바이올린을 연주하는 인물이 등장한다. 이탈리아어 가사로 도저히 알 수 없었을 설정이다.

러셀은 자꾸 손으로 내 자리 패널을 가리면서 고개를 저었다.

"텔레비전은 집에서 보라고." 그가 속삭였다.

"텔레비전 보는 거 아니라고요. 글자 읽는 거예요." 나는 그의 손을 밀어냈다.

"글자는 집에 가서 읽으라고."

그러더니 그가 무대를 가리키며 〈소일런트 그린〉 흉내를 냈다.

"사람들! 여기 사람들이 있잖아!"*

---

* 대사 "Soylent Green is People!"을 패러디한 것. 미래 사회에서 사람들이 먹는 식량 '소일런트 그린'이 사실 사람의 시신으로 만들어졌다는 사실이 밝혀지는 장면의 대사다.

영화들은 인적 없는 뉴욕을 찬란하게 보여줄 정도로 멀리 간다. 메트로폴리탄미술관과 양키스타디움에 슬쩍 들어가보기도 한다. 한껏 만끽하라고, 신참. 네 미래는 밝아. 어떤 순간들은 이런 취지를 공유한다. 혼자만의 지하철이 마음에 드십니까? 귀하의 전차가 대기하고 있습니다. 가리는 것 하나 없이 모든 것을 환히 보는 기분이 어떠십니까? 그러면, 정지 표지판 위에 앉은 매를 향해 손을 흔들어 보시지요. 그러나 조금만 지나면 모든 것이 상해버린다. 러셀이 가장 좋아하는 인용문 중 하나는 "자전거를 타고 행복해하느니 롤스로이스 뒷좌석에 탄 채로 울겠어요"였는데 그는 그것이 엘리자베스 테일러의 말이라고 우겼다(실제로는 살해당한 마우리치오 구치의 전처 파트리치아 레지아니의 말이다). 그러나 이제 그 말은 어디에도 닿을 곳 없었다. 맨해튼에서 롤스로이스를 탄들 팔거나 거리에 앉아 있거나 온몸으로 경적을 누르는 것 말고는 무슨 할 일이 있겠는가?

인적 드문 뉴욕이 나를 **애지중지하는** 기분이 들지는 않았다. 내 삶이 딱딱하게 굳어 재가 되어버린 것 같은 위협적인 무기력을 느꼈을 뿐이다. 도시 또한 그렇게 느껴졌기에, 탈출구가 없었다. 상실을 다룬 프로이트의 기념비적인 저작 『애도와 멜랑콜리아』에는 이런 구절이 있다. '애도를 예상했을 때에 멜랑콜리아가 발생하면 우리는 그것을 병적인 것이라 본다. 그러나 우리는 애도를 병적이라 여기지 않는데, 어

느 정도 시간이 흐르면 극복할 것이라 기대하기 때문이다.'
팬데믹이 언제 끝날지 알 수 없고, 오로지 더 심해진다는 사
실만 알았기에, 우울은 극복할 대상으로도, 빠져나올 대상
으로도 여겨지지 않았다. 꼭 시지프 신화처럼 느껴졌다.

　이런 기분은 뉴욕의 복잡하게 얽힌 시각적이고 영화적인
역사와 조화되지 않았다. 배우들이 없어도 도시라는 배경은
그대로다. 우리에게는 〈워리어〉, 〈똑바로 살아라〉, 〈웨스트사
이드 스토리〉, 〈미드나잇 카우보이〉, 〈샤프트〉 같은 영화들
을 탄생시킨 확고한 배경이 전부 남아 있었다. 공중전화 부
스 속에는 마이클 J. 폭스가 어깨를 웅크리고 서 있고, 존스
스트리트에는 밥 딜런이, 리빙턴에는 비스티보이즈가, 스톤
월에는 낸 골딘이, 센트럴파크 바깥에는 제인 폰다와 도널
드 서덜랜드가, 미드타운에는 앨프리드 스티글리츠가 있고,
반짝이는 보석으로 치장한 오드리 헵번이 수치의 전당을 걸
고, 제이슨 알렉산더는 프로거 콘솔 게임기를 뚫고 길을 건
너고, 클로이 세비니는 어퍼이스트사이드에서 개에게 발길
질하고, 그리핀 던이 소호를 내달리고, 브롱크스에는 〈와일
드스타일〉이, 월스트리트에는 에디 머피가, 러브세이브스더
데이 클럽 앞에는 마돈나가 있으며, 앤디 워홀과 에디 세지
윅이 52번 스트리트의 맨홀을 박차고 나오고, 니들 파크에
는 알 파치노가, 세인트러지스 호텔 바깥에 알 파치노가, 미
네타스트리트에 알 파치노가, 튜더시티에 알 파치노가, "아

티카Attica!"라고 외치는 알 파치노가 있다. 이런 이야기들 속에서 우울하다는 것은 우리가 세상으로부터 숨는 것이 아니라 세상이 우리를 두고 떠난 것임을 잊지 못하게 해준다.

나는 잠자는 대신 새벽에 차 한 대 보이지 않는 5번 애비뉴 한가운데로 조깅하는 일들을 했다. 러셀의 추모식을 계획하면서 나는 한 시간 동안 5번 애비뉴를 통제하는 상상을 했다. **한 시간**. 모든 시간이 아니라. 차를 보았다 하더라도, 우리의 속도로 차를 가로막으며 느릿느릿 달리는 버릇에 익숙해졌다. 한편 차는 민첩하게 우리를 경계했다. 일종의 협의가 생긴 것이다. 우리가 이런 지독한 시절을 살면서 건널목에서 차에 치이려고 이런 지독한 시절을 견디는 건 아니지 않은가. 나는 나를 이곳까지 이르게 만든 상황을 잊기 위해 필요한 해리적인 흥분 상태에 다다르지 못한 채 돌아서서는 가게 유리에 비친 내 모습을 보고 킥킥 웃음을 터뜨린다. 이 유리에 다른 사람의 얼굴이 비치기까지는 얼마나 더 시간이 흘러야 할까? 귀에 난 구멍에 다시 귀걸이를 끼울 때 귀가 아파지려면 얼마나 더 시간이 흘러야 할까? 왜 나는 한 쪽 다리만 면도하지 않을까? 나에게 파트너는 없을지 몰라도, 무슨 작물이라도 심을 수는 있잖아.

때로 나는 외롭지만, 때로는 그저 혼자다. 사람들이 헤어진 뒤에는 이 두 가지를 구분한다. 마치 외로움이란 혼자 있는 데 실패했을 때 일어나는 일이기라도 한 것처럼. 내가 누군가와 헤어진 상태일 때 이런 상태는 명멸하듯 오갔다. 때로는 번쩍하는 고통의 형태로, 때로는 적어도 한쪽에게는 현명한 선택이 이루어졌음을 알고 만족한 채 앞으로 나아갈 때 느끼는 둔중한 감각으로. 그러나 이런 힘 불어넣기의 언어는 때에 맞지 않은 것처럼 느껴졌으며 과거에 대한 환상 때문에 혼란스러워졌다. 만약 도둑이 들었던 날 밤, 바닥에 난 지문 채취 분말을 닦아내는 걸 도와줄 누군가가 있었다면 어땠을까? 턱이 아플 정도로 러셀 때문에 울어댈 때 내 등에 누군가의 손이 얹혀 있었더라면 어땠을까? 만약 러셀이 죽지 않았더라면, 나는 코네티컷에서, 내가 문을 나설 때까지 내 방 앞을 서성이는 그의 발소리를 듣고 있었을지 모를 일이다.

불안이 담요라면 슬픔은 칼이다. 때로 나는 팬데믹과 도난 사건이 겹치는, 접힌 우주를 상상한다. 도난 사건은 일어나지 않았으리라. 일어날 일이 없었을 것이다. 나는 집 밖으로 거의 나가지 않는데, 이럴 때는 특정한 종류의 도난 사건을 유도하기는 해도 (택배를 도둑맞는 일이 꼬박꼬박 일어나는 바람에 운송업체에 전화하는 것까지가 배송 과정의 일부가 되어버렸다) 집에 누군가가 침입하지는 않았을 것이다. 경찰 신고서에는, '일어난 날짜' 상자와 '가정 내 관계' 상자 사이, '갱의 이름'이라는 제목이 붙은 상자가 끼어 있었다.

이제 갱들은 어떻게 행동할까? 사회적 거리두기를 하는

갱일까?

그러나 내 잃어버린 보석과 죽은 친구가 나오지 않는 판본의 이야기는 **영영 없을 것이다.** 슬픔을 무시할 수는 있다. 접시 가장자리로 치워버릴 수 있다. 그렇다고 버릴 수는 없다.

어느 날, 새벽 3시경, 나는 내 휴대폰에서 러셀의 이름을 검색했다. 나는 내가 그리 심각한 정신적 상해를 입지 않고도 우리가 나누었던 문자메시지를 다시 볼 수 있을 줄 알았다. 최근에 비슷한 일을 했었다. 그가 젊을 때 강단 뒤에 서서 저자들을 소개하는 유튜브 영상을 보았을 것이다. 그가 그토록 격식을 갖춘 모습이 무척이나 부자연스러운 동시에, 촬영할 가치가 있을 만한 이들과 함께 있다는 사실에 얼마나 기뻐했는지가 한눈에 보였다. 아니면 우리 둘이 첼시의 어느 게이 바 바깥에 서 있는 영상을 틀어보기도 했다. 그가 나를 그곳에 데리고 들어가려 하고 나는 거절하는 영상이었다. 그의 목소리를 들으니 위로가 되었다. 하지만 영상까지만 보고 그쳤으면 좋았을 텐데.

스크롤을 올려 2018년의 문자메시지를 보았다. 그해 여름에는 뉴욕의 여러 유명인이 자살했다. 케이트 스페이드가 자기 집에서 목을 맸다. 사흘 뒤에는 프랑스의 한 호텔에 머물던 앤서니 보데인이 같은 방식으로 죽었다. 그 전 해에는 러셀이 좋아하던 『에디』를 쓴 진 스타인이 어퍼이스트사이드의 50층 펜트하우스 자택에서 뛰어내렸다. 날씨가 따뜻해지면 자살률이 낮아질 거라고 생각하겠지만 실제로는 그 반대다. 과학자들은 생화학적 변화라든지 야외 활동이 늘어난다는 등의 요소를 연구했지만, 과학자가 없어도 분명히 알수 있다. 기분 변화가 너무 크기 때문이다. 벗어서는 안 되는마스크를 뚫고 들어오는 라일락 향기 같은 것이다.

그러다가 지니가 등장했다. 2018년 6월 17일, 지니 페플러가 자기 집에서 목을 맸다. 지니는 유명인이 아니었다. 우리같은 홍보 담당자였지만 프리랜서였고 따라서 수없이 많은프로젝트를 했다. 책뿐 아니라 보드카 브랜드 홍보도 맡았다. 우리는 2004년에 몇 달간 긴밀하게 협력해 함께 일한 사이였는데, 그해가 『환한 불빛, 대도시Bright Lights, Big City』 출간 20주년이었고 제이 매키너니가 그의 고객이었다. 우리 셋은 오데온에서 파티를 계획했다. 지니는 초대장이 출판사복사기로 제작한 것처럼 보이지 않게 하려고 애썼다. 파티가열린 주말은 핼러윈이었기에, 지니는 커다란 호박에 책 표지를 새겨서 안쪽의 불빛이 트윈 타워를 통해 새어 나오게 만들어달라고 의뢰했다.

『페이지식스』를 통해 지니의 죽음이 알려졌다. 내가 러셀에게 문자메시지를 보내자 그는 곧장 전화를 걸어왔지만 나는 이륙 직전인 비행기 안이었다. 그래서 그는 다른 수단을시도했다.

봤어. 그가 썼다.

너무 끔찍해요. 내가 썼다.

죽음이란 되돌릴 수 없는 거야.

내가 주말에 떠난 건 얼마 전 이별을 겪었는데, 내게 더 이상 남자친구가 없음에도 환불할 수 없는 마이애미 호텔의 적립금이 있어서였다. 착륙하자 러셀에게서 새로운 메시지가 두 개 와 있었다.

약속하자. 내 허락 없이는 자살하지 마. 나도 그렇게 할게.

약속하자. 내 허락 없이는 자살하지 마. 나도 그렇게 할게.

똑같은 말이 반복되는 걸 보고 흠칫 놀랐지만, 그제야 셀룰러 네트워크가 교란되면서 일어난 부작용임을 알았다.

계약 성립. 하지만 러셀한테 허락받는 상상을 하니 웃음만 나오네요.

공정하기 위해 우선 네 주장을 들어봐야겠는데.

러셀을 괴롭히기 위해서라도 계속 살아야겠어요.

반사. 결국 우린 둘 다 영원히 살게 되겠군.

나는 휴대폰을 방 바깥으로 집어 던져버렸다.

팬데믹 기간에도 그랜드센트럴은 개방되어 있었다, 그래야만 했다. 그렇기에 그곳의 불이 꺼졌을 때, 나는 이곳을 찾아가기로 했다. 천장의 모습을 혐오하는 만큼 그것이 없어서는 안 되었으니까. 그 또한 뉴욕이 가진 섬 같은 분위기에 일조했으니까. 우리에겐 각자의 흠집이 있고, 또 하나의 흠집이 있고, 그다음에는 바깥이 있다. 나는 그저 타인의 천장이 아닌, 그 천장이 보고 싶었다.

거대한 성조기 아래, 메아리가 울리는 언덕을 지나 중앙 홀로 다가갔다. 긴 빗자루를 든 남자가 쓸어내는 쓰레기는 거의 없었다. 돌아다니는 사람이 몇 사람 있었는데, 그중 터번을 쓴 여성은 열차를 타려고 내달리고 있었다. 오로지 건강을 위해 조깅하는 사람밖에 못 보는 채로 몇 달을 보낸 뒤 누군가 **달리는** 모습을 보니 묘했다. 하지만 어디로 가는 거지? 오전 6시 45분이었다. 우리한테 가야 할 곳은 없었다. 그게 대전제였다. 그 여성은 드레스를 입고, 메고 있는 크로스백이 등 뒤로 휘날렸다. 마치 하이힐 신은 모세처럼 공기를 가르고 달렸다. 영화 〈이터널 선샤인〉 속, 짐 캐리와 케이트 윈슬렛이 터미널 안을 내달리자 주변 사람들이 사라지는 장면이 떠올랐다. 펑. 펑. 펑.

안내 부스에 놓인 청동 디스펜서 속에는 여전히 종이 시간표가 가득 차 있었다. 나는 파란색 시간표 한 장을 뽑았다. 이 속에 담긴 일정은 코두 다른 세기의 것만 같았다. 하지만, 나도 모르게 철로 번호를 확인하고 아치형 입구로 들어서서, 반쯤 열린 열차 문 안으로 들어가 창가 자리에 앉았다. 칸막이벽에는 생애 최고의 잠을 선사해주겠다는 매트리스 회사 광고가 붙어 있었다.

텅 빈 좌석에 사람들을 채워넣기 시작했다. 내가 드라이 클리닝을 맡기던, 팬데믹 때문에 문을 닫은 세탁소의 주인. 나는 그 여자를 내 맞은편 자리에 앉히고, 그가 소중히 여기던 우디 앨런과 함께 찍은 사진을 쥐여주었다. 우디 앨런은 우리 동네에 산 적 없었다. 그 사람이 우리 동네 세탁소에 뭣 하러 왔는지는 도저히 알 길 없다. 그 뒤에는 20대 초반에 알고 지내던, 그 당시 50대이던 첼리스트를 앉혔다. 교향곡 연주회에 나를 초대하더니, 인터미션에 자기 이혼 이야기를 했다. 그 뒤로 한 번도 연락한 적 없다. 첼리스트 옆에는 릿 라운지에서 만난 남자를 앉혔다. 그는 내가 입은 스웨터를 칭찬하더니 내가 '흑인 남자와는 사귀지 않을 것 같다'고 멋대로 단정했다. 내가 혹시 이게 당신이 작업 거는 식이냐고 묻자 그는 "당연히 아니죠" 했다. 그 남자 옆에는 내 오랜 친구이자 넥타이에 집착하던 탐정을 앉혔다. 내 앞에는 20대 시절 YMCA에서 언쟁을 벌였던 여자를 세웠다. 그 사람은 내가 트레드밀 줄에서 새치기한다고 성을 냈다. 사과하자, 그는 홱 돌아서더니 이렇게 말했다. "내 옆에서 꺼져, 넌 시험에서도 커닝하겠지!" 나쁜 사람이라고 비난받는 동시에, 대학생으로 오해받는 건 달콤하고도 씁쓸한 기분이다.

결국 단 하나의 좌석이 남았다.

꼭 대화를 나눌 수 있을 것처럼 러셀의 존재를 느끼는 일이 줄어든 지는 몇 달이나 되었다. 하지만 지금은 그가 내 곁에 있다는 것이, 그가 가지고 다니던 가죽 메신저 백의 냄새까지도 생생히 느낄 수 있었다.

"안녕." 내가 속삭였다.

러셀은 미소를 지었고, 나는 그것을 이야기해보라는 의미로 받아들였다. 나는 당신이 없는 뉴욕은 전과는 다르다고 말했고, 그 말은 사실이지만, 그저 우연일 뿐이었다. 러셀은 혼란스러워하는 것 같았다. 그래서 그를 마주 보며 완전히 돌아앉아 무릎을 세웠다.

"좋아요, 나쁜 일이 있었어요······."

나는 그가 지구를 뒤덮은 눈 폭풍, 이제 뉴욕에도 쏟아지기 시작한 눈 폭풍 속 하나의 죽은 눈송이일 뿐이라고 생각하려 애썼다고 털어놓았다. 덜 아플 수 있게, 아니면 다르게 아플 수 있게, 그의 죽음을 타인의 죽음과 섞으려 애썼다고 털어놓았다. 마치 땅콩버터에 약을 섞어 개에게 먹이듯이. 여기서 개가 나라는 것만 빼고. 그는 씩 웃었지만, 아무 말도 하지 않았다.

"당신이라면 이 일을 견뎌내지 못했겠죠?"

그는 고개를 저었다.

"당신은 너무 불행했어요."

그는 고개를 끄덕였지만, 아무 말도 하지 않았다.

"왜 나한테 말하지 않았어요?"

그는 한숨 쉬었다. 마치 이 모든 일을 겪고 나서 아직도 모르겠느냐는 듯이.

"피곤해요."

그러면서 나는 그의 어깨에 관자놀이를 기댔다.

어쩌면 불면증이 내게 고마운 일을 해준 것도 같다. 오후 낮잠이라는 형태로 겨우 눈을 붙일 때마다 반복되는 악몽을 꾸었으니까. 악몽 속에서 매번 사랑하는 사람들이 돌아가며 자살했다. 그때마다 꿈꾸는 내내 그 일을 막으려 애썼다. 그러나 결국 제때 도착하지 못했다. 꿈에서 죽으면 '깨어 있는 삶'에서도 죽는 거라는 도시 전설이 있다. 타인이 죽을 때 어떻게 되는지에 대한 내규는 없다.

"어떻게 하면 당신이 행복했을까요? 집에 돌아가고 싶어요?" 내가 물었다.

몇 시간이나 열차에 그대로 탄 채, 내가 태어난 병원을 지나치고, 내 다정한 할머니가 살던 브롱크스를, 내 못된 할머니가 살던 스카스데일을, 여전히 내 부모님이 사는 화이트플레인스를, 철로 바로 앞까지 묘지가 즐비한 마운트플레전트를 지나쳐 종점까지 온다면, 코네티컷주 경계에 위치한 작은 역에 도착한다. 러셀과 그의 파트너가 나를 데리러 오던 곳이다. 플랫폼 맞은편에는 이제는 아무도 쓰지 않는 정신병원 건물이 있다. 한때 전두엽 절제술로 뉴욕에서 가장 이름을 날리던 병원이었다.

러셀은 고개를 저었다. 열차 안을 둘러보았다. 나도 그의 눈길을 따라갔다.

그는 사람들이 있기를 원했다.

"아, 알았어요."

그래서 나는 우리를 위한 이야기를 만들었다. 나는 이해할 수 없지만 러셀은 이해할 수 있는 대사들로 이루어진 오페라를 연출했다. 배우들 사이의 드라마를 상상했다. 쉰 살 이혼남은 체육관에서 만난 여자에게 다시금 누군가를 만날 준비가 되었다고 설득하지만, 곧 전처에게로 돌아가 여자의 마음을 아프게 할지도 모른다. 세탁소 주인이 블레이저 주머니 안에서 그곳에 있어서는 안 되는 물건, 어떤 범죄의 증거를 발견해서 탐정에게 연락하고, 탐정은 릿 라운지의 그 남자를 범인으로 지목하는데, 그건 상상 속에서도 그 탐정의 실력이 형편없어서다. 나는 황홀함을, 가공할 만한 분열을, 어처구니없는 흐느낌을 상상했다.

벨 소리가 오페라를 가로막는다. 반대편 철로의 열차 문이 닫히고, 앞으로 달려가 사라졌다. 다시 고개를 돌리자 모두가 사라지고, 러셀은 일어나 어깨에 가방을 걸치고 있다.

"가지 말아요. 당신은 죽었잖아요. 어딜 그렇게 급히 가요?"

그가 고개를 숙이고 내 손을 위아래로 뒤집어가며 입 맞춘다. 그는 돔 모양 녹색 반지를 찾고 있다.

"그건 내가 해결할 수 없네요. 진짜예요, 나도 찾아보려고 했다고요."

그러자 그는 아랫입술을 비죽 내밀고 얼굴을 찌푸린다.

"그래도 이건 있어요."

나는 크리스마스에 나 자신을 위해 산 로켓 목걸이를 걸고 있었다. 안에 넣을 사진은 별로 없었다. 러셀의 머리가 들어가되 크기가 로켓에 딱 맞아야 했다. 가위로 목을 자르는 과정이 살인처럼 느껴져서 마뜩잖았다. 그해 봄, 나는 마치 로켓에 카메라라도 장착된 것처럼 들고 다녔다. 러셀에게 보여주고 싶은 것들이 있으면 그쪽으로 로켓을 들이댔다. **나무에 꽃 핀 것 좀 봐요! 정말 아름답잖아요!** 나는 그에게 보석을 보여주고, 보석에게 그를 보여주었다. 그는 그리 감명받지 않은 기색이었다.

"뭐 하나 물어봐도 돼요?"

그가 어깨를 으쓱했다.

"이거 꿈인가요? 바보 같은 질문인 건 알지만, 당신은 알 것 같아서요."

그는 대답하지 않았다.

돌아서더니 열차에서 내리고는 어깨 너머로 한 손을 휘휘 저었다.

생각들이 파도처럼 밀려왔다 사라졌다. 이 열차를 타고 집으로 돌아가는 상상을 했다. 지금 갈 수 있었을 것 같았다. 집이 내게 성소聖所처럼 느껴진 적은 없었다. 내 집은 작았고, 그렇기에 가족과의 관계도 복잡했다. 그러나 포치에 아침 식사를 준비해 나타나 부모님을 깜짝 놀라게 할 수는 있을 테고, 엄마는 나를 몇 달 만에 보는 것인데도 화장을 안 한 민낯이라고 투덜거릴 것이다. 팬데믹 기간에 낯선 사람과 택시에 합승하는 것이 이상적이지는 않지만, 그래도 역에서부터 집까지 걸어갈 수 있다. 한 시간이 걸릴 것이다. 예전에, 10대 때, 지갑을 잃어버렸을 때 걸어가본 적 있었다. 아빠와 싸웠기 때문에 데리러 오라고 연락하기 싫었다. 그건 그 당시에는 위험한 과제 같았지만, 오래지 않아 위험하지 않게 됐다. 그것은 곧 치과와 델리, 교회와 스플릿레벨, 리틀 리그 경기장으로 이루어진 지형이 되었다.

뉴욕 교외에서 뉴욕으로 거취를 옮기는 건, 집을 떠나는 일이 아니라 어느 날 아침 눈을 뜨니 이미 떠나 있는 것이다. 이런 이동은 뉴욕이라는 도시를 바깥에서만 아는 사람에게는 부러울 만큼 매끄럽게 보이겠지만, 상세한 묘사가 없기에 언젠가는 대가를 치르게 된다. 우리는 그것을 우리 이야기로 선택해야 한다. 우리는 아플 때나, 건강할 때나, 죽음이, 또는 할리우드가 우리를 갈라놓을 때까지 그 서약을 읊어야 한다. 우리는 이 도시가 고난을 겪을 가치가 있다고 결정해야 한다. 그것은 이곳에 오려고 자신의 인생 전부를 옮겨놓은 우리 친구와 이웃 대부분이 이미 오래전에 겪은 과정이다. 이 순간은 그리 화려하지 않지만, 그 순간이 지나가면 변화가 일어난다. 우리가 태어났고 우리가 고향이라 부르는 곳이 드디어 떨어져 나간다. 마치 분갈이하듯이. 우리는 이 도시가 가진 온갖 장애, 우리를 빚어낸 온갖 역경에 그저 굴복하는 것이 아니라 자부심으로 가득 찬다. 그것이 우리에게 준 가족에 대해. 그것이 빼앗아 간 가족에 대해.

기관사가 내 주의를 끌려고 천장을 똑똑 두드렸다. 나는 정신이 없지만 깨어 있는 정신으로 자세를 고쳐 앉았다.

"아가씨." 그가 말했다. 아가씨라니! 마스크에게 감사할 뿐이다.

"이 열차는 한 시간 뒤에나 출발할 겁니다. 여기 타 계실 겁니까, 내리실 겁니까?"

그 말에 나는 자리에서 일어났다.

5장

수직 지구

(이후)

수년 뒤, 나는 로스앤젤레스에서 열린 어떤 파티에 참석하게 됩니다. 당신이라면 싫어했을 그 파티에서 어떤 여자가 내 목걸이에 달린 로켓을 만지작거릴 거예요. 난 신경 안 써요. 사람들은 서로의 장신구를 만져댑니다. 일종의 친밀감 표현이죠. 귓불을 붙잡고 자기 쪽으로 끌어당기거나 남의 손가락을 잡아당기는 이 같은 동작은 모든 사람 안에 잠들어 있는 도둑을 드러냅니다. 목걸이라기보다는 타투와 더욱더 많은 DNA를 공유하는 로켓에는 특별한 매력이 있죠. 그런데 문득, 이 여성이 제게 묻습니다. "이 조그만 남자는 누군데요?" 시선을 아래로 한 나는 당황해 할 말을 잊어버립니다. 그 여자가 로켓을 열어버렸던 겁니다. 짧은 목줄에 내 목이 걸린 채로 그 여자는 자기가 발견한 물건을 샅샅이 관찰하고 있습니다.

당신의 머리를 부엌 가위로 잘라낸 뒤로 나는 로켓 속 당신 얼굴을 한 번도 본 적 없습니다. 사진 속 당신은 머리를 크롭커트로 짧게 깎았고, 턱선은 내 기억보다도 더 뚜렷합니다. 나는 그 여자에게 진실을 말해줍니다. 당신은 내 죽은 친구라고요. 그건 우리의 대화가 상호작용이 아니었더라도 내가 기꺼이 내놓았을 정보예요. 더 많은 말을 하고 싶다는, 이 여자에게 에티켓에 관한 교훈을 주려고 당신의 자살을 이용하고 싶다는 유혹은 강합니다. 남의 머리카락이라든지 임신한 배를 만지거나 남의 로켓을 열어보며 돌아다니지 말라고요. 그러다 당신이 목걸이에서 떨어져버리면 어떡하죠? 나는 다른 데 정신이 팔린 척 슬쩍 화장실로 가서 거울을 봅니다.

괜찮아요? 그래요, 괜찮아요. 당신은 괜찮아요. 모든 게 괜찮아요.

사진 속 당신은 마흔네 살입니다. 내 나이네요.

시작됐네요. 내가 당신을 따라잡고 있어요.

아주 오랜만에 당신의 눈을 들여다보니, 그것이야말로 당신이 몰라도 될 일이라는 생각이 듭니다. 처음부터요. 아마 당신은 이미 알고 있겠죠.

2019년 8월 27일. 화요일입니다. 아마존이 불타고 있습니다. 세상 사람들은 아직 마스크를 끼고 있지 않아요. 사람들은 휴대폰에 대고 투덜거리거나 저녁 계획을 세우며 동네를 돌아다닙니다. 난 건물 계단에 앉아 머릿속으로 당신과 대화합니다. 내 생일이 있는 주에 그런 소동을 벌이다니, 덕분에 평생 생일마다 김새게 생겼네요. 나한테 어떻게 이래요? 나는 미소를 지으며 손가락으로 얼굴을 훑어내립니다. 당신 없이 이제 어쩌면 좋죠?

식당 안엔 벌써 유리창 테두리를 따라 작고 하얀 조명들이 밝혀져 있네요. 당신이 앉았던 의자에 대머리 남자가 앉아 음식을 먹는 중간중간 웃음을 터뜨려요. 당신이 떠난 지 고작 한 달인데, 벌써 애도에 취해 있는 기분이 듭니다. 순진해 빠진 사고 흐름이자, 지도의 규모를 완전히 오해하는 일이지만요. 난 아직 이 지도가 펼쳐진다는 것조차 모릅니다. 내가 아는 건 오로지 이 슬픔의 무게로부터 최대한 멀어지고 싶다는 것뿐이에요. 당신이 어떻게 죽었는지를 말하고 모든 걸 단단히 오해하는 일로부터. 난 아직 아무것도 받아들일 준비가, 아무도 마주할 준비가 안 됐어요. 어쩌면 그래서 지금이야말로, 살면서 그 어느 때보다 간절하게 절벽에서 뛰어내리고 싶은가봅니다.

아무 절벽이 아닙니다. 생각해둔 절벽이 있지요.

시드니 동부 해안 깊숙한 곳에, 항구에서 불쑥 나온 약 11미터 높이 암벽이 있습니다. 11미터 높이의 수직 절벽이라는 게 위에서 봤을 때 정확히 어느 정도인지는 감이 안 잡히지만, 만약 바다에 책을 떨어뜨렸다면 그 책이 다시 눈에 보이기까지는 한참 시간이 걸릴 겁니다. 가이드북에 나오지 않는 절벽이에요. 숲을 헤치고 하이킹하면서, 울타리를 넘고 여기저기 들쑤시고 다니다 보면 치즈 보드만 한 표지판이 보입니다. 오스트레일리아 사람들한테 물리학이란 철저한 규칙보다는 권고사항에 가깝기 때문에, 표지판에는 딱 한 줄이 쓰여 있어요. **이 절벽에서 뛰어내린 사람들에** in persons **심각한 부상이 일어났음**. 부상은 사람 안에within a person 일어나는 걸까요, 사람에게to a person 일어나는 걸까요? 그래, 그게 바로 이 순간 가장 중요한 질문입니다.

내가 이 절벽을 아는 건, 10년 전 여기서 뛰어내리려 도전했다 실패한 적 있기 때문이에요. 멜버른의 그 문학 페스티벌에 초청되었는데, 오스트레일리아까지 와서 주말만 보내고 돌아갈 생각은 없었으니 시드니 일정도 넣었죠.

내가 당신을 마지막으로 만난 그날 밤, 당신이 우리 집에 왔을 때, 당신은 내가 굳이 갈 필요 없는 오스트레일리아에 뭐 하러 **또** 가느냐고 물었어요. 그렇게 고생해서 간 것치곤 미국이랑 그리 다를 바도 없는 곳이라고요. 당신 말을 빌리자면 '프랑스'도 아니니까요. 나는 어깨를 으쓱했어요. 누가 날 불러준다니 설레는 일이잖아요. 당신은 무슨 무슨 상을 받았다는 은색 스티커로 도배된 책을 쓴 작가들한테 평생 둘러싸여 살았습니다. 아니면 책이 불태워진 작가들이거나. 온 세상이 온 세상이 그 작가들의 시간을 가져가려고 앞

다투어 덤볐어요. 그러나 멜버른을 빼면 저를 초청하려 돈을 내고, 홍보 포스터 속 저를 불멸의 존재로 만들어준 도시는 오로지 텍사스주 위치타폴스뿐이었어요. 위치타폴스는 '세상에서 제일 낮은 초고층빌딩*'이 있는 곳이에요. 높이는 12.2미터죠. 그러니까, 이 나지막한 초고층빌딩에서 뛰어내리려다가 실패하는 모습을 상상해보세요.

나한테 다시, 다시 한번 물어봐요. 이제 당신은 죽었으니까, 왜 내가 가지 않아도 되는 오스트레일리아에 당신이 죽었다는 **바로 그 이유로** 가려 했는지 물어봐요. 어떤 면에서 난 당신이 스스로를 죽였다는 (그건 당신 파트너의 표현이었어요, 그 사람은 의미론 같은 것에는 무심했으니까) 소식을 들었을 때와 똑같은 사고 과정을 가져요. 계획대로 하면 아무것도 잘못되지 않을지도 모른다고요. 하지만 사실은, 이 여행이, 역설적으로, 나를 당신에게 더 가까이 데려다주리라는 게 그 이유예요.

도난 사건이 일어난 밤, 경찰들이 우리 집 거실을 돌아다닐 때, 나는 경찰을 불러들인 건 나라는 걸 자꾸만 되새겨야 했어요. 그 결정적인 시점에 무의미한 질문에 대답하는 건, 마치 자동차 추격전을 벌이는 와중에 동화를 읊으라는

---

* 1차세계대전 직후, 부동산 개발업자가 피트와 인치 단위를 의도적으로 혼동해 고층빌딩인 양 투자자들을 속이고 세운 4층 건물인 뉴비 맥마혼 빌딩을 가리킨다.

요청을 받는 것 같았어요. 아니오, 제가 이 집에 얼마나 오래 살았는지는 모르겠어요, 그리고 맞아요, 전 1년 내로 이 집을 떠날 거예요. 그럼 제가 새로 이사할 집을 구할 때까지 모든 걸 중단할까요? 나는 그 사람들이 나를 가로막는다는 기분을 뼈저리게 느꼈어요. 중요한 건 나, 그리고 도둑뿐이었죠. 경계선적 로맨스랄까요. 탄소 분말로 서약한 결혼, 도망친 신랑. 당신 역시 마찬가지예요. 다른 사람들이 당신의 자살을 어떻게 알게 되었는지는 알 바 아니고, 내가 그 사람들한테 직접 알려준 거라 한들 알 바 아니기에, 마치 내가 당신과 단둘이 있을 시간이 하나도 없는 것 같네요. 꼭 명화를 구경하려 군중 속에 서서 고개를 이리저리 돌려대는 기분이에요. 군중은 당신이 아는 사람들로 이루어져 있지만, 그중엔 당신이 모르는 사람도 있어요. 나도 그 사람들을 몰라요. 하지만 그 사람들은 존재해요. 매일 새로운 사람들이 당신과 연결되어 있다는 걸, 한 공간에 있었을 수도 있다는 걸, 당신 이름을 알 수도 있다는 걸 떠올려요. 그 사람들은 받은 편지함을 뒤지면서 자기가 비극에 얼마나 가까이 있는지를 재고, 계속 살아가요.

나는 그 사람들로부터 최대한 멀리, 새로운 사람이 도저히 싹틀 수 없는 곳으로 떠나야 합니다. 당신이라면 절대 발들이지 않았을, 그 무엇도 연상되지 않는 곳. 그리고 그곳에 도착하면 심연을 들여다봐야 해요. 당신이 본 것을 아주 조금이라도 보려면.

2019년 8월, 내 취약한 정신 상태를 아는 친구들은 내가 절벽에서 뛰어내릴 생각이라는 갈에 우려를 표합니다.

충격을 줄 생각은 아닙니다. 이런 시기에 화려한 이야기 전개는 더는 필요 없으니까. 나는 그저 '목매달 충분한 밧줄'(하!)이라는 별것 아닌 교수형 농담(하!)을 실험해보려는 게 다입니다. 그러면서 친구들을 안심시키려 배경 이야기를 들려줍니다. 처음 시드니 여행을 갔을 때, 난 혼자 바에 앉아 책을 읽고 있다가 벡이라는 여자와 친해졌어요. 벡은 퀸즐랜드 시골 출신이었죠. 가장 오래된 어린 시절 기억은 욕조 안에서 목도리도마뱀을 발견한 일이라고 했어요. 거대한 자연을 두려워하지 않았죠. 대학을 졸업하고 시드니로 이사한 뒤 어느 여름, 벡은 친구들과 우연히 그 절벽을 발견하고는 서로에게 뛰어내리라 부추겼대요. 그 이야기를 들었을 때, 나는 읽던 책을 치워두그 생각했어요. 꼭 이 사람이 나를 절벽에 데려가 밀어주게 만들어야겠다고. 따지고 보면, 가장자리에 바짝 다가가 볼 게 아니라면, 뭐 하러 우리 모두 지구에 살겠어요?

이런 것들이 바로 오스트레일리아가 던지게 만드는 정신 나간 질문들입니다.

다음 날 아침, 우리는 항구에서부터 지독하게 몰아치는

돌풍을 맞으며 가고일*처럼 꼼짝 않고 섰습니다. 겨울날, 이 액체로 된 스터코 속에 뛰어들 수 있는 건 오로지 만조 때뿐인데, 만조 때는 바위의 위치를 도저히 가늠할 수가 없어요. 또 이 높이에서 항구를 향해 곧바로 뛰어내리는 건 공짜로 관장하는 거나 마찬가지죠. 게다가, 이 절벽이 위치한 항구에 '샤크 베이'라는 이름이 그냥 붙은 건 아니거든요. 결국 우리 둘 다 뛰어내리지 않았죠. 우리는 차를 몰고 파크하얏트호텔로 갔고, 물기 한 방울 없는 웨트수트 차림으로 로비에 앉아 마티니를 주문했죠.

왠지는 몰라도, 친구들은 이 이야기를 듣고도 안심하지 않아요.

그래서 난 거짓말하기 시작합니다. 절벽에서 뛰어내리면 안 되겠다고. 나도 그렇게 생각한다고. 뛰어내린다고 해서 뛰어내리지 않았던 시간을 때려눕힐 수 있는 건 아니라고. 뛰어내린다고 당신이 돌아오는 것도 아니라고. 또, 절벽에서 뛰어내리는 건 죽는 방법치고는 수치스러운 것이 될지도 몰라요. 나는 멜버른에 갔다가 곧장 돌아오겠다고 했죠. 우리에게는 계획할 추모식이 있고, 그건 내 것이 아니에요.

나는 아무에게도 말하지 않고 60달러짜리 시드니행 항공권을 삽니다.

* 중세 유럽의 건축 양식에 나타나는, 지붕의 빗물받이를 겸한 괴수 형상의 석상.

사실은 단 한 사람에게 말합니다.

그 사람은 내 문자메시지에 이런 답장을 보내옵니다. 네 웨트수트는 아직 우리 집 차고에 걸려 있어.

지금 내가 느끼는 기분을 2019년 여름에도 느꼈더라면, 시드니에는 안 갔을 거예요. 그렇다고 2019년에 내가 미쳐 있었고 지금의 나는 안 미쳤다는 뜻은 아닙니다. 그때라고 해서 특별히 미친 것도 아니고, 지금이라고 특별히 제정신인 것도 아니라고 생각하니까요. 내가 치유되었다고 생각하는 사람들은 관찰력이 부족한 거고, 내 정신이 이상하다고 생각하는 사람들 역시 관찰력이 부족한 거예요. 하지만 애초에 누가 내 생각을 해준다는 것에 고마워하지 않는 사람이 있을까요? 카뮈는 이렇게 썼습니다. '죽음을 받아들이는 일에는 단 한 가지 자유가 존재한다. 죽음 이후에는 모든 것이 가능하다는 것.' 지금, 나는 죽음을 받아들였습니다. 정확히 말하면, 당신의 자살이 내게 받아들여진 겁니다. **당신의 자살**. 꼭 그것이 당신의 소유인 것처럼. 마치 당신이 벼룩시장에서 그걸 구해 오기라도 한 것처럼. **당신의 자살**. 너무나 무시무시한 방식의 죽음, 우리는 그 일이 벌어지자마자 마치 뜨거운 석탄이라도 되듯 손을 떼고 죽은 이에게 돌려줍니다.

하지만 난 아직도 당신이 믿기지 않을 만큼 당신이 그리워요. 아무리 시간이 지나도 그리움이 무뎌지지 않아요. 어느 저자가 우리를 침술사에게 데려가준 거 기억나요? 당신은 예사롭게 침을 맞았지만, 나는 꼼짝 않고 가만히 있어야 하는 줄은 미처 몰랐어요. 침을 맞다가 고개를 돌리자, 척추를 주먹으로 맞는 기분이 들었어요.

"고통이 몸을 떠나는 것뿐입니다."

침술사는 말했죠.

"고통에 매달리지 않아도 됩니다. 이미 일어난 고통이잖아요."

그 뒤로 일주일간 목의 통증이 사라지지 않았습니다.

당신의 죽음이 바로 그랬어요. 끊임없는 통증. 당신을 탓하지 않고 싶었을 뿐인데, 모든 실망을 당신과 연관 짓지 않는 게, 당신이 아니라는 이유로 다른 모두를 벌하지 않는 게, 당신의 자살을, 당신이 통제할 수 없었던 기이한 사고인 양 취급하는 일을 그만두는 게 너무 힘들었어요. 어떻게 당신을 묻어두는 동시에 내 곁에 둘 수 있죠? 그것이야말로 세상에서 가장 어려운 수수께끼입니다.

이 책 소식이 소셜미디어로 알려지자 모르는 사람들이 제게 애도의 말을 전해오더군요. 그들에게 묻고 싶은 마음이 간절합니다. 그렇다면 동의한다는 거네요? 러셀이 죽었다는 데 동의한다는 거죠? 러셀이 죽지 않았다면 나한테 이 부서진 심장 이모지를 보낼 리가 없잖아요? 나는 이렇게 긴 글을 쓰고야 이해할 수 있었던 그 일을, 당신들은 어떻게 순식간에 알게 된 겁니까? 새로운 사람, 당신이 좋아했을 만한 사람을 만날 때마다, 이 사람이야말로 당신에게 필요했을 친구가 아닐까 하는 생각이 그치지 않습니다. 당신을 조금이라도 더 오래 살게 했을 만한 사람이 바로 이 사람일까? 내가 당신에게 안 맞는 친구였던 거라면 어쩌나? 우리 모두가, 당신에게 안 맞는 사람이었다면 어쩌지?

벡은 맨발로 집 밖으로 달려 나와 나를 맞이합니다. 예전과 하나도 달라지지 않았다고 말하자 벡도 칭찬의 말을 돌려줍니다. 벡의 경우, 수분 공급에 충실해서만은 아닙니다. 벡은 잠시 머무르는 미국인과도 금세 친구가 되는 열정적인 사람입니다. 10년이 지났고 그사이 아이도 둘이나 낳았는데, 지금도 절벽에서 뛰어내릴 투지는 여전하다고 합니다.

그날 밤에는 벡의 남편이 집에 없어서, 나는 남편이 눕던 침대 한편에서 자기로 합니다. 잘 준비를 하며 세안제를 찾아 가방을 뒤지는데, 벡의 네 살 난 아들이 발까지 감싸는 잠옷을 입고 아장아장 욕실로 들어옵니다. 할 말이 있으니 아주 잘 들어달래요. 나는 의자를 꺼내줍니다. 아이가 말하길, 무슨 일이 있어도 침대에 오줌을 싸면 안 된대요. 왜냐면 침대의 **한쪽만** 적셔도 "침대 시트 전체를 갈아야 하니까". 아이는 마치 우리 둘 다 어른들이 얼마나 말도 안 되는 짓을 하는지 알지 않느냐는 듯 눈을 굴려요. 그러더니 이를 닦으러 오라고 부르는 엄마를 향해 복도를 달려갑니다. 나는 아이를 데리고 욕실로 들어가는 벡을 바라봅니다.

"왜?"

벡이 묻습니다.

"아무것도 아니야."

나는 그렇게 대답하고 미소를 짓습니다.

벡이 절벽에서 뛰어내릴 일은 절대 없습니다.

나는 웨트수트 차림으로, 벡은 해변에 어울리는 반바지에 카디건 차림으로, 한 시간을 걸은 뒤입니다. 치리오스 시리얼로 아침을 먹는 동안 **누군가는** 지켜보고 있어야 한다는 결정이 났습니다. 만에 하나 도움이 필요한 경우에 달려갈 수 있는 **누군가가** 있어야 한다고요. 나는 아주 중요한 지점이라며 동의합니다. 하지만 지금, 아마 벡이 엄마를 연상시키는 옷차림을 한 덕분인지, 그의 모성적 걱정이 내게도 전해집니다. 벡은 바다가 "약간 상어가 있을 것처럼" 보인다고 합니다. 나는 근처에 다이아몬드 베이라는 이름이 붙은 곳도 있는데 그렇다고 **다이아몬드가 박혀 있는** 건 아니라고 지적하며 그 말에 반박합니다. 벡은 얼굴을 찌푸립니다. 갈매기의 눈높이에서 바라보는 풍경 역시 한몫합니다. 수평선은 하늘에서 광선처럼 뿜어져 나오는 것 같은 불길한 구름으로 얼룩덜룩합니다. 바람 때문에 입안에 머리카락이 마구 들어갑니다.

나는 운동화를 발로 차듯 벗고 외투를 나무에 휙 걸칩니다. 벡에게 열까지 세라고 합니다. 벡은 영상을 찍으려고 휴대폰을 들어요. 처음에 나는 여섯까지 셌을 때 뛰어내려 벡을 놀라게 하겠다고 생각합니다. 아니면 여덟까지 셌을 때. 그러다가 결국 양 손목을 털면서 제자리뛰기를 하고, 벡에게 이번에는 열에서부터 다시 세라고 합니다. 나는 매번 절벽 끝에서 우뚝 멈추고 맙니다. 이런 활동을 부르는 이름이 있죠. 자살 훈련. 내가 원하는 건 이 절벽 너머로 달려 나가는 것뿐입니다. 그러기 위해 몸을 뒤로 한껏 젖히기도 했습니다. 그런데 도저히 할 수 없어요. 두려운 것은 엄연한 사실이지만, 두려워서가 아니라, 절벽 끝에 가까워지면 내 근육이 굳어버려서입니다. 내 두뇌는 이 일이 정말 지독하리만치 죽음과 닮아 있다고 결론 내린 겁니다. 나는 두뇌를 속이려고 합니다. 그렇게 나쁘지 않아. 그냥, 누가 쫓아오고 있다고 생각해. 용암이 발을 활활 태우고 있다고 생각하라고. 그러나 내 몸은 속지 않습니다.

나는 온갖 욕지거리를 내뱉으며 바닥에 풀썩 주저앉고 맙니다. 벡은 괜찮다고, 여름에 다시 오면 된다고, 그때는 굳었던 게 열 배는 누그러져 있을 거라고 해요. 알았어, 나는 말해요, 그렇게. 어쩌면 이번 생에서 벡과 내가 다시 만날 수도 있고, 못 만날 수도 있겠지요. 당신이 살아있다면, 살면서 벡을 만날 확률은 전혀 없습니다. 0입니다. 왜 그럴까요? 어째서 세상의 거대한 바퀴를 보면서 다른 바큇살을 찾지 못했던 거예요? 당신은 그 정도로 환멸 나고 초조했던 걸까요? 내일, 그리고 모레, 무슨 일이 일어날지 궁금하지 않았나요? 이건 자살에 대한 유치한 반응입니다. 여태 내가 회피하던 반응이에요. 하지만 어째서 그냥 계좌에 있는 돈을 모조리 인출하고 어딘가로 가서 다시 생각하지 **않은** 거죠? 아니면 이 삶을 끝내기로 선언하기 전 고갱처럼 완전히 새로운 삶을 살아본다거나? 너무나 작게 느껴지는 존재로부터 도망쳐서, 크게 느껴지는 존재가 될 수도 있었을 텐데요. 전에도 해본 일이잖아요.

당신이 좋아했던 윌라 캐서의 단편소설 「폴의 사례Paul's Case」에서, 소외된 소년 폴은 살면서 처음으로, 그리고 마지막으로 승리감을 만끽할 작정으로 고향을 떠나 뉴욕으로 도망칩니다. 그러나 그는 자신의 한계를 알아차립니다.

고조되는 음악과 차고 달콤한 와인을 음미하며 그는 몽롱하게 생각했다, 좀 더 현명하게 해낼 수도 있었을 것이라고. 떠나는 증기선에 올랐더라면 지금쯤 그들의 손길에 닿지 않는 곳까지 갔으리라고. 그러나 그때 세상의 반대편은 너무 멀고 너무 불확실해 보였다. 그것을 기다릴 수 없었을 것이다. 그의 욕구는 너

무나 날카로웠다. 다시 선택한다 해도, 그는 내일 똑같은 일을
할 터였다.

이야기의 결말에서 폴은 열차 앞으로 뛰어듭니다.

벡은 전화 통화를 해야 한다며 차에서 만나자고 해요. 벡
이 숲속으로 사라지자 나는 생각합니다. 드디어, 세상의 반
대편에서 우리 둘만 남았네요. 그렇게 환상적인 생각을 또
렷하게 하는 게 부끄럽지만, 난 그저 당신과 더 가까이 있으
려고 여기까지 온 게 아닙니다. 난 당신을 찾으려고 여기 온
겁니다.

나는 아직도 애도의 초기 단계에 머물러 있어서, 당신이
이 지구 어딘가에 숨어 있는 게 아닌지 수상합니다. 나는 당
신을 찾아내겠다고 혼자만의 다짐을 줄곧 해왔습니다. 당신
이 나무 위에 있다면, 나무를 타고 올라가겠다고. 당신이 덤
불 속에 있다면, 덤불을 가지치기하겠다고. 당신이 바닷속
에 있다면, 그 바닷물을 전부 빼버리겠다고요. 하루하루가
목걸이가 없는 곳을 확인할 기회다. 그러니 여기일 수도 있
지 않나요? 누구도 당신을 찾으러 올 리 없다고 생각한 어딘
가에 있지 않을까요?

그러나 내가 절벽 끝까지 기어가 머리를 내밀고 심연을 내
려다보자, 아무것도 보이지 않습니다. 현기증이 날 것 같아
냅킨처럼 차곡차곡 접힌 오페라하우스에 집중합니다. 당신

의 흔적은 보이지 않습니다. 오로지 자신들의 템포에 맞춰 거세졌다가 잦아들기도 하는 바람, 그리고 잉크처럼 짙은 파도뿐입니다. 갈매기들도 이제는 없습니다.

당신은 올가미에 목을 넣고 뛰어내렸습니다. **올가미.**

미친 거 아니에요?

당신은 분명 둘까지 세고 뛰었을 겁니다. 난 당신을 알고, 당신이라면 그랬을 거란 걸 알아요.

관자놀이가 지끈지끈 아파오기 시작하는 바람에, 나는 옆으로 구른 뒤 일어서서 웨트수트 주머니의 지퍼를 열어요. 그 안에는 금목걸이 반쪽이 들어 있습니다. 도둑이 캐비닛의 달걀 선반을 뜯어냈을 때 둘로 끊어진 것 중 남은 반쪽입니다. 그날 밤 남은 유일한 물건입니다. 지퍼백에 넣어 가져왔죠. 지퍼백을 들어 올리자, 등 뒤 나무에서 까치가 새하얀 망토 같은 날개를 추스르며 깍깍 우는 소리가 들립니다. 나는 까치에게 물러서라고 합니다. 만약 보석 안에 당신의 일부라도 깃들어 있다면, 그걸 절벽 너머로 던지는 게 올바른 일 같습니다. 당신이 있는 곳이 여기라고 결정하는 것이 올바른 일 같습니다. 아무리 당신이 여기 없더라도. 아무리 내가 다시는 당신을 찾아오지 않더라도. 단 하나의 물건이라도 자발적으로 내주는 일.

몇 달 뒤, 나는 이미 티 하나 없이 깨끗한 바닥을 청소하겠다며 침실에 있는 책장 하나를 벽에서 떼어 옮깁니다. 팬데믹 덕분에 모든 사람의 강박장애가 발동된 거죠. 한때 이유 없이 가구를 옮기는 건 대체로 위층 사람들이 저지르는 짓이었습니다. 일요일 오후입니다. 책장을 옮기다 보니 책들이 새로이 눈에 들어옵니다. 책장을 자르지 않은 책들에 먼지가 쌓였습니다. 이 먼지를 대체 어디서 구했는지도 모를 노릇입니다. 그런데, 그 책 중 한 권의 갈피 사이에 반짝이는 무언가가 끼어 있습니다.

손가락으로 끄집어내 얼굴 앞으로 가져옵니다. 이미 바닥에 앉아 있지만, 말하자면 더 제대로 앉아봅니다. 책 사이에 있던 건 금목걸이의 나머지 반쪽입니다. 처음부터 여기 있었던 겁니다. 그리고 이제 나머지 반쪽은 1만 마일 너머 바닷속에 가라앉아 있습니다.

걸쇠를 눌러 목걸이가 말하게 합니다.

책은 『에디』입니다.

독일의 중소도시인 카셀에 있는 역사상 가장 쉽게 간과되는 공공예술인 월터 드 마리아의 〈수직 지구 킬로미터〉라는 설치 작품이 있습니다. 흙길 한가운데에 놓인 동전처럼 보여서, 지나가던 사람이 줍고 싶을 정도입니다. 하지만 실제로 주운 사람은 없겠지요. 그 동전은 사실 1마일 가까이 땅속으로 똑바로 파고들어 간 청동 막대의 한 끝입니다. 오랫동안, 내가 〈수직 지구 킬로미터〉를 실제로 보기 전에도, 본 후에도, 난 이 막대의 매력 중 상당한 부분은 정반대에 있는 또 하나의 막대라고 생각했습니다. 대립물이죠.

어쩌다 떠오른 아이디어인지는 모르겠습니다. 아마 그 대립하는 막대는 남태평양 한가운데에 있어야 할 것입니다. 예술 지원금보다 조금 더 큰 돈, 그리고 스쿠버다이빙 장비만 있으면 설치할 수 있을 거예요. 그런 것이 존재하는 게 가능한가는 중요한 게 아니지만, 말하자면 지구를 꼬챙이에 꿰는 거죠. 〈수직 지구 킬로미터〉는 아래로 뻗어나가지만, 응답은 받지 못했습니다. 게다가 온종일 발에 밟히기까지 합니다. 이제 나에겐 나만의 〈수직 지구 킬로미터〉가 있습니다. 다른 점은, 내 작품은 둘로 나누어져 있다는 거예요. 내 작품은 나머지 반쪽을 찾아 울부짖습니다. 모든 유대교식 결혼식에는 이런 말이 등장해요. '당신의 결혼이 이 깨진 유리 조각들을 다시 맞추는 데 걸리는 시간만큼 오래 이어지기를.'

러셀, 알고 보니 웬만한 것들은 여러 번 끝나지 않더라고요. 웬만한 것들은 아예 끝나지 않아요. 수많은 것들이 해소되지 않은 채로 남습니다. 아직도 난 내가 사랑했던 모든 것들이 어디로 갔는지, 왜 사라졌는지 알고 싶어요. 아마 내가 신에 대해 더 잘 알았더라면, 답을 요구하는 게 신성모독이라는 걸 알았을 테고, 철학을 더 잘 알았더라면, 답이 존재한다고 여기는 것 자체가 어리석다는 걸 알았겠지요. 아마 언젠가, 이 세계와 흡사하게 생긴 어느 다른 세계에서 당신이 알려줄지도 몰라요. 하지만 지금은, 이 모든 궁금증에 숨 쉴 구멍을 뚫어야겠어요, 내 삶의 남은 반쪽을 계속 살아가려면. 만약 내가 당신이 내게 살게 하고 싶었던 삶, 축소를 넘어 확장되는 삶을 원한다면, 저는 삶의 저쪽 편으로 가는 편을 배워야 해요.

우리가 다르다는 사실을 받아들이는 법을 배워야 해요.

애도를 느껴본 모든 사람의 논리가 담겨 있음에도, 당신을 향한 내 애도는 언제까지고 들쭉날쭉할 겁니다. 때로 나는 애도가 퍼지는 소리를 들으려고 눈을 감아요. 애도가 퍼지게 **하려고** 눈을 감아요. 나는 내 아파트 벽을 애도가 뒤덮게 만듭니다. 애도가 문틀을 빙빙 돌고 창밖으로 뻗어나가는 소리를 듣습니다. 쿵쿵거리며 화재비상구를 타고 내려가 바닥에 떨어지며 콘크리트를 쩍 가르는 소리가 들립니다. 때로는 바위를 향해 철썩이는 강물에서, 끼익 소리를 내며 멈추는 지하철에서 들립니다. 그러다가, 내가 당신을 집이라고 부를 수는 없기에 나는 애도를 집이라고 부릅니다. 눈을 뜨면 순식간에 애도는 내게로 돌아와 빠르게 내 가장자리에 달라붙고 손가락 사이에서 까닥거립니다. 애도는 여기에서 자신을 위한 진짜 삶을 만들었어요. 자신이 가진 힘을 까맣게 모르는 애도는 내 가슴에서, 아직 자신의 때를 맞지 않은 한 여성의 형체 속에서 달콤하게 코를 곱니다.

감사의 말

담당 에이전트 제이 멘델, 담당 편집자 션 맥도널드를 비롯해 FSG팀 모두에게 고맙습니다.

예전에 러셀이, 아장아장 걷는 나이의 친구 아기가 그를 쫓아다니는 사진을 보여준 적 있습니다. "누가 그렇게 형편없는 사람일까?" 그가 물었습니다. "아이들과 동물에게 사랑받는 사람은 또 누구지?" 그 말에 이렇게 대답했으면 좋았을 텐데요. 그 답은 아무도 아니라고. 아무도 그렇게 형편없지 않다고.

이 책은 스티븐 맥냅에 대한 추모이기도 합니다.

당신이, 또는 당신이 아는 누군가가 자살 사고에 시달리고 있다면 989번으로 전화하거나 문자메시지를 보내면 자살·위기 상담 기관에서 비밀 상담을 할 수 있습니다.*

* 한국은 109.

슬픔은 사람을 위한 것

지은이 슬론 크로슬리
옮긴이 송섬별
펴낸이 김영정

초판 1쇄 펴낸날 2026년 4월 1일

펴낸곳 (주)현대문학
등록번호 제1-452호
주소 06532 서울시 서초구 신반포로 321(잠원동, 미래엔)
전화 02-2017-0280
팩스 02-516-5433
홈페이지 www.hdmh.co.kr

ISBN 979-11-6790-351-8 03840